講談社文庫

大江戸仙花暦

石川英輔

講談社

目次

会う 11
跳ぶ 36
拗ねる 55
習う 71
違う 101
行く 122
治める 142

遊ぶ 176
鳴く 212
降る 245
消す 264
昇る 293
あとがき 318
挿絵の出典 322
文庫版あとがき 324
解説　菊池仁 325

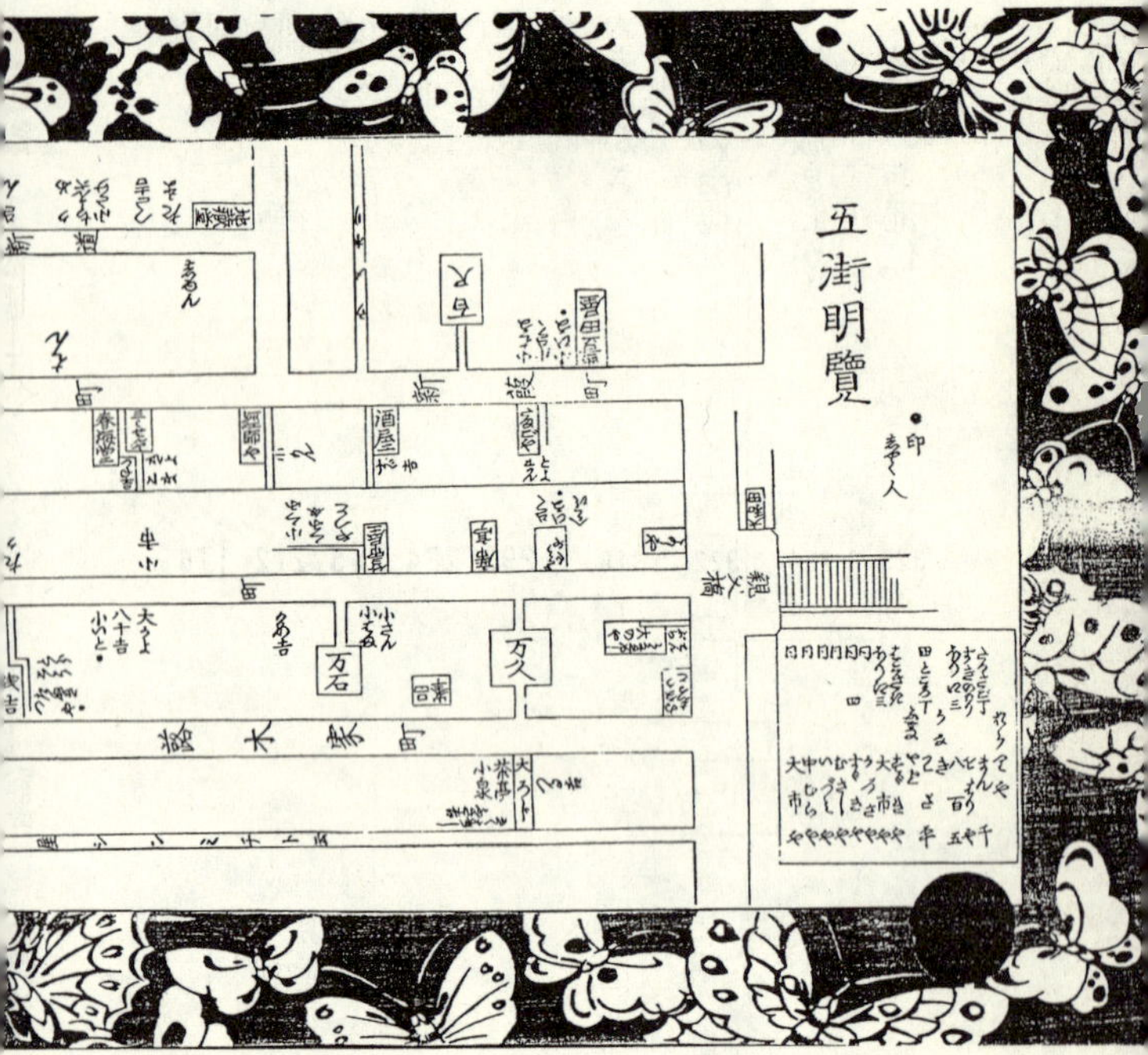
五街明覧
親父橋
酒屋
万石
万久

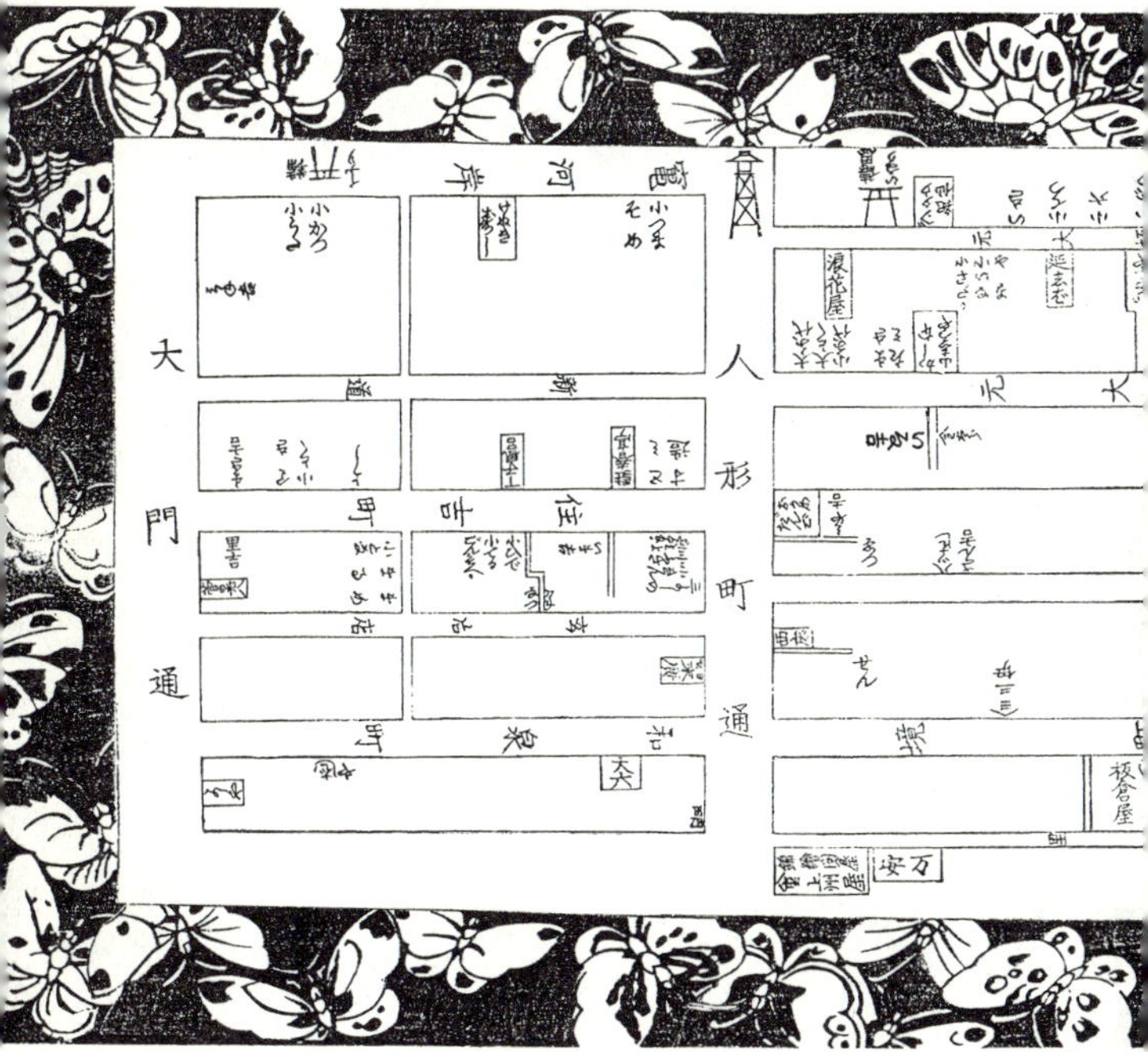

人形町通
大門通
浪花屋

大江戸仙花暦

会う

〽人しれず　逢う夜ざくらや向島《むこうじま》
　花のあらしに　明けの鐘

若い芸者のいな吉《きち》は、日本橋難波町《にほんばしなにわちょう》の家の茶の間で三味線《しゃみせん》を弾《ひ》きながら、最近の流行《はや》り唄を歌っていた。いな吉というと男のようだが、この時代の女芸者が男名前を名乗るのはごく普通で、彼女も芳町《よしちょう》では一、二という売れっ妓《こ》なのだ。

自宅の茶の間で稽古《けいこ》中といっても、そこは若い芸者のこと。毎日やって来る女髪結《かみゆ》いが、つい先ほど手慣れた櫛《くし》さばきで結い上げた艶《つや》やかな島田は水もしたたるばかり。普段着を裾《すそ》模様《もよう》に着替えれば、そのまま座敷に出られるあでやかさである。

いな吉の店は、芳町、正確には現在の日本橋人形町《にんぎょうちょう》二丁目、元大坂町の横町にある。いわば、職住分離の暮らしをしていて、差し当たりの仕事がない時は、ここで稽古をしていることが多いのだ。文政《ぶんせい》六年（一八二三）陰暦四月十五日、グレゴリオ暦なら五月二十五日

深川の高級料亭　歌川広重画

だから、江戸はもう爽《さわ》やかな初夏の候になっていた。

ひとくちに芸者といっても、その立場はさまざまだが、いな吉は、自分で芸者屋を開業している自前《じまえ》芸者だから、かなり気ままな商売をしていた。元大坂町の店に住んでいるマネージャー役のおこま姐《ねえ》さんは、いな吉の師匠《ししょう》でもあり、この世界の裏表を知り尽くした元芸者だから、相手の顔を見て仕事を決めてくれる。人気があるからそれでも充分やっていけるし、彼女には、気に入らない座敷をことわれるもう一つ大きな強みがあった。

速見洋介《はやみようすけ》という有力な旦那《だんな》、つまり愛人を兼ねた後援者がいるのだ。

有力といっても、彼女の旦那は、この時代の権力者である上級武士でもなく、経済を支配している豪商でもない。まったく得体《えたい》の知れない男だったが、不思議な能力のある金持だったから、いな吉は、その気になれば働かなくても裕福に暮らせた。

こういう金持を旦那にすれば、芸者をやめる場合が多く、旦那も自分の愛人に芸者稼業を続けさせたがらないのが普通だが、いな吉はやめなかった。お座敷で歌うのが大好きだからだが、変わりものの旦那も、芸者をやめることに大反対したのだ。

はじめて旦那に会ったのは、去年、文政五年（一八二二）の陰暦三月八日の宵《よい》。場所は深《ふか》川《がわ》の永代寺《えいたいじ》門前仲町《なかちょう》にある梅本という一流の料理茶屋の座敷だった。当時のいな吉は、芸者の本場である深川で出ていたのである。

江戸の時計師
時計そのものが非常に珍しい時代なので、時計に関する絵は少ない。この絵も絵師が想像で描いたものなのだろう。
『略画職人尽』より

深川は江戸の南東部つまり辰巳《たつみ》の方角にあるため、深川の芸者を辰巳芸者と呼ぶ。俗に「意気は深川、いなせは神田《かんだ》」というが、意気と張りで売り込んだ辰巳芸者こそが江戸の芸者の主流だった。いな吉は、その辰巳芸者の中でも、一、二を争う人気者だったのである。ついでに説明しておくと、意気は粋とも書くが、粋はスイと読んで人情や事情に通じているというような意味が主であり、洗練されているという意味の深川語はもともと意気と書いた。

その日、彼女にお座敷をかけてくれたのは、新数寄屋河岸《しんすきやがし》に住む大沼理左衛門《おおぬまりざえもん》という時計師の隠居だった。この時代の時計はすべて手作りで、一般庶民がめったに見る機会もないほど高価な貴重品だから、主に大名家の特注品を作ってきた理左衛門は、隠居してからも裕福に暮らしていた。

この老人は唄が大好きで、還暦を過ぎている高齢にもかかわらず気が若く、いな吉が大のひいきだった。レコードもラジオもテレビもない時代は、ひいきの歌い手の唄を聞きたければ、当人を招いて聞くほかないので、理左衛門は月に何度かお座敷をかけてくれる上得意だったのである。

いな吉は、相仕《あいし》のおりん姐さんといっしょに座敷に入った。この時代の芸者は、正式の宴席に呼ばれると二人一組で出るのが普通で、組になる相手を相仕と呼んだ。いな吉とおりんが挨拶《あいさつ》を済ませると、理左衛門はなにやら上機嫌で、

「いな吉。今夜は、ぜひお前に引き合わせたい人がいる。間もなくみえるだろうから、しばらく待っていてくれ」

といった。いな吉は如才《じょさい》なく、

「アイ。ご隠居さまの仰《おお》せなら、明日まででもお待ち致しますハ」

と調子を合わせる。老人はますます上機嫌でいった。

「そんなに待つことはない。暮六《くれむ》ツの約束だから、もうみえるはずだ」

半ば開いている障子《しょうじ》から暮れ行く外を見ながら、いな吉は理左衛門がわざわざ引き合わせようとしているのは、どんな客なのだろうかと思った。室内から見ると外はもう暗く、暮六ツが間近《まぢか》のようだった。三月八日といっても、グレゴリオ暦ではもう四月二十九日だから、障子を開けておいても寒くないどころか、川風が入って気持が良い。門前仲町は深川の中心地だけに軒並み料理茶屋で、もうあちこちから三味線の音が聞こえていた。

身分の高い武家とのつき合いが多いせいか、理左衛門は威厳のある老人だったが、人柄は上品で穏やか。客としてもまったくいやみなところがなく、いな吉にとっては上客中の上客だった。

深川にいた当時のいな吉は、自前芸者とはいっても、中嶋屋という芸者屋の看板を借りている身で、主にその姐さん、つまり女主人の指図にしたがってお座敷をつとめ、割り前を受け取る立場だった。しかし、中嶋屋の姐さんも理左衛門の評判は知っていたから、いな吉を指名してのお座敷がかかれば、最優先で出してくれたのだ。

　待つほどもなく階段の下で、

「どうぞ、こちらへお上がり遊ばせ」

　という声が聞こえ、梅本のおかみ自身が客を先導して部屋へ入って来た。もう室内は真っ暗だが、明るい百匁蠟燭《ひゃくめろうそく》が二本立っているので、入って来た二人の客の姿ははっきり見えた。一人は、頭を丸めた中肉中背の男で、いな吉も顔見知りの北山涼哲《きたやまりょうてつ》という医者だったが、もう一人の背の高い男は初対面だった。

　——なんてご立派なお方……

　いな吉は、思わず見とれた。年齢は三十歳ぐらいだろうか。五尺七寸《しゃくすん》（一七三センチ）かそれ以上もありそうな長身だ。一六〇センチでも小柄な方ではなかったこの時代としては珍しい大男だが、大きいからといって大男の相撲《すもう》取りのように太ってはいない。彼女好みのすらりとした体型だったが、月代《さかやき》をせず、頭を総髪にしているのが目を引いた。つまり、額から頭の上まで剃《そ》り上げ、後頭部に髷《まげ》をつけるというこの時代の標準的な男のヘアスタイルではなく、黒々とした髪をそのまま伸ばしていたのだ。

　総髪の男というだけなら、江戸でもたまには見かける。古方家《こほうか》あるいは後藤流という流儀の医者は、髪を剃らずに頭の後ろに小さな髷をつける。修験者《しゅげんじゃ》、つまり山伏《やまぶし》、それに易者《えきしゃ》のような特殊な職業の男も、伸ばしたままにしている。仕官していない学者にも、月代をせず

総髪の易者　学者、占者、山伏などには、月代をしない人がいた。
『江戸職人歌合』より

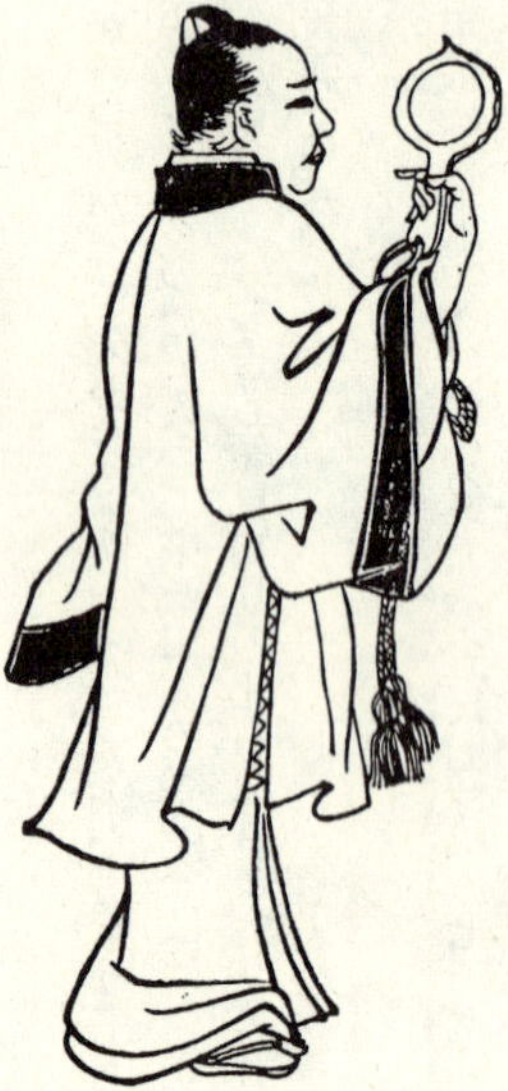

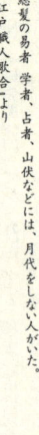

総髪にする人がたまにいた。

だが、これまでさまざまな男を大勢見てきたいな吉にも、この客の職業や身分はさっぱり見当もつかなかった。医者や修験者とは思えないし、見るからに教養のありそうな感じだが、学者でもなさそうだった。この時代の学者といえば儒学の専門家で、肩肘《かたひじ》張ったような人が多いが、どう見てもこの客には学者ふうの堅苦しさがなかった。

身分は、もっとわからなかった。顔だちがやや面長《おもなが》なところは上級武士ふうなので、月代をして武士の服装になれば、背の高い立派な殿様に見えそうだが、身のこなしは武士ではない。だからといって商人ではないし、農民にも職人にも見えなかった。

これまでに見たこともない不思議な人だと思いながらさり気なく観察しているうちに、三人の男の間での挨拶が終わり、主客らしい不思議な男は床の間を背にして座りながら、いな吉を正面から見詰めた。普段、芸者として見られるのに慣れている彼女は、どこか物悲しそうなやさしい目で穏やかに見詰められ、思わず微笑《ほほえ》み返してしまった。

いな吉は、これまで客にこんな目つきで見詰められたことはなかった。

「さあ、いな吉。こちらの速見さまにお酌《しゃく》を」

大沼理左衛門が声をかけた。

「アイ」

いな吉は立ち上がって、自分をやさしく見詰めている客の方へ歩いた。そして、こういう場合の型通り、客に向かって左前の位置にきちんと座り、三つ指をついた。

「ようおいで遊ばしました。いな吉にござります」

一礼してから顔を上げると、速見さまと呼ばれた客はにこやかに会釈《えしやく》した。川向こうの日本橋本石町《ほんこくちょう》の時の鐘が、暮六ツを打ち鳴らすのがかすかに聞こえた。

――なんておやさしい目だろう――

いな吉は、男の視線に包み込まれるように感じながら、銚子《ちょうし》を取り上げた。この時代の銚子とは燗徳利《かんどつくり》のことではなく、鉄瓶《てつびん》型の酒器である。

「お近づきのために、一つ差し上げやしょう」

差し出された朱塗りの盃《さかずき》になみなみと注ぐと、速見は、

「有難う」

といって一気に飲み干し、

「ああ、おいしい。いい酒だ」

といった。

「お気に召しましたら、さ、もっとお食べなさいまし」

と、またなみなみと注げば、また一息に飲み干す。立て続けに四、五杯飲んでからの速見は、今度は盃を引っ込めたまま障子の外を見詰めて何やら物思いにふけっている様子だった。こういう大柄な男の憂《うれ》い顔には風情《ふぜい》があって悪くないが、酒席を取り持つ芸者としては

銚子　昔の銚子、盃は、こんな形だった。
『絵本小倉錦』より

放っておけない。いな吉は、しばらく様子を見てからちょっと甘えた声でいった。

「アレ、速見さま。何をそうぼんやりしていらっしゃいます。わちきのお酌ではお気に召しませんかェ」

それを聞いた速見は、我に返ったようにいな吉を見ると、慌《あわ》てたようにいった。

「とんでもない。いな吉姐さんがあまり美しいから、ぼうっとしてしまったのさ」

「アレマア、ホンニ憎らしい。わちきの方など少しもご覧にならず、外ばかり見ていらっしゃるくせに」

いな吉はそういいながら、銚子を差し出した。

「あんまりじっと見ては悪いから、遠慮して目をそらせたんだ」

速見は、いいわけをしながら、今度は、彼女の目の前に盃を突き出した。

「一人で飲んでいてもつまらない。姐さんも少しお飲み」

「アイ。ありがとう」

いな吉は、今までほぼ向かい合わせに座っていた位置から、速見のすぐ前ににじり寄って盃になみなみと酒を受けた。相手が飲んだ盃だから、盃洗《はいせん》でゆすいでから受けるのが普通だが、いな吉はそのまま受けると、彼のまねをして一息に飲み干した。なぜか、この穏やかな大男の唇が触れた盃を汚く感じなかったからだ。

「飲みっぷりがいいね」

江戸の宴会
内輪の宴会はこういう形式の方が普通だったようだ。
『教草女房形気』より

速見はちょっと心配そうにいって、それ以上注ごうとしなかった。

「はじめの一杯だけ、景気づけですのサ。わちきはそんなに強くないから、とてもそんなにたんとは食べられません。でも、もう少し……」

盃を差し出すと、速見は、今度は半分ぐらいそっと注ぎながら小声でいった。

「無理して飲まない方がいいよ」

芸者を酔わせようとして酒を強いる客が少なくないだけに、自分の身を気づかってくれる速見の気持が嬉しかった。

「速見さまは、おやさしい」

といって酒を受けながら、いな吉は、自分が芸者扱いされていないと感じていた。

男の客にとっての芸者は、金を払っての遊び相手である。今の世の中でさえ、酒場で酒の相手をしてくれる美女のことはその場限りの遊び相手だとしか思わないから、身分社会では、もっとはっきりした上下関係がある。

いな吉は人権意識の強い現代の知識人ではないから、そんな小むずかしいことを意識しながら芸者稼業をしているわけではないが、自分に対する速見の態度を見てはじめて、芸者をまったく自分と対等の人間として扱ってくれる男がいることに気づいたのだ。

その時、おりん姐さんを相手に酒を飲みながら、医者の北山涼哲と上機嫌で話し込んでいた大沼理左衛門が、いきなり振り向いて声をかけた。

「おい。いな吉。速見さまのお国がどこか、当ててみるが良い」

「アレサ」

いな吉は、酒が半分だけ入った盃を持ったまま理左衛門の方を振り向いて答えた。

「もちろん、お江戸のお方でいらっしゃいましょう」

初対面の時に感じた速見に対する軽い違和感は、盃をやり取りして言葉を交わすうちに薄らいでいた。言葉の使い方に独特のくせを感じるものの、速見の話し方には、いな吉が生まれ育った日本橋界隈《かいわい》特有の微妙な下町訛《なま》りがある。それを聞いているととても他国の人とは思えなかった。

「ところが、そうではないのだ」

理左衛門が笑いながらいった。

「ハテネ」

いな吉は、小首をかしげながら、じっと速見を見詰めた。

「はじめはびっくりして、もろこしのお方かとも思いましたけれど、こうやってお話ししておりますと、わちきには、やっぱりお江戸としか見えません」

「仲町きっての利口ものといわれるお前にも、こればかりはわかるまい」

「アイ。どうにも知れません。それに……」

いな吉は、困ったような顔をした。

「辰巳には、わちきより賢い姐さん方が大勢いらっしゃいます」

「わからないのなら、教えてやろう。速見さまはな……」

理左衛門は、いな吉に顔を近づけると、わざとらしい小声でいった。

「この世のお方ではない。仙境という世界から、ひょっくりと江戸見物にお出《い》でになったお方なのだ」

からかわれていると知ったいな吉は、わざと驚いて見せ、

「アレ。それならば、あの世のお方……」

といいながら、速見の姿を上から下までしげしげと眺めた。

「あの世といっても、釈迦如来《しゃかにょらい》の霊山浄土《りょうぜん》や阿弥陀《あみだ》如来の西方《さいほう》極楽浄土や十万億土ではない。仙境というまことに不思議な国からおいでになった」

「そんなら、お客さまは仙人さま！」

いな吉は目を見張った。深い山の中に仙境という別世界があり、不思議な術を使う人が住んでいるという話は聞いたことがあるし、雲に乗って飛ぶ白髪の老人の絵を見たこともある。だが、どう見ても、この客にはその種の神秘的な雰囲気など微塵《みじん》もなさそうなので、やはり、老人がからかっているのだと思った。

笑いながらいな吉を見ていた理左衛門は、

「なあ、いな吉。お前は、男ぎらいの変わり者という評判の芸者だが、速見さまとなら気が

合うかもしれないと思ってお連れした。それに、仙境の秘術をご存じゆえ、金にもご不自由のないお方だ。これからは、もっぱら速見さまのお相手をしておくれ。速見さまは、ご酒《しゅ》がお好きでお強いのだ」

「アイ」

望むところなので、彼女は、お酌しやすいように速見の右側に寄り添って座った。

「もっとお食べなさいまし」

銚子を取ってすすめながら、いな吉は小声で尋ねた。

「速見さまは、本当に仙人さまでいらっしゃいますのかェ」

速見は苦笑しながら、ごく自然にいった。

「仙人じゃない。いな吉姐さんと同じ人間さ」

「ソンナラ、大沼のご隠居さまは、なぜあんなことをおっしゃったのでござんしょう。普段は、わちきをからかったりなさらないお方なのに」

「大沼のご隠居がうそをおつきになったわけじゃない。私は、本当にこの世ではない別の不思議な世界から来たのだから」

「アレ……」

いな吉はびっくりして速見の顔を見詰めた。客の表情から心の内を読み取るのも芸者の芸のうちだが、どう見てもこの不思議な客が冗談をいっているようには見えなかった。しかし、あまりに現実離れした話なので、そのまま言葉どおりに受け取ることもできない。いな吉は、ちょっと考えてから尋ねた。

「ご隠居さまは、速見さまが仙境の秘術をお使いになるとおっしゃいましたが、雲に乗って飛んでいらっしゃったのでござんすかェ」

速見は、その言葉をまじめに受け取ったらしく、

「いや。私は仙人じゃないから、雲には乗れない。うーん、なんといえばいいかな」

と、真剣な表情になって考えていたが、やがて言葉を選びながらいった。

「道を歩いていたら……不意に空中に隙間《すきま》か穴があいたみたいになって……そこからいきなり江戸へ落ちてしまったんだ」

「マア、あぶない。それでお怪我《けが》もなく……」

速見のいい方が真に迫っていたので、いな吉は思わず速見にすり寄った。

「不意だったから、歩いていた人にぶつかったけれど、二人とも怪我はなかった」

「それはよろしゅうございました」

いな吉は、ほっとしてうなずいた。まるで夢のような話なのに、速見が事情を本気で自分に教えようとしている気持が伝わって、いつの間にか現実のこととして受け答えしていた。話に引き込まれたいな吉は、速見に寄り添うようにしながら顔を見上げた。

「それからどうなさいました」

「ぜんぜん知らない場所へ出てしまって困っていたところへ、涼哲先生が通りかかって助けて下さった。だから、今は先生の家に居候《いそうろう》している」

「それで、お前さまは、いつ仙境へお戻りになるのでござんすかェ」

いつの間にか、〈速見さま〉が〈お前さま〉になっていた。速見は、溜息《ためいき》をついた。

「わからない。その、仙境に通じる穴みたいなものが見つからないと、戻れないのだ」

「それでは、ご新造さまがさぞかし心配なされていらっしゃいましょうねェ」

いな吉は、速見の話の不思議さについて考える前に、彼の妻に同情しながらいった。

「いや、私は、親も女房子供もいない独り身なんだ」

「アレサ。ご新造さまもいらっしゃいませんのか」

どう見ても三十歳は越している感じで、見るからに落ちついた様子の速見が独身だというのは、この時代の常識に照らして考えると意外だったが、今宵この座敷へ出てからの速見についてのことはすべて意外なので、今さら驚かなくなっていた。

「ああ。女房は二年半前に亡くなって、そのままずっと独り暮らしを続けているのさ」

「マア。お気の毒に」

いな吉は、膝の上に視線を落としたが、自分の心の中に、速見が独身だということを知って喜んでいる部分があることをはっきり意識していた。

「あの、お前さま。もう一つお尋ねしてよろしゅうござんすかェ」

「なんだね」

「わちきは、お前さま、いえ、速見さまのお年を知りとうございます」

しつけの良いいな吉は、芸者は常に客より一歩退いているべきだという礼儀を身につけていたから、これまで、初対面の客にお前さまと呼びかけたり、年齢を尋ねるなどという無礼を働いたことはなかった。だが、速見が、自分をまったく対等の人間として扱って、気さくに相手をしてくれるので、つい気を許してしまったのである。

「最初お目にかかった時は、三十ばかりかと思いましたが、こうやってお話ししておりますと、もう少し上かとも思います」

速見は笑いながらいった。

「とんでもない。そんなに若くはないよ。江戸の数え方なら、私はもう四十五だ」

「ええっ」

いな吉は、今度は本当に驚いて声を上げた。彼女の知っている四十男といえば、四十四歳になる自分の父親を含めて、すべて初老というのにふさわしい年輩に見えるのに、速見はまだ青年といっていいほど若々しかったからである。

——やはり、速見さまは仙境のお方なのだ——

彼女は、独りで納得しながら、どう考えても速見はこの世の男の分類に入らないと思った自分の直観に満足していた。

「なあ、いな吉」

医者の涼哲が、二人の会話に割り込んできた。

「浦島が龍宮で年を取らなかったように、仙境の人は年を取らないのだ」

それを聞いた理左衛門も口をはさんだ。二人とも、表面はそ知らぬ顔をしながら、速見といな吉が何を話しているのか、聞き耳を立てていたのだ。

「そればかりじゃない。速見さまは、仙境の不思議な術に通じていらっしゃる」

いな吉は、速見と理左衛門の顔を見比べるようにして尋ねた。

「マア。どんな術をご存じでいらっしゃいます」

「お前は男嫌いで、いやな座敷には出ないどころか、出てもけっして客の横に座らないという評判だ。そういうお前が、速見さまの横にぴったりと寄り添っているのはなぜだ」

「おやさしいからでござんす。こんなおやさしいお客さまなら、縦にでも横にでも座ります」

いな吉が速見の顔を見上げながらいうのを聞いて、涼哲は笑った。

「速見さまは、女に惚《ほ》れられる秘術を心得ておられる。うちの家内も毎日のように、速見さまは男らしくておやさしい、と申しておりますぞ」

「聞いたか、いな吉」

と、理左衛門がいった。

「それが、速見さまの仙境の術なのだ」

「アイ。わかりましてございます。わちきはしっかり術にかかりました」

いな吉はそういいながら、速見に体を押しつけた。しかし、彼女には、速見が不思議な術を使って自分を籠絡《ろうらく》したのでないことが、誰よりもよくわかっていた。現代的な表現をするなら、堂々とした男が、年齢も男女の差も社会的な立場の違いも無視して、酒の相手をする芸者を同じ身分の者として扱い、やさしく対等に話しかけてくれるのが、この上なく嬉しかっただけなのである。

こうして、いな吉は速見を旦那にした。

——旦那さまは、もう五日もいらっしゃらない——

いな吉は、愛用の三味線を畳《たたみ》の上にそっとおろして、溜息をついた。

速見を旦那にしてから、もう一年以上になる。彼女の目に狂いはなく、この上なくやさしいばかりか、やりたいことはなんでもやらせてくれた。速見は、江戸煩《わずら》い、つまり脚気《かっけ》に効く不思議な薬を作って大金を稼いでいたから、金もたっぷり使えた。薬で稼ぐといっても、実際に病人を診《み》て投薬するのは医者の涼哲で、速見自身は涼哲の家へ行って、秘密の方法で薬を作るだけだったから、いな吉自身の生活に表立った影響はなかった。

しかし、二人がいっしょに暮らしていたのは去年の八月一杯までで、九月一日の夕方、いな吉の見ている前で姿を消してからというもの、いっしょにいられる日の方が少なくなってしまった。

姿を消したといっても、抽象的な意味ではない。彼女が見ている前で、速見の体が透けて向こうが見えるようになり、本当にふっと消えてしまったのである。もし、速見が普通の人だと思っていれば、いな吉はその時の衝撃から立ち直れなかったかもしれない。

だが、速見が仙境という異世界から来た人だということは、数ヵ月間生活をともにする間によくわかっていた。それに、仙境へは穴か隙間のような所を通って行き来することも何度か聞かされていたので、その不思議な穴を見つけて自分の世界へ戻ったのだろうと想像していたから、一時的には驚いたものの恐怖心はなかった。また、消えて行く途中で、彼が、

「いな吉、また、必ずやって来る。それまで、待っていてくれ」

という声がはっきり聞こえたので、まるで幽霊のように消えるのを目の前で見ても、旦那さまは仙境へ戻られたのだと納得《なっとく》していた。とはいえ、最愛の人が消えてしまったことが平気だったわけではない。時には寂しさのあまり泣きながらも、今に必ず戻って来ることを信じてじっと待っていた。

しかし、一ヵ月近くたってもまったく音沙汰《おとさた》がないので、いな吉がほとんど諦《あきら》めかけていた十月一日になって速見はまた江戸へ現れ、以後は、月のうち半分近くを江戸で過ごすようになった。芸者の旦那といえば、ちゃんとした本妻がある方が普通なので、この程度来てく

れれば普通か普通よりましだった。いな吉は、約束通りの日にはちゃんと来てくれる旦那を特に不満にも思わずに暮らしていたのである。

しかし、今度は違った。二、三日のうちに必ず来るといいながら、もう五日も顔を出さないので、いな吉は不満だった。この世にいる人なら、たとえ遠方に住んでいても、手紙を出すなり使いをやるなりできるが、仙境という別世界からかよって来る相手だけに、こうなると手も足も出せないのだ。

こまかいことを気にしない陽気ないな吉も、今度の約束違反には少し機嫌を悪くしていたが、速見の顔を見ればすぐに機嫌が直ることもわかっていた。しかし、今回ばかりは、このまま甘い顔をして済ませるのが少しばかりしゃくにさわった。

――そうだ――

いな吉は膝《ひざ》を叩いた。

――今日いらっしゃったら、嬉しそうな顔をせずにしばらく拗《す》ねていて、旦那さまを困らせてあげよう。そうすれば、旦那さまも少しは懲《こ》りるかもしれない――

しかし、下手《へた》に拗ねて見せた結果、速見が恐れをなして出て行ってしまえば元も子もない。

――そうだ――

いな吉は、もう一度膝を叩いた。今日は知り合いが訪ねて来る予定なので、その客にかこつければ、よりを戻すきっかけはいくらでもありそうなのだ。自分の思いつきに満足したいな吉は、また三味線を抱えて歌い始めた。

跳ぶ

電話が鳴った。

速見洋介は、左手をパソコンのキーボードにおいたまま、右手でコードレスの受話器を取った。

「速見でございます」

事務的に答えると、受話器から歯切れのいい声が返ってきた。

「池野《いけの》ゆみでござんす」

「ああどうも、すっかりご無沙汰《ぶさた》致しまして……」

やや意外な相手だったので、洋介は少し口ごもった。彼女は今、江戸時代、文政年間の江戸に住んでいるはずなのだ。ちょっと戸惑ったような洋介の声を聞いて、池野ゆみはあきれたように笑った。

「なにをおっしゃる。ご無沙汰どころか、ほんの四、五日前に難波町でお会いしたばかりじゃござんせんか」

「ああ、そうでした」

　慌てて調子を合わせたものの、洋介は何か変だと感じた。四、五日前どころか、最後に池野ゆみに会ってから半年もたっているからだ。だが、ゆみは気にした様子もない。

「久しぶりに東京へ出て来たもので、ちょっとお電話してみました。それにしても、東京は変わりようが激しいもんで、迷子になりそうでござんすヨ」

「今、どちらにいらっしゃるの」

「中野駅の南口サ。ところで、これからお宅へ伺っても、ご迷惑じゃござんせんかェ」

「迷惑だなんてとんでもない」

洋介は、時計を見ながらいった。

「何ならお昼をごいっしょしましょう」

「有難うござんす。で、奥様は……」

「出張していて、あと二、三日は帰って来ません」

「お忙しい方だネ」

「それに、彼女がいても別に差し支えないし」

妻の流子《りゅうこ》は大手出版社で編集者として働いている。今は、国内美術館の収蔵品を全集にまとめる大きな仕事の責任者をしているため、月のうち半分も家にいないが、もしいたとしても女性の来客には慣れていた。

科学評論家の洋介の所へは、毎週何人かの編集者が打ち合わせやインタビューに訪れるが、そのほぼ半数は女性だ。流子自身も、編集者として作家や評論家を訪ねるのが仕事の一部になっているが、訪問相手の大半は男性だ。女客が来ることなどまるで気にもしない。まして、池野ゆみは八十歳をいくつか超している。

「ソンナラ、すぐに伺います」

「お迎えに行きましょうか」

すこぶる元気な人とはいえ高齢者なので、洋介は一応そう尋ねてみたが、ゆみはとんでもないといわんばかりの早口でいった。

「年が年だから頭は大分ぼけてきたけれど、足腰だけはまだしっかりしてますからネ。少しでも自分で歩くようにしないと、足腰までだめになっちまう。あ、バスが来たから切ります」

ゆみが一方的に電話を切ったので、洋介は居間へ行ってソファの周囲を片づけてから、また仕事に戻った。

化学者だった洋介が、先妻に先立たれた後に製薬会社の研究所を退職し、文筆専業になったのは五年近く前だった。最初に売れたのが環境問題を扱った著書だったせいで、環境問題がブームのようになっている最近は、仕事の量がかなり多く、ここ数日はほとんど休みなしにキーボードに向かっていた。今も、今日が締切り日になっている二本目のエッセイを書き終えて、最後の読み返しをしていたところだった。

ディスプレー上の文章を急いで読んでいると、チャイムの音がした。洋介は、すぐに玄関へ行ってドアを開けた。地味な着物を着た小柄な池野ゆみが立っていた。

「どうぞ、お上がり下さい」

スリッパを揃えると、ゆみはきびきびした身のこなしで頭を下げ、

「ハイ。それじゃお邪魔します」

といいながら草履《ぞうり》を脱ぎ、居間へ通った。

「家の中の感じが以前とだいぶ変わりましたネ」

洋介が茶を入れて持って行くと、ソファに腰をおろしたゆみは物珍しそうに室内を見廻していた。

「それに、広くなったようで……」

「ええ。ずっと広くなりました。実は、右隣に住んでいた人が引退して故郷へ帰る時に、できれば買ってくれといわれましてね、流子が買ったんですよ。このマンションは、隣とつなげられる構造になっているもので、まとめて一戸分にしました」

洋介は、説明してから話題を変えた。

「ところで、池野さんは東京は久しぶりじゃないですか」

「ええ。しばらく跳べなくなっていたものでネ。なにしろもうこの年だから、このまま跳べ

なくなるのかと半分あきらめていましたヨ。ところが、ついこの間、いな吉姐さんの所で速見さんとお会いした時にゃ、跳べるきざしがまるでなかったのに、おとといの明け方あたりから急に体の調子が変わって、きのうの昼前にはまた跳べるようになりました。そうなると、東京が見たくて矢も楯《たて》もたまらなくなったから、エイッとばかりこちらへ来てしまった」

ゆみはちょっと舌を出すと、いたずらっ子のような笑い方をした。

「速見さんは、跳べなくなりそうな気配はありませんかェ」

「反対に、今のところ少しずつ強まっています」

「そりゃ結構なこった」

ゆみはうなずいた。

「跳べる人間が跳べなくなった時は、本当に情けないから」

ゆみは〈跳ぶ〉と表現したが、空間的に跳ぶのではない。洋介とゆみには、現在と百六十年前の過去の世界との間を自由に往復できる不思議な能力があるのだ。洋介自身は、自分のこの力を〈転時《てんじ》能力〉と呼んでいるが、はじめて転時したのは先妻が亡くなって間もなくの頃だった。それ以来、百六十年前の江戸と現代の東京の間を往復した回数は数えきれないが、なぜこんなことができるのか、自分でもさっぱりわからなかった。

最初に江戸の町に転がり込んでしまった時は、まだ自分の体が時間を超えて移動するなどと思ったことさえなかっただけに、いったい何が起こったのか見当もつかず、困りはてたものだった。

幸い、北山涼哲という本道医《ほんどうい》つまり漢方の内科医に拾われて、彼の自宅兼診療所に居候する身になったが、脚気の治療薬を作って豊かに暮らせるようになった。化学と薬学の専門家で、さまざまな実地経験が豊富な洋介にとって、米糠《こめぬか》を原料にして脚気の特効薬であるビタミンB_1をたっぷり含んだ薬を作るのは大してむずかしい作業ではなかったのである。

池野ゆみは、洋介が知っている自分以外のただ一人の転時能力者だったが、ゆみも、洋介以外の能力者を一人も知らないといっている。ところが、二人の間には不思議な共通点があった。

昭和の東京で生まれた洋介が、現代を拠点として過去と往復しているのに対して、延享年《えんきょう》間（一七四四〜四八）の江戸生まれのゆみが、江戸を拠点として東京へ来ている違いはあるものの、二人が往復できるのは同じだけ離れた時間の間で、別の時間帯に行くことはできない。これを偶然だというには、あまりにも偶然すぎるので、洋介は別のもっともらしい説明を考えていた。

時間という動かしがたい頑丈な壁に、一ヵ所だけ細いひび割れのようなものが入っていて、そこを通り抜けて往復するコツを身につけた人間がごく少数だけいる。その能力のある人間のうち、ゆみと自分だけがたまたま知り合った、というのである。

しかし、転時の感覚は、空間的に狭い隙間を通り抜ける時の窮屈な感じとは似ても似つかない。一方からもう一方へ身軽く跳び移る時のような独特の移動感覚のため、ゆみは、跳ぶと表現しているのだ。

「速見さんは、相変わらずお忙しそうでござんすネ」

ゆみは、居間にまであふれている本の山を見ながらいった。

「そうなんですよ。今日は仕事が一段落してほっとしているけれど、ここのところあんまり忙しかったもので、ちょっと頭が混乱しちまって……ところで、この間、難波町の家でお会いした時の年号は、文政何年でしたっけ」

洋介は、さり気なく質問した。

「いくら忙しいったって、そんなことぐらい忘れなさんなヨ。文政十年丁亥《ひのとい》（一八二七）じゃござんせんか」

「あ、そうそう。十年でした」

洋介は、平静をよそおってうなずきながらいった。

「こちらでは年号と西暦をごちゃまぜにして使うから、あちらのこともすぐごっちゃになるんですよ」

「そう。こっちはややこしいからねェ。わからなくなっても不思議はないサ」

西暦を使わない世界の住人であるゆみは、そのいいわけを素直に受け取ってくれたが、洋介の心境は複雑だった。ひまをみて江戸のいな吉のもとへ通っている洋介が最近行ったのは、文政十年ではなく、文政六年（一八二三）の江戸だったからだ。

「速見さんは、こちらにも奥さんがいて忙しい生活をしてなさるのに、いな吉姐さんの所へはちゃんと顔をお出しになるから感心なものサ。もっとも、あんなに可愛らしい人だから、心配で放っとけないだろうけれどネ」

洋介の心中がわかるはずもないゆみは、皮肉たっぷりの口調でいった。

「いいねェ。速見さんは。前の奥さんが亡くなるとすぐに、流子さんみたいにスタイルも頭もいい美人の才女と再婚し、江戸へ行くと、芸者評判記に極上々吉《ごくじょうじょうきち》と書いてもらえるほどの売れっ妓芸者の旦那になって楽しんでなさる」

評判記は、芸能情報誌のような刊行物である。歌舞伎役者の容姿や芸を批評する評判記に始まり、遊女や芸者の評判記も出るようになった。極上々吉は、最高に近いランクなのである。

「どっちか一人だけでも、人が羨《うらや》むような奥さんが二人もいて、しかも、流子さんは十四だか五だか年下で、いな吉姐さんに到っちゃ、最初はたったの十七歳。その十七も数え年の十七だから、今ふうに数えればまだ十六だ。速見さんよりは三十も年下。果報者という言葉は、速見さんのためにあるようなもんだ」

「そういうふうにずけずけいわれちまうと身もふたもないけれど、ぼくの立場は池野さんが考えてるほど気楽じゃありませんよ。前の家内が亡くなったあと、ぼくは死ぬほど苦しんだし、流子だって、最初から恋人だったわけでもなければ、再婚相手としてお見合いしたわけでもないし。あの人が、編集者としてはじめて仕事を頼みに来た時は、もちろん初対面だったし、名刺を交換するまでは、名前も正確に知らなかった。しばらくは、原稿の受渡しをするだけの仕事上のつき合いだけでした。美人の編集者が来ただけでいちいち惚れ込んで結婚を申し込んでいちゃ、男の文筆業者は体がいくつあっても足りやしませんからね。それに、流子を再婚相手として考えたのは、いっしょに仕事をするようになってかなり後のことで、彼女が離婚経験者だと知ってからだし……」

「へえ。じゃ、お宅は再婚同士でいらっしゃるのかェ」

ゆみは意外そうにいった。

「離婚経験者だと知ってから再婚を考えなすったということは、わざわざ離婚経験のある人を選んで再婚なすったというわけでござんすかね。男は、なるたけ経験が少ない女性、できれば生娘《きむすめ》がいいというけれど……」

「男だっていろいろですよ。だから、家内が亡くなってすぐ再婚したなんてとんでもない話で、流子といっしょになった時は、独り身になって三年以上たってました。いな吉といっしょになった時は、まだ流子と再婚する前のやもめの頃でした」

「それでも、結局は〈両手に花〉をやってらっしゃるんだから、わたしみたいに、亭主に死なれてから五十年以上もずっと独りっきりでいた者から見りゃ羨ましい限りだ」

ゆみがちくりちくりと皮肉をいうのは今に始まったことではないので、洋介は黙って聞き流しながら、いな吉のことを考えていた。ゆみのいった通り、洋介がいっしょに暮らすようになった当初の彼女は、満年齢ならまだ十六歳だった。

現代人の十六歳はまだ未成年だが、江戸時代の十六歳はもう成人である。いな吉も、十二の時から三年間、五千石の大身《たいしん》旗本の奥勤め、つまり住み込みの奥女中としての経験を積み、この時代の規範となっていた武家の行儀作法などを身につけた。奥勤めはただの勤労ではなく、女性の高等教育を兼ねていたのである。

だから、暦の上での年齢が十六歳でも、精神的には現代の十歳ぐらい年上の女性なみかそれ以上に成熟していて、芸者としては盛りの時期に入る年頃だった。洋介としても、子供を相手にしている感覚はまったくなかった。華奢《きゃしゃ》な肉体はまだみずみずしく、幼さを感じることはあっても、心はもう完全に大人なのだ。

深川の料理茶屋でいな吉と知り合ったのが、文政五年（一八二二）の春だったから、池野ゆみがいる文政十年の江戸では、満二十一歳になっているはずだ。数えの二十歳つまり満十九歳になれば年増《としま》と呼ばれる時代だから、いな吉は肉体的にもすっかり成熟して、娘というより大人の女になっている。ところが、洋介が行く文政六年のいな吉はまだ満十七歳なのだ。

それはいいとして、ゆみによれば、文政十年のいな吉の方へはもう一人の自分がせっせと通っているというのだからややこしい。

はじめていな吉に会った時から、洋介にとっては五年の時間がたっている。だから、本来なら転時すると文政十年の江戸へ行くはずなのだが、昨年ロンドンへ取材に行った時、どうしても昔のイギリスが見たくなった洋介は、さんざんためらった挙句に転時して十九世紀のロンドンを見物してきた。

無事に現代へ戻ったところまでは良かったが、問題は日本へ帰ってからで、転時して行く先の江戸が、それまでの延長だった文政九年と、はじめて江戸へ行った当時の延長である文政五年の二種類に分かれてしまったのである。

最初のうちは、どちらへ行くかは成り行き次第だったから、十六、七歳のいな吉と二十歳から二十一歳のいな吉の両方に会っていたが、そのうちに、年上の方がいる時間帯には転時できなくなり、若い方のいな吉の住む江戸へしか行けなくなった。そのままの状態が今まで続いているのだ。

洋介は、年上の方のいな吉がどうしているのか心配でならなかったが、ゆみの言葉から想像すると、どうやら二つに分かれたのは洋介だけではないらしかった。いな吉も二人いて、もう一人の自分が年上の方へ行っている様子なのだ。なぜそんなことになったのか見当もつかないが、地球の反対側で転時したため、自分を取り巻く時間と空間に何かの異変が起きたらしい。しかし、だからといってどうすることもできなかった。

「でも、ここんところ、いな吉姐さんもすっかり大人びてきなすったねェ」

洋介が黙ってしまったのを見て、気分を悪くさせてしまったとでも思ったのか、ゆみは取りなすように話題を変えた。

「まだ娘娘していた頃の姐さんも可愛かったけれど、今みたいな年増になってからもまたいいもんだ。それに、ここのところは旦那がよく来て下さるからご機嫌が良くて、ますます綺《き》麗《れい》におなりなすって……」

ゆみの饒舌《じょうぜつ》を聞きながら、洋介は、文政十年に生きるいな吉がさびしい思いをしていないことを知って心底《しんそこ》ほっとしていた。年上のいな吉の方へ行けなくなってからのここ数ヵ月というもの、若い彼女に辛い思いをさせているという思いに苦しんでいたからだ。

洋介は、今日は何としても若い方のいな吉のもとへ行かなければならないと思った。


地下鉄人形町駅から地上へ出た洋介は、しばらく横町を歩いてから地元の人間しか通らない細い路地へ入った。近くの日本橋蛎殻町《かきがらちょう》で生まれ育った洋介は、このあたりなら隅から隅まで知り尽くしている。

少し歩調を落としながら、じっと空中を見詰めると、現代のビルのコンクリートの壁にかさなって、二階建てと平屋《ひらや》の家が並ぶ町並みが、影のようにぼんやりと見えてきた。さらに数秒間その状態を続けていると、ビル街の方が次第にぼやけていき、逆に今まで影のように見えていた町並みの方がはっきり見えるようになった。洋介は、慎重に前後を見て人目のないことを確かめると、一気に〈跳〉んだ。

次の瞬間、現代のビル街の姿は消え失せて、洋介の体は、二階建てと平屋の木造家屋が並ぶ町並みの中に移っていた。空気が急に冷たくなり、いつも感じるかすかな潮《しお》の香《か》を含んだ独特の匂いに変わった。

現在の東京から、百数十年前の江戸の同じ地点に転時したのである。転時した江戸は、文政六年陰暦四月、グレゴリオ暦なら五月下旬のはずだった。

洋介は、見慣れた江戸日本橋人形丁《ちょう》通りの裏を何食わぬ顔でさっさと歩き始めた。

道の前後には誰も歩いていないが、これまでの経験では、もし遠くで誰かが見ていたところで、その人は特別な反応を示さないのが普通である。あまり意外なことが目の前で起きると、人は自分の感覚の方を信じないらしく、何もなかった空中に突然一人の人間が現れてそのまま平然と歩き始めても、大部分の人は、気のせいか目の迷いぐらいにしか感じないようだ。

とはいっても、大勢の中には自分の感覚を信じて騒ぐ人がいるかもしれない。変な噂のたねになるのを避けるため、洋介は、転時する時はできるだけ人に見られないように気をつけていたばかりか、同じ場所で何度か続けて転時することも避けている。

転時した狭い横丁を出て角を三回曲がると、現在の人形町通りとほぼかさなった位置にある人形丁通りに出る。道幅はずっと狭くて三分の一ぐらいしかないが、商店の並ぶ賑《にぎ》やかな通りである点は、この時代も同じだった。

洋介は、人形丁通りを横切って難波町に向かった。今でもこの界隈《かいわい》の裏通りには、格子戸《こうしど》のある家や外壁を銅板で葺《ふ》いた家など、都心部と思えないほど昔ふうの住宅が多い。江戸時代ももちろん商店がないわけではないが、仕舞屋《しもうたや》つまり店でない住居が大部分で、裏へ廻ると長屋が多い。日本橋地区の住宅地といってもいい一角だった。

難波町へ向かって歩きながら、洋介はそれとなくあたりの様子を確かめていたが、庭のある町家の塀の上からのぞいている楓《かえで》の葉がまだ新緑という感じなので、今出て来た東京と同じ季節の陰暦四月頃であることは間違いなさそうだった。ここのところ、転時能力そのものは強まっているものの、転時できる時間にずれを生じることがあったので、はたして目指している時間帯に到着しているかどうかがいくらか不安だった。

目的の家へ着くと、洋介は中の様子に耳を澄ませた。三味線を弾き唄いする女性の声が聞こえた。歌詞は聞き取れなかったが、独特の澄んだ美しい声は間違いなくいな吉のだった。洋介は、ほっとしながらくぐり戸を通り、庭ともいえない狭い植え込みを横切って上がり口の前へ行った。

今なら玄関というところだが、江戸の一般庶民の家の入口は、玄関ではなく上がり口という。玄関とは、もともと駕籠《かご》から式台《しきだい》に直接降りられるような構造の入口をいうので、私邸が公邸を兼ねている武家屋敷以外では、寺院と名主や医師の家にしかない。

引き戸を開けると、見慣れた女ものの吾妻下駄《あづまげた》が低い踏み石の横においてあった。

「今、帰った」

声をかけると、ちょっと三味線の音がやんで唄も途切れたが、すぐまた何ごともなかったように三味線と唄声が続いた。しかし、奥の方で障子の開く音がして人が出て来た。

「お帰んなさいまし」

磨き上げた床板に膝と手をつき、額を床板に擦《こす》りつけるようにていねいな挨拶をしたのは使用人のおみねだった。この家には初老の二人の召使い、留吉と妻のおみねがいるから、普段なら来客があっても、女主人であるいな吉が先に出ることはない。ただし、洋介の声を聞きつけた時だけは真先に出て来るのが普通だが、今日はおみねが先に出て来た。

珍しいことだと思いながら、洋介は下駄をぬいで上にあがり、三味線の音が聞こえている茶の間に入った。いな吉は唄の本を見ながら弾き唄いをしていたが、洋介の顔を見てもちょっと会釈しただけで唄い続けた。これまでにこんなことは一度もなかったので、何か様子がおかしいと思いながら、洋介はいつものように茶の間の長火鉢《ながひばち》の前にあぐらをかいていな吉を見た。

彼女は、黒繻子《くろじゅす》の半襟《はんえり》をつけた藍上田《あいうえだ》の万筋《まんすじ》の着物に、下着はお納戸《なんど》山繭《やままゆ》の中形縮緬《ちゅうがたちりめん》、つ

民家の上がり口　庶民の家に玄関はなく、こういう上がり口が普通。『春色辰巳園』より

まりやや暗い藍色をした山繭の絹織物に、中形模様を染めだした縮緬を着ていた。帯は媚茶《こびちゃ》の本博多《ほんはかた》を締めている。

年齢からいえば渋すぎるほどのこしらえだが、いな吉のような高級芸者は、テレビの時代劇の芸者と違って、派手な色合いの衣装は着ない。ところが、一見地味なこの服装が、かえって若々しさを引き立てていて、まるでよくできた美しい日本人形がちんまりと座っているように見えた。

だが、彼女の姿が愛らしければ愛らしいほど、今日の様子は不自然だった。いな吉はかつて洋介の前で不機嫌な態度を見せたことが一度もなかったからである。顔を見せればいつでも弾《はじ》けるような喜びを示すし、二人きりになれば胸に体を寄せて愛撫を求める。それなのに、今日の彼女は、洋介をほとんど無視するような態度を取っているのだ。

今までいな吉が拗《す》ねたことなどなかっただけに、洋介は不安になった。といっても、洋介程度の年功を積んでいれば、不機嫌な女性の扱いには慣れているから、愛人の不機嫌さそのものが不安なのではない。不機嫌の原因さえ突き止めれば、それ相応に対処して解決できる自信はあった。

洋介が不安に感じたのは、いな吉の不機嫌さそのものではなくて、自分の知っているいな吉とは別のいな吉の所へ来てしまったのではないかという、普通ではあり得ない可能性だった。

芸者の茶の間
三味線かけと長火鉢がある。
『春色辰巳園』より

池野ゆみのおかげで、洋介は、もう一人の自分が、文政十年のいな吉の所へ通っていることを知った。一人しかいないと思っていたいな吉が二人いるのなら、三人いても四人いても不思議はない。洋介自身は、たとえ二人以上いるとしても、子供の頃からの連続した記憶があるのはここにいる自分だけなのだから、もう一人の自分が今何を考えてどのように生きているのか、見当もつかない。

同様に、三人目か四人目かのいな吉がいるとすれば、自分が知っている二人とは微妙に違う経験をしているはずで、性格も少しは違っているだろう。もしそうだとすれば、差し当たりどのように応対すればいいかわからない。だが、年上の男としては、今の状況で黙っているわけにはいかないので、

「いな吉。どうかしたのかい。なぜそんな不機嫌な顔をしているのだ」

と尋ねてみた。

「わちきは、いつもと同じでござんす」

彼女は、前を向いたままツンとした様子でいったが、美少女だけあってその拗ねたふくれっ面《つら》の横顔がまた可愛らしい。

来てくれさえすれば文句はないので、洋介の顔を見ると同時に、いな吉のご機嫌は急速に回復していた。だが、ここで甘い顔を見せてはいけないと思うから、洋介の顔を見上げもせずに火箸で長火鉢の灰をつつき、拗ねたままのやや高い声でいった。

「どうかなすったのは、お前さまの方じゃあござんせんか」

「おれの方はどうもしやしない」

「おや」

いな吉は、火箸を灰につき立てると、はじめて洋介の方をやや上目がちに見て、わざとらしいほど丁寧《ていねい》な言葉遣いでいった。もちろん、不自然に丁寧な言葉を遣うのは、女性が自分の不機嫌さを表現する手段の一つである。

「この前お帰りの時には、すぐまた来るって、まるで明日にでも来そうにおっしゃりながら、わちきを五日間も一人で放っておいて、それでどうもしやしないというのなら、どうなされば気がお済みになるのでござんすかェ。どうせ、仙境とやらでご新造さまでも貰われて、お二人で楽しくお暮らしなすっていらっしゃるのでござんしょう」

ご新造さまというのは、武家の妻のことである。この時代、奥様といえば大名や旗本の夫人を指すから、洋介のような武士階級に属していない庶民の場合、ご新造さまと呼ぶのも嫌味なほど丁寧な表現なのだ。

「さびしい思いをさせたのは本当に悪かった。許してくれ」

洋介は居住まいを正して頭を下げた。

「だが、おれがご新造さまをもらうなどということはない。この三千世界のどこを探しても、おれのご新造さまは、いな吉、お前しかいないんだ」

転時能力者にとって、これは嘘ではなかった。最初の妻が亡くなって四年近く過ぎてから流子と再婚したのが重婚でないのと同じで、文政六年、西暦一八二三年の世界にいる洋介にとっては、東京で結婚した二人の妻はこれから百年以上たたないと生まれてこない人だから、今いるこの世界でどこを探しても洋介の妻はいない。この世界での洋介には、いな吉以外に妻も愛人も恋人もいないのは事実だった。

「さようでござんすか」

いな吉は、相変わらず拗ねたまま、つんとした態度でいったが、目の前で速見があやまっているのを見ると、内心ではもう不満がほとんど消えかけているから、どうしても発声が少し穏やかになる。

「ただ、おれには、仙境とこの世との間を行ったり来たりして暮らさなくてはならない定めがある」

洋介は、江戸の友人たちが自分のことを〈仙境から来た人〉というのに便乗して、自分の世界、つまり現代の日本のことを仙境と呼ぶことにしている。

「それは存じておりますハ」

といって一息おいてから、いな吉はまた目をそらせ、相変わらず丁寧すぎるほどの言葉遣いで嫌味をつけ加えた。

「でも、いつも、ホンのついでのようにお立ち寄りになるのを拝見しておりますと、わちきがいるのがなにやらご迷惑なご様子にもお見受け致しますゆえ、これからは、いっそわちきのことなど綺麗さっぱりとお忘れになって、お好きなようにお暮らし遊ばしてはいかがでござんしょう」

「そんな……」

速見は絶句した。いな吉は、効き目があったと思った。これまで彼がこういう態度をとったことがなかったからだ。しばらく黙っていた速見は、ゆっくりした口調でいった。

「いな吉。確かにおれは身勝手すぎるかもしれない。だが、こちらのいい分も一応は聞いてくれないか」

いな吉は、かすかにうなずいて見せた。

「おれは、お前が芳町でも一、二という売れっ妓で忙しい身だということをよく知っている。おれの相手ばかりしていれば商売に差し支えはしないかと心配して、それなりに遠慮してるんだ」

「もし、わちきが毎日お座敷に出るのがおいやなら、芸者なんぞやめてしまってもかまいはしませんハ」

「とんでもない。おれは、お前が売れっ妓なのが自慢だし、お前も好きで芸者をやっているんだから、ぜひ続けてほしい。やめるなんてとんでもない」

「アイ。お前さまがどうしてもとおっしゃるなら、やめはしません」

「おれは、お前がいつも機嫌良くしているのを見て、別に不平じゃないと思っていた」

「これまで、わちきはお前さまにどれだけお世話になりましたことか。そのお前さまに、不平なんぞ申せばバチが当たります」

そこまでいったいな吉は、はじめて速見を真正面から見据えると、駄目押《だめお》しの嫌味をいった。

「わちきは、勝手気ままでいってるんじゃあなくって、お前さまにご迷惑をおかけしているのじゃないかと心配しているだけでござんすヨ」

「とんでもないこった。おれは、お前の所へ来るのが何よりの楽しみだし、今度は御用のつごうがつかなくて間《ま》が空いてしまったが、お前さえ迷惑でなければもっとひんぱんに来たいと思っている」

「そんなら、これからは、そんな水くさい遠慮無沙汰など遊ばさずに、できるだけ江戸にいらっして下さいまし。わちきは、たとえお前さまが毎日ずっとここにいらっしゃったところで、嬉しいと思いこそすれ迷惑に思うはずなど金輪奈落《こんりんならく》ござんせん。それに、お前さまは、江戸にいらっしゃる間も昼間は見物に出歩いてばかり。わちきの商売には触りません」

できるだけ拗ねていようと思っても、もともとがさっぱりした気性だけに、これだけいいたいことをいってしまえばもう気分は晴れている。だが、ここで甘い顔を見せては元も子もないので、いな吉はつい笑顔が戻りそうになるのをおさえてまた視線をそらせた。その時、部屋の外でおみねの声が聞こえた。

「姐さん。小網町《こあみちょう》のお師匠さまがおいでになりました」

「アイ」

もうひと拗ね拗ねて見せるつもりだったが、期待した以上に速見が困っているのを見て、そろそろ潮時かと思っていた矢先だったので、いな吉は間の良いところで予定の来客があったのに内心ほっとした。しかし、相変わらず速見の方へは目を向けないまま立ち上がり、膝の上に抱えていた三味線を三味線かけにかけて部屋を出た。

そのまま上がり口へ行くと、いかにもお師匠さまと呼ばれるのにふさわしい品の良い小柄な女性が、にこやかに立っていた。このお師匠さまは、毎日のように稽古をつけに来る芸事のお師匠さまではなく、幼い頃に読み書きの基礎教育を受けた手習いのお師匠さまである。いうなれば、小学校時代の恩師というところだ。

「お師匠さま。ようお出でなされて下されました。どうぞ、お上がり遊ばして」

いな吉は膝をついてていねいに挨拶をした。

「はい。それでは……」

お師匠さまは、ゆったりした身のこなしで履物《はきもの》を脱いで上がった。

「どうぞ、こちらへ」

いな吉は先に立って奥の間へお師匠さまを案内し、ていねいに挨拶した。

「お師匠さま、まことにお久しゅう。お近くに住みながら、日頃、ご挨拶にも伺いませんで、申しわけないことでございます」

お師匠さまはにこやかに、

「いえ、こちらこそ久しい鳴りでございますよ。そういえば、先日、うちの手習い子が持っていた芸者評判記を見ましたら、おはるちゃんを極上々吉とほめてあって、まことに嬉しゅうござんした」

〈はる〉はいな吉の本名である。

「アイ。あんなにほめられれば、嬉しいよりも何やら気恥ずかしゅうございます」

「なんの、なんの。少しも恥ずかしがることはござんせんよ。私は、もう二十年も手習いを教えておりますが、お前さまほど可愛らしい手習い子は、ほかにありませなんだ。こうして大人になると、まあ、女のわたしが見ても見とれるほど美しくなって。手習師匠のわたしがこんなことを申すのはなんでござんすが、奥勤めをして、そのままどこか大店《おおだな》の跡取り息子のおかみさんあたりに納まるのでは、何やらもったいないように思うておりましたが、こうやって評判記に出るほどの芸者になって、本当に嬉しくて。それにしても、お人形みたいだったおはるちゃんが、おっかさまに連れられてはじめてわたしの所に来たのがまるで昨日のようなのに、思えば夢のようだねえ」

お師匠さまは嬉しそうにいな吉を見た。

形式上、芸者は一段低い身分ということになっていたが、手習いのお師匠さまは知識階級の一員でも、下町に生まれ育った庶民である。教え子が卑しい身分の芸者に身を落として情けない、などという野暮《やぼ》な感覚は爪《つめ》の垢《あか》ほどもなく、一流の芸能人として成功していることを心から喜んでくれているのだ。

「あの頃は、朝起きると、手習いへ行くのが楽しみで楽しみで……」

いな吉は、遠くを見るような目つきでいった。

「家からお師匠さままで、ほんの一町（約百メートル）ほどしかないのに、毎日お弁当を持って行って、みんなでおしゃべりしながらいただきました。それに、お師匠さまのいれて下さるお茶のおいしかったこと」

手習いの女師匠
生徒たちは天神机を好きな方へ向けている。手習いの紙は真っ黒になっている。
『教草女房形気』より

四十歳以上にもなれば、十年前のできごとはまだ新しい記憶だが、まだ満十七歳のいな吉にとっての十年前は、かなり遠い思い出なのだ。それを聞いて、お師匠さまはうなずきながらいった。

「あれは安いお番茶なのに、みんなで賑やかにいただくお弁当がおいしかったから、それにつられておいしいと思っておくれだったのさ」

「今でも、子供たちはお弁当でござんすか」

「おはるちゃんの頃とまるでおんなじ。今、ご町内のたった五軒先の子が一人来ているけれど、その子でさえお昼は家へお弁当を取りに帰ります。この間、外でおっかさまと立ち話をしたら、笑いながらぐちをこぼしていらっしゃったよ。雨の日ならともかく、どうせ家へ帰るのだから、ついでにそのままお昼を食べて行ってくれれば助かるのに、どうしてもお師匠さままで食べるといってきかないといって」

「ホンニ」

と、いな吉は思い出したようにうなずいていった。

「わちきの頃も、お師匠さまの斜め向かいのお店《たな》の子のおてるちゃんは、お昼の休みにはきっと家へお弁当を取りに帰りましたヨ」

お師匠さまも、懐《なつ》かしげにいった。

「そうでござんした。子供の足でも、家までほんの十歩か二十歩なのに、あの子もお昼になると毎日お弁当を取りに行ったのを覚えておりますわいな」

「家に帰ってお父っつあんやおっ母さんや兄《あに》さんと食べるより、お師匠さまの所でいただく方がずっと楽しいから、どの子もみんなお弁当でござんした」

お弁当を作るとなれば、それなりに形をととのえるための手間がかかる。母親がぐちをいうのも無理はないが、江戸の下町の子供たちは、お師匠さまの所で友達といっしょにお弁当を食べるのが大好きだった。貧しいがのどかな時代、登校拒否もなく、同級生にいじめ殺される子もいなかった頃の話である。

「ところで、お師匠さま。今日はなにかご用がおありだとか」

いな吉は、改めて座り直しながら尋ねた。数日前に使いが来て、次の休みの日にもしいれば話したいことがある、との言伝《ことづ》てだったので、待っていたのである。日曜のなかった時代の手習いは、〈三日《さんじつ》の休み〉といって、毎月の一日、十五日、二十八日に休むのが普通だった。

「実は……」

お師匠さまは、急に改まった態度になって切り出した。

「実は、ぜひおはるちゃんをお嫁にしたいという話があってね」

「あれサ」

いな吉は、困ったように笑った。

「おや。どうなすった。おはるちゃんは芸者といっても自前だし、もう十八なんだから、嫁入り話の一つや二つはおありだろうが、こちらの話も聞いておくれでないか」

お師匠さまは、彼女の顔をのぞき込むようにしていった。

「あのぅ……」

接客のプロである芸者でも、こういう場面での返事はとっさには出てこない。ちょっと口ごもったものの、あるがままをいうほかないので思い切っていった。

「わたくしには、もう旦那がおりまして……」

「おや、そうだったのかえ。それならよろしいのさ」

お師匠さまは、どことなくほっとしたような様子でうなずいた。

「旦那というと、お嫁入りなさったのじゃないのね」

「アイ。でも、旦那も独り身で、わたしもずっと芸者を続けたいから、堅苦しい世帯を持つよりも、このままの方がよろしゅうございます」

「もちろん、そうだろうさ。なにね、先《さき》さまはちょっとしたご大家なんだけれど、わたくしの本心としては、おはるちゃんをああいう気位の高い家に入れたいとは思ってはおりませんだ。でも、先さまはおはるちゃんに大変ご執心で、たまたまうちの親類が知り合いで、何かの折りにわたくしがいな吉姐さんに手習いを教えたことをあちらのご新造さまが小耳にはさまれ、ご実家に申し入れる前にぜひご当人にじかに当たってみてほしいと頼まれました。

わたくしとしましても、断る理由はないし、今日が三日の休みなもので、こうやってまいりました」

「はあ」

今のいな吉としては、うなずいて相槌《あいづち》を打つほか特にいうこともない。

「でも、おはるちゃんにもう旦那さまがいらっしゃるということなら、はっきりお断りできてほっと致しました。いえネ。先方さまの若旦那さまが、おはるちゃんをどこかのお座敷で見初《みそ》められたご様子なんだけれど、あの娘は、今でこそ芸者をしているけれど、うちでみっちり仕込めば、ちゃんとした嫁になるはずだから、とおっしゃったのが気に入らなくって。

わたくしはよほど、今さらお宅さまあたりで仕込んでなど下さらなくても、おはるちゃんは充分ちゃんとしております、っていいたかったけれど、うちの親類の手前もあって黙っておりました。立派なご実家があり、ご大身のお屋敷勤めもしたおはるちゃんに対して、今でこそ芸者をしているけれど、といういい草はないと思いますよ。まっとうな芸者は、ちゃんとした女じゃなければ勤まらないむずかしい稼業だということぐらい知っておいてほしいし、そんなことをいわれれば、このわたくしも、おはるさんには手習いをみっちり仕込みました、って一言いいたくなるじゃございませんか」

お師匠さまは、最後のところは少し憤然としたようにいった。

「それはマア、ご迷惑をおかけ致しました」

いな吉は頭を下げた。

「ところで、おはるちゃんの旦那さまは、どのようなご身分のお方でいらっしゃいますかえ」

「それが……」

いな吉は絶句した。旦那の速見洋介があまりにも普通でない男だけに、説明するための適当な言葉が急には浮かんでこないのである。

「お江戸のお方かえ」

「いえ」

「そんなら、上方《かみがた》……」

「いえ。あのぅ」

いな吉は、しどろもどろになりながら、

「そのぅ、江戸でも上方でもなくて、身分もなくて」

それを聞いてすっかり真剣な表情になったお師匠さまは、

「まさか唐人《とうじん》さまを旦那になすったのではありますまいね」

唐人とは、中国人という意味ではなく、外国人一般を指す。

「いえ。そうではなくて、この世ではない別世界から来た不思議な人で……」

「ええっ」

世馴れたお師匠さまも、いな吉があまり意外なことをいうのに驚いて目を丸くした。

「この世ではないというと、十万億土のあの世のお方かえ。それで、ちゃんと普通に暮らしていらっしゃるのかえ」

いな吉はいよいよ困ってしまい、

「いえ。この世の人でないといっても、死んでから行く冥土《めいど》の人ではなくて、ちゃんと生きていて、三度の御膳もいただきますし、お湯にもはいります。下駄もはきますし……ただ、この世の人との間に子を生《な》すことはないと申しております」

と、ますます支離滅裂な返事をした。洋介は、先妻の死後パイプカットしたため、いな吉にはこういう表現で説明してあるのだ。お師匠さまは、説明を聞けば聞くほどわけがわからなくなって首をかしげたが、

「どんな仕事をなさってらっしゃるのかえ」

と、具体的な質問に切り換えた。長年にわたって子供の相手をしてきただけあって、このあたりの勘どころはさすがによく心得ている。

「旦那さまは、誰にも治せないむずかしい病気を治せます。最初に助けて上げたのは、井筒《いづつ》屋さんという新川《しんかわ》の大きな下《くだ》り酒問屋の若旦那で、脚気《かっけ》で死にかけていらっしゃるのをあっという間に治しました。実を申しますと、この家は井筒屋さんの持ち家で、そのお礼に旦那とわたしにお貸しいただいております。それを皮切りに何人もの人にお薬を差し上げたそう

で、うちの兄《あに》さんが、去年の夏に脚気で死にかけた時も、旦那の作った不思議な薬のおかげで助かりました。それで、とてもお金持でござんす」

「ああ、お医者さまでござんすか。そんなに偉い先生なら、おはるちゃんも大船に乗ったようなもので安心だ」

ようやく話の筋が通ったので、お師匠さまはほっとしたようにいった。だが、いな吉は首をかしげながら、

「いいえ。お医者というわけではなくて、病人は知り合いの先生が診て、うちの旦那はお薬を作るだけでござんす。それに、これから起こることを当てたこともあります。木場《きば》の材木問屋の武蔵屋《むさしや》さんは、旦那に津波の来る時を教えられて、何千両という材木を流さずにすんだもので、大喜びなさいました」

「そりゃ、何千両も助かればお喜びだろう。というと、旦那さまは、占いの名人かお偉い易者さんでいらっしゃるのかえ」

「いいえ。占いはしないから易者でもなくて……」

と、いな吉は口ごもった。

「ほんに、不思議なお方みたいだねえ」

ますます混乱したお師匠さまが首をかしげたので、いな吉はうなずいていった。

「しかも、そんなに賢い人なのに、この世のことはあまりくわしくなくて、時々、子供でも

知っているようなことを尋ねます。最初はびっくりしましたけれど、今ではすっかり慣れっこになりました」

「どうもよく呑み込めません」

お師匠さまは、溜息をついた。

楽天家のいな吉は、初対面で一目惚《ひとめぼ》れした状態がそのまま続いているし、その気持を裏切られたこともないから、こまかいことなどまるで気にもしていない。しかし、常識家のお師匠さまには、そんな奇妙な人間がこの世にいるとは想像もできないのだった。

彼女は、こうなれば本人を連れて来て、直接質問してもらうほかないと思った。ここでお師匠さまが、速見にいろいろ質問するのを横で聞いていれば、これまでわからなかったこともわかるかもしれないと思ったいな吉は、内心では名案だと思いながら半ば腰を浮かせた。

「お師匠さま。ちょうど、旦那が来ておりますので、すぐにお引き合わせ申します。当人にお尋ねになれば、どういう人かおわかりになりましょうから」

「あれ。今、この家にいらっしゃるのでござんすか。それでは、ぜひお目にかかりとうございます」

お師匠さまは、好奇心でいっぱいの表情で衣紋《えもん》をつくろいながらいった。

習う

小網町のお師匠さまという人が来て、いな吉が茶の間を出て行ったあと、洋介は長火鉢の引出しを開けて、いつも入れてある伊勢暦《いせごよみ》を取り出した。

この時代の暦は、日付の混乱を避けるため、幕府の天文方（頒暦所）が作った原稿そのままの内容でないと発行できなかった。そのためどの発行所のでもデザインが違っているだけで同じ内容だった。もっとも普及していたのが、伊勢神宮《いせじんぐう》の布教師のような御師《おんし》が配布する伊勢暦で、これが標準暦のようになっていた。

折り本になった暦の細長い表紙には、『文政六　癸未　暦』と印刷してあり、開いて見ると〈文政六年みつのとひつし乃寛政暦　昴宿《ぼうしゆく》値年　凡《およそ》三百五十四日〉という出だしで、こまごまと日付や干支《えと》が印刷してあった。〈みつのとひつし〉はミズノトヒツジつまり癸未で、三百五十四日は一年の日数である。旧暦では、一年の日数が三五四日になる場合がもっとも多く、次いで三五五日だが、稀に三五三日の年もあるため、こうやってその年の日数を暦に表示しておいた。ついでに書いておくと、閏月《うるうづき》のある年は、一年が約三十日長くなり、三八

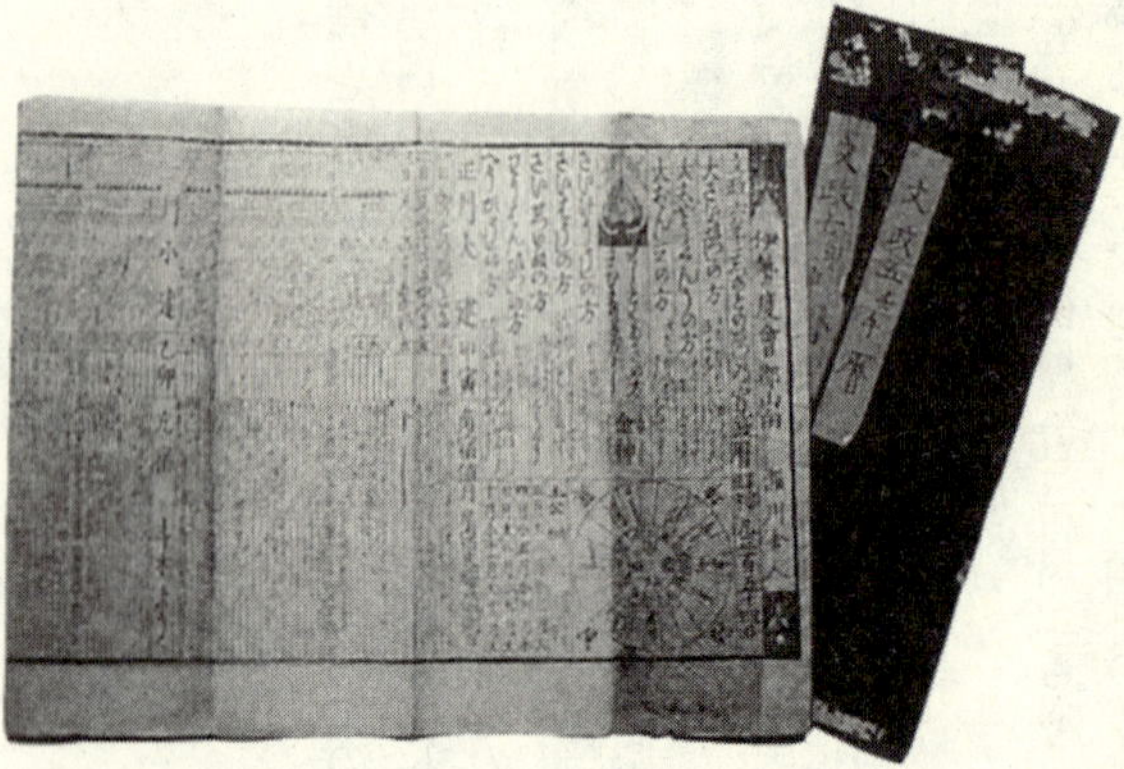

伊勢暦
開いてあるのは文政六年の最初の部分。

三日から三八五日になった。

いずれにせよ、文政六年の江戸に来ていることは間違いないので、ほっとしながら暦をしまおうとすると、上がり口で挨拶していたいな吉が、

「お師匠さま、どうぞこちらへ」

といって先に立ち、客が、

「はい。お邪魔致します」

といいながら茶の間の前を通り過ぎて行った。

客が女性であることは声でわかったが、唄のお師匠さまなら稽古は一時間ぐらいかかるので、普段ならこういう時は町へ見物に出てしまうところだ。江戸の町は、現代人の目で見ると何から何まで面白い。それに、大江戸というだけあって、自分の足だけを頼りに歩けば実に広く、あちこち出歩いているうちに季節が移ろって行くから、毎日出歩いても飽きることがないのである。だが、今日は、いな吉とのやり取りに決着をつけて、不満を解消させておかないと後を引く恐れがあるから、気軽には出られない。

いつもなら、お師匠さまがみえるとすぐに稽古が始まるので、そろそろ三味線の音が聞こえる頃だと思っていたが、今日はなぜかいつまでたっても静かなままだった。襖《ふすま》の向こうの様子に耳を澄ましても、聞こえるのはいな吉と女性客の話し声だけである。ふと気がついて見ると、いな吉愛用の稽古三味線は目の前の三味線かけにかけたままなので、あちらで弾け

るはずがない。

珍しいことがあるものだと思っていると、軽い足音が奥の間から廊下へ出て茶の間の前でとまった。いな吉が三味線を取りに来たのだろうと思ったが、障子をそっと開いた彼女は、顔を半分ほどのぞかせて小声でいった。

「お前さま、ちょっと」

まだ少し固い雰囲気が残っていたが、さっきまでの不機嫌さはすっかり消えていた。

「三味線は、ここにあるよ」

彼女のご機嫌が順調な回復期にさしかかっていることがはっきりしたので、ほっとしながら三味線を指さすと、いな吉は今日はじめての笑顔を見せた。

「今お出でになっているのは唄のお師匠さまじゃなくて、わちきの手習いのお師匠さまでござんす。わちきが独り身かどうかお尋ねだから、お前さまのことをお話ししましたら、ぜひお会いしたいとおっしゃって……」

お師匠さまが縁談を持ってきたことは話さず、結論だけをいう。

「ああそうかい」

洋介は気軽に立ち上がり、いな吉について奥の間へ行った。奥の八畳間には、茶と菓子を前にして、地味な服装をした四十歳になるかならないかぐらいの女性が、居住まいを正して座っていた。丸髷《まるまげ》を結い眉《まゆ》を剃っているし、唇の間からかすかに見える歯は黒く染めてある

自宅での手習い
少しずつずらしながら同じ字を何度も書くので、
紙は真っ黒になる。
『教草女房形気』より

ので、既婚女性であることは一目でわかった。

いな吉が子供の頃に文字を習ったお師匠さまが女性だったことは彼女の口から何度も聞いていたが、想像していたよりずっと若々しいのが少し意外だった。幼かったいな吉にとって、お師匠さまはずっと年上の人だったから、その印象のままを洋介に話していたのだろう。

「お前さま」

いな吉は、お師匠さまの斜め前にきちんと座って紹介した。

「こちらが、わちきのお手習いのお師匠さまでいらっしゃいます」

「お初にお目にかかります。大村そのと申しまする」

お師匠さまは両手を前について、しとやかに頭を下げた。洋介も急いで正座して両手を前につき頭をさげた。

「速見洋介でございます。いな吉が、いろいろとお世話になりましたそうで……」

「お世話などとはとんでもない。わたくしは、もうかれこれ二十年も手習いを教えておりますが、このおはるさんは飛びきり可愛らしいばかりか、ホンに利発《りはつ》で気立ての良いお子でござんした。筋が良いから、手本を写すのも上手《じょうず》で文字の覚えも良くって、これほど手がかからず楽しみな手習い子はおりませなんだ」

「ソンナ」

いな吉は少し照れて、手を振りながら否定した。

「わちきもずいぶんいたずらをしました。お師匠さまのおっしゃるほどいい子じゃござんせん」

「この世に、いたずらせぬ手習い子なんておりませんわナ」

お師匠さまは、右手の甲で口を押さえて笑った。

「それに、おはるちゃんのいたずらなんぞ可愛らしいもので、いたずらのうちにも入りませなんだ。それはそれは気立ての良い子でござんしたから、自前で芸者に出たと聞いた時は、なかなかむずかしい稼業と聞いておりますゆえ、ひどい苦労をせねばいいと案じておりました。それがまあ、こんなに立派になってくれて喜んでおります」

「いな……おはるは、どんないたずらを致しました」

洋介が尋ねた。

「おほほ」

お師匠さまは笑った。

「お隣の子が大切にしているお清書草紙の隅に、へのへのもへじを書くぐらいのものでござんした」

「お清書草紙とはどんなものでございますか」

と、洋介が尋ねた。お師匠さまは、いな吉の顔をちらっと見てから答えた。

清書草紙
子供が祖母に見せている。
『教草女房形気』より

「ふだんのお稽古で文字を書く時は、同じ紙の上に少しずらせながらかさねて、何度も何度も書けるだけ字を書きます」

「紙が真っ黒になってしまいませんか」

「もちろん、真っ黒になりますヨ」

と、いな吉が教えた。

「真っ黒になっても、新しく書いた字のところは濡れて光るから、ちゃんと字の形が見えますのサ」

「さようでございます。同じ紙に五回かさねて書けば、紙が五枚いるところも一枚で済みます。でも、それでは、せっかく書いた字がはっきりした形で残らなくて張り合いがないもので、三日から五日に一度ずつぐらいのわりで、新しい紙を綴《と》じたお清書草紙を持って来させ、そこにお清書を致します。お清書は一枚の紙に一度しか書きませぬゆえ、新しい字を覚えながら少しずつ上手になっていくのが自分にもわかるし、うちの子がどれだけ書けるようになったのか親御さんにもわかるのでございます」

「なるほど」

洋介は感心した。この時代の人々がものを大切に使うのをいつも感心しながら見ていたが、こういう方法で、手習いの紙まで節約していたのだから徹底している。いな吉が、懐かしそうにいった。

「ふだん真っ黒な上にばかり書いてるから、お清書の時は、真っ白な紙に自分の字がはっきり残るのが嬉しくって。だから、お師匠さまが、おはるちゃん、明日はお清書にしましょう、とおっしゃるのが、ソレハソレハ楽しみでございました」

何日おきかに白い紙に書けるのを楽しみにして、手習い子たちが黒くなった紙での練習に励むとすれば、同じ紙にかさね書きするのはただの節約ではなく、教育にめりはりをつけるための巧妙な手段にもなっている。ものをふんだんに使い捨てないと経済が成り立たないような世の中では、こういう発想はとても生まれないと洋介は思った。

この時代の日本の初等教育機関は、寺子屋と呼ぶのが普通だが、武士の町である江戸では、学校に商店のような〈屋〉をつけて呼ぶのを嫌って〈手習い〉と呼び、寺子屋へ行くといわずに、手習いへ行くといった。母親が子供にいう時は、「早くお手習いへ行きな」というふうに、上に〈お〉をつけてていねいにいった。生徒のことも、寺子屋では寺子というのに対して、江戸では手習い子と呼んだが、先生の呼び方だけは共通していて、いな吉が自分の先生を呼ぶ時のように、上に〈お〉、下に〈さま〉をつけた〈お師匠さま〉という最高の尊称を使った。

ていねいな呼び方には、ひやかしや、時としては軽蔑の意味を含む場合さえあるが、この場合は純粋な敬称で、否定的な意味はまったくない。手習師匠は、知識を金銭に換える教育労働者ではなく、文字を教えることで学問の道へ入門させる聖職者として扱われていたし、周囲も本気でそう思っていたからだ。

十九世紀初期の江戸には、手習師匠が千五百人ぐらいいたが、お師匠さまの三人に一人ぐらいは女師匠つまり女性教師だったらしい。大都会には、教養のある女性がかなり大勢いたことがわかる。

寺子屋や手習いは、お師匠さま一人で経営するのが普通だったが、男師匠が男女子ともに教える、あるいは、男師匠が男子に教える、また、いな吉のお師匠さまのように、女師匠が女子だけに教える場合もあった。また、夫婦で師匠をして、夫が男子、妻が女子を教える場合もあり、同じ男女共学でも、夫は手習いを教え、妻は女子に裁縫を教えるというふうに分業する場合もあって、いかにも多様性に富んだ時代らしく一定のきまりはなかった。

きまりがなかった理由は簡単で、江戸期の日本には、庶民の初等教育に関する法規のたぐいがいっさいなく、まったく自由放任。江戸庶民を支配していた町奉行所の二百九十人の役人の中に、手習いの担当官は一人もいなかった。

誤解のないように書いておくが、庶民の教育を自由にさせようというような積極的な意思が町奉行所にあって自由放任にしていたのではない。庶民の子供の教育に限らず、民間人にやらせておいて不都合のないことに対してまでクニがいちいち口を出すべきだという発想自体が、幕府にも各藩にも欠けていたのだ。

さらに、公平を保つために書いておくと、庶民側にも、自分たちの子供に読み書きを教えるのがクニの仕事だという発想がまったくなく、クニのサービスをほとんど受けない代わりに、江戸市中に住む一般庶民は、所得税も消費税も払う必要がなかったのである。

教科書の内容から小学校の授業時間数に到るまで、政府がこまごまと干渉する民主政府と、初等教育を民間まかせにして完全に放任していた封建政府のどちらが良いかを比べるつもりはまったくない。しかし、子供に読み書きを教えることや、子供の服装までオカミにまかせする代償として、町人が膨大な税金を負担しなくてはならないと知れば、先祖は、はたしてどちらの道を選んだか、住民投票にかけて結果を知りたいところだ。

政府が放任したため、誰も学校へ行かなかったのなら問題だが、幕末期には、農村部までを含む広い意味での江戸府内での児童就学率は八〇パーセント以上に達していた。さらに、現在の東京の台東区から港区あたりに相当する江戸の中心地に限定すれば、江戸育ちで手習いに行かない子供は、身分や貧富、性別にかかわらずほとんどいなかった。

十九世紀前半には世界の最先進国だったイギリスの工業都市での就学率は、わずか二〇パーセント台。ロンドンでさえ、下層民で文字の読める子は五人に一人ぐらいで、書ける子は、さらにその十分の一程度だったということだ。これでも、イギリスはましな方で、ヨーロッパの大国だったロシアでは、二十世紀初頭のモスクワでさえ、児童就学率は二〇パーセント程度だったそうだ。これでは革命が起きても不思議はないし、こういう国の革命がわれわれのお手本になり得なかったことは、今では誰でも知っている。

産業革命後の、日本よりはるかに進んでいたはずのヨーロッパ社会の裏側には、その国最大の都市でさえ、わずか二十六文字か三十三文字しかないアルファベットも習えない大勢の貧民階級が発生していた。

これに対して、十九世紀前半の日本では、江戸、大坂、京都、名古屋などの大都市の市街地では、庶民の子供の就学率が一〇〇パーセント近かった。しかも、江戸の場合では、日本橋、赤坂、本郷など、女子の就学数が男子を上回っていた地域さえあった。この時代の日本の初等教育の水準は、世界中で群を抜いて高かったのである。

進歩した世の中といっても、すべてが同時に並行して進歩するわけではないし、おくれているということになっている世の中でも、けっしてすべてが並行しておくれているわけではない。人間の行動は、進歩主義者が考えるほど単純ではないのである。

洋介は、いな吉のお師匠さまの前なので正座していたが、すぐに足がしびれて足をもじもじさせた。

「お前さま。膝をおくずし遊ばせ」

いな吉がすぐに気づいていってくれたので、洋介はほっとしてあぐらをかいた。座布団があっても五分と正座していられない洋介にとって、座布団も使わず畳の上にじかに座る生活は難行苦行そのものなのだ。

「お師匠さま」

座り直した洋介は、また尋ねた。

「手習いは何年で卒業致しますか」

「そつぎょう……ああ、学業を卒《お》えるという意味でございますね。それは、子供によって違いますが、三年から長くて五年ぐらいでございましょうか。かなの読み書きができるようになって、往来ものを一冊でも仕上げれば、もうかんたんな読み書きはできますから、それで充分という子は、三年もやればやめます。でも、本字がたくさん読めるようになって、手紙も思うように書けるようになるのには、やはり四、五年はかかります」

手習いには、入学ならぬ入門という言葉はあったが、卒業に相当する言葉はない。ある日、同い年の子供が一斉に入学し、同じ教科書を同じように教えられ、同じ時に一斉に卒業するなどという全体主義的あるいは平等な行動は、工業社会になる前の日本にはなかった。それでも、さすがに文字にくわしいお師匠さまだけあって、卒業という言葉の意味だけは理解してくれた。

「おはるちゃんは、自分も字を書くのが好きで、おっ母さまも熱心でいらしたから、五年みっちり稽古して、今川《いまがわ》も仕上げましてございます」

今川とは道徳の教科書である。

「はあ。何年かかるか決まっておりませんのか」

「お前さまは、いつも面白いことばっかり」

いな吉が袂《たもと》で口を押さえながらおかしそうにいった。

「だって、みんな習うことが違うし、習いたいことも違うから、何年かかるやら、はっきり決めようがござんせんよ」

「おはるちゃんのおっしゃる通りでございますよ」

お師匠さまもうなずいた。

「ははあ」

洋介は首をかしげた。みんな習うことが違うという初等教育のやり方が、想像できなかったからだ。いな吉は、洋介の不審そうな顔を見ていった。

「だって、わちきはあきんどの子だから、お師匠さまは『商売往来《しょうばいおうらい》』も使って本字を教えて下さったけれど、男の子の手習いなら大工さんの子は『番匠往来《ばんじょう》』で習うし、覚えの早い子はどんどん進むし、覚えの悪い子はゆっくり習うし、算盤《そろばん》を習う子と習わない子とでも違うし。それに、人によって早いおそいがあるじゃござんせんか。

わちきなんぞ、最初は覚えが悪かったからゆっくり習って、そのうちに早くなって『女用文章糸車』を習った時なんて、だれよりも早く上げたもので、お師匠さまがそんなに急いで書かなくてもいいっておっしゃいました」

「そういうものかね」

洋介は、あいまいにうなずいた。どうやら、今の学校のように同じクラス全部に一斉に同

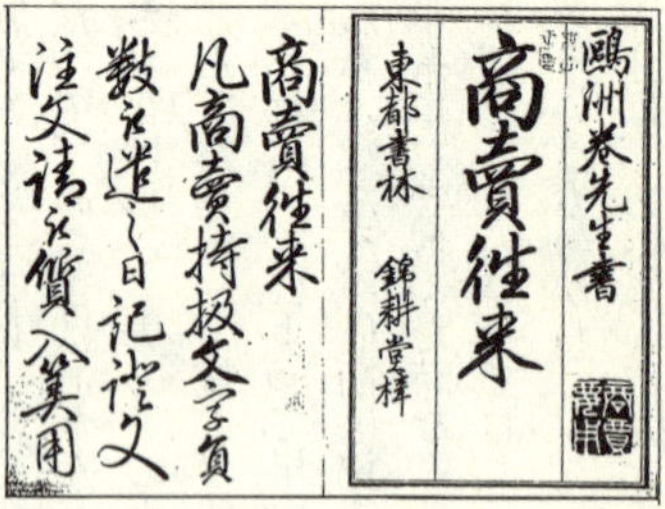

『商売往来』

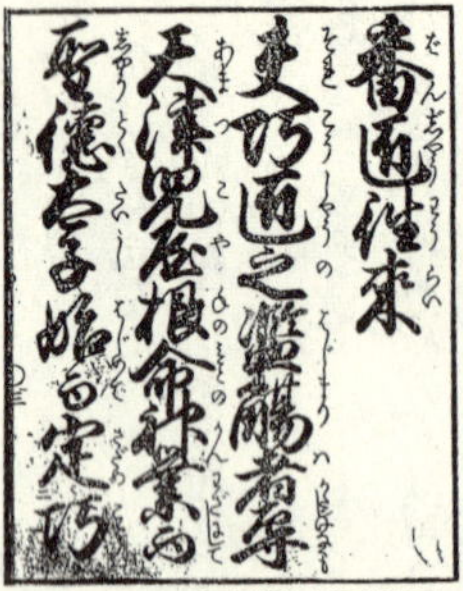

『番匠往来』

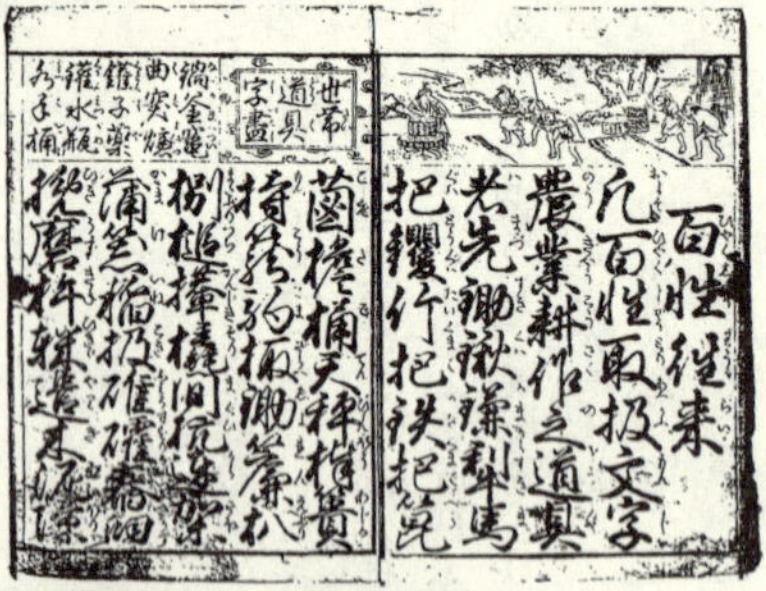

『百姓往来』

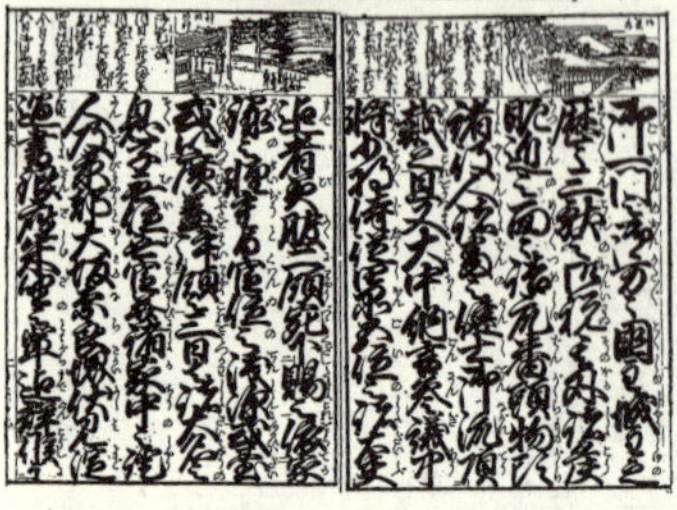

『江戸往来』

漢字を習うための代表的な教科書

じことを教えるのではないらしいことだけは呑み込めたからだ。しかし、お師匠さまは洋介の表情を見て、まだ本当にわかっていないことを察したらしく、笑いながら、

「おはるちゃんのように一度にいろいろなことをいえば、旦那さまはおわかりになりませんよ。わたくしがご説明致しましょう」

といって説明を始めた。

「旦那さまのお国ではどのようになさるのか存じませんが、お江戸では、普通は七つか八つの年の二月の初午《はつうま》の次の日に手習いを始めるのでございます。でも、江戸は大層人の出入りが多うございますゆえ、よその土地から引っ越して来て、ほかの日に始める子もおります。最初は、わたくしが〈いろは〉を大きく書いた手本を渡して、それを書き写させます。筆の持ち方を教えるだけで、見よう見まねで書ける子もおりますが、わたくしがうしろから手を取っていっしょに書き始めないとどうやって筆を動かしていいかわからない子もおります。でも、一人ずつ教えますので、遅かれ早かれみな書けるようになります。

おはるちゃんは甘えんぼで、最初はわたくしが手を取って、いっしょにいろはを書いたくちでござんすよ」

「アレ、恥ずかしい」

いな吉は、頬に手を当てた。お師匠さまは笑って、

「なんの恥ずかしいことがありましょう。最初はおっとりしていたそういう子が、いつまで

手習いの入門
母親が子供を連れて手習師匠を訪れ、入門(入学)を頼んでいる。放課後なので、天神机は部屋の隅に積んである。
『江戸府内　絵本風俗往来』より

も覚えが悪いとは限りません。おはるちゃんも、二年目には人一倍覚えが早くなり、三年目あたりには、習い始めの子の手を取って教えてくれるようにもなりました。子供たちの一人一人違う様子を見ているのが手習いを教える面白さでございます」

洋介はうなずいて、

「なるほどねえ。でも、日本中どこでも、そうやってお師匠さまがお書きになった手本で手習いを始めるのでございましょうか」

「さて……」

お師匠さまは小首を傾《かし》げた。

「わたくしは世間が狭《せも》うございましてね。お伊勢さまへもまだ参っておらず、お江戸から出たことさえほとんどございませぬゆえ、他国のことは存じませんが、多分、いずこも同じでございましょう。本字を習うには、今おはるちゃんのおっしゃった『商売往来』のような往来ものがいろいろございましてね、本屋で売っております。でも、いろはを習う手本を売っているのを見たことがございません。はじめて手習いをする子は、師匠の書く字のほかにお手本があると、どちらを真似《まね》して良いやらわからずに困るゆえ、他国にても師匠が書いて与えるのではなかろうかと存じます」

「なるほど」

これには洋介も納得してうなずいた。つまり、漢字は字数が多いので印刷した教科書を使って教えるが、仮名はそれぞれのお師匠さまが書いた肉筆でないと、幼い子供は筆跡の違いに戸惑うというわけだ。それにしても、お師匠さま自筆の手本で初等教育を始めるのは、いかにも等身大というのか、手作りふうの教育だと洋介は思った。

「今、お師匠さまは、何人ぐらいの子供に教えていらっしゃいますか」

「二十八人おります」

「その二十八人が、みんな違うことを習っている……」

「はい。同い年の子は四人から六人ぐらいで、それぞれ進み具合も違っておりますゆえ、同じことを教えることはできませぬ。今年入った子は四人おりますが、今申しましたように、その子たちでも進み方が違いまして、いろはを一通り書けるようになった子がいる一方で、まだ〈あさきゆめみし〉の〈あさき〉あたりを習っている子もおります。でも、しばらくたてば、みな書けるようになりますよ。

いろはの読み書きができるようになれば、本字で一、二、三から万、億までの数の読み書きを教え、次は『八体いろは』を使って、山、川などのやさしいところから本字を次々と覚えさせます。字を少し覚えると、いよいよ往来ものを使って熟字を習い、少しずつ文章を読み書きできるように致します。

かんたんな文章が仕上がりますと、早い子では季節の挨拶や贈り物をする時の手紙や、礼状などが書けるように消息文を教えるのでございます。手紙には、決まった書式がありますゆえ、それを三十か五十通りも習えば、普通の手紙は書けるようになります。

中には、四年目で『庭訓往来《ていきん》』を全部きれいに書いた子もおりますし、『江戸往来』を全部諳《そら》んじた子もおります。今は、まだ四年目ながら、この秋に奉公へ出される子もおりまして、おっ母さまがぜひ裁縫も教えてくれとおっしゃるもので、『江戸往来』を読ませながら、少しずつ教えております」

洋介はこれまでも江戸の手習いについていな吉に聞いたことがあるので、『往来』とは、もともと手紙文の意味だが、ここでいう何々往来とは寺子屋で漢字を教えるための教科書の題名だということぐらいは知っていた。

寺子屋の教科書にもクニの規制はまったくなく、達筆で文才のある師匠が自分で書いた自家製のを使う場合もあり、それが評判になると出版社が印刷して売り出すこともあったから、全国各地に数多くの教科書ができた。『庭訓往来』や『商売往来』『百姓往来』のような全国共通のもあれば、『江戸往来』『大坂往来』『善光寺町名控《ぜんこうじちょうめいひかえ》』のようにそれぞれの土地のことを教える地方版もあり、現在残っているだけで七千種類以上もある。

洋介は、手習いの教科書は生徒の私物でないことも知っていた。かつて、いな吉に、子供の頃使っていた往来ものがあれば見せてほしいと頼んだところ、お師匠さまの所においてあるのを使うから、自分のは持っていないといったからだ。

手習い教育は一斉授業ではなく、一人一人の進み具合に合わせて、お師匠さまが多くても

『女用文章糸車』女性のための消息(手紙文)の教科書。

二、三人ずつに教える個別授業なので、一般庶民は、寺子屋の備品になっている教科書をそれぞれの目的に応じて使うのが普通だった。
「なるほどなあ」

手習い教育の内容がおぼろげにわかってきたので、洋介は一つうなずいてからいな吉に尋ねた。

「それじゃ、みんなが違うことを習っていても不思議はないけれど、読み書きの上手《うま》さにどうやって順番をつけるんだろう」

「順番……」

いな吉が不思議そうな顔をしたので、またお師匠さまが引き取って教えてくれた。

「上手に書けた時は、壁に貼ってお手本に致します。それに、お正月のお書き初めのほか、四月と八月には、席書《せきがき》と申しまして、わたくしどもでは、子供たちに得意な字を書かせて壁に貼りますが、この時は添削も致さずに、自分でどの程度仕上がったかを見させるのでございます。四年、五年とたちますと、手習い以外にもいろいろ教えますが、教えることが子供によって違いますので、なかなか順番をつけられませぬ」

「わちきも、お屋敷へ入る前は、今川を習いながら、お師匠さまに針仕事を教えていただきました。芸者には裁縫のできない人が多いから、自分の着物を仕立てられるというと珍しがられます。この稼業をしている間は、指を傷《いた》めると商売に差し支えるから針を持たないけれ

書き初め
手習いの書き初めは、くじびきなどもある楽しい勉強始めだった。
『江戸府内 絵本風俗往来』より

ど、今でも並仕立てならできます」

いな吉が、ちょっと得意そうにいった。

――今の小学校とはまるで違うんだ――

洋介は心の中でつぶやいた。いきなりお師匠さまに引き合わされ、ほとんど予備知識なしに、かねてから疑問に思っていたことをとりとめもなく質問したのだが、それでも、同じく初等教育とはいっても、江戸の手習いが自分たちの受けた現代式小学校教育とまったく異質の、一人ずつ違うのが当たり前の教育らしいことがうすうす理解できた。

現代の学校教育の最大の目的は、本音をいうなら資格を得ることだ。小学校の卒業資格がないと中学に入れず、中学の卒業資格がないと高校に入れず、高卒の資格がないと大学に入れない。そして、大卒の資格がないと、民間にせよ役所にせよ、エリートコースは最初から門前払いで、入るための試験さえ受けられない。どんなに立派なたてまえを唱えても、学校で身につけるべきもっとも大事なことは学問でなく、資格あるいは名目上の学歴あるいは学校歴であることは、全国民の常識になっている。

だからこそ、「せめて高校ぐらい行かないと……」あるいは「大学は出ていないと」というのが普通になっているが、高校や大学でどういう学問を身につけるかはまったくといっていいほど問題にならない。問題なのは学識ではなく、高卒あるいは大卒の資格があるかどうかだけだからである。

ところが、寺子屋や手習いは、資格と無縁だった。

中央政府の高級官僚、たとえば大蔵大臣と高等裁判所長官を兼ねたような幕府の勘定奉行や、都知事と地裁所長と警視総監を兼ねた町奉行になれるのは、旗本つまり将軍に謁見《えっけん》を許される徳川家の家臣だけである。身分社会では、記憶力とペーパーテストの成績がすぐれている庶民が高官に任命されることなど間違ってもなかった。

どんなに熱心に手習いを練習したところで、いかなる資格も得られない。手習いは、当人にとって必要なことを教えかつ習うのが唯一最大の目的だった。読み書きができないと当人が困るから、算盤ができないと商売にならないから、裁縫ができないと不便だから習うので、例外的な天才は別として、普通の子供は人並みにできれば充分だった。初等教育の寺子屋や手習いは、競争とはほとんど縁のない教育機関だったのである。

もちろん、いつの世でも、学業のできる子とできない子はいるが、こういう教育システムでは、落ちこぼれる子供もほとんど出なかった。落ちこぼれとは、同年齢の子を大勢集めて同じことを一斉に教える時、全体の競争について行けなくなる状態をいう。だから、師匠が一人ずつを相手にして、それぞれ違う進み方や内容で教えている分には、落ちこぼれたくても落ちこぼれにくい。

工業社会を維持発展させるためには、ペーパーテストの優等生が高い社会的地位につける今のようなシステムが圧倒的にすぐれている。高度に進歩しているはずの教育を受けた身として、洋介には現代教育に反対するほどの信念もないが、こちらの教育ものんびりしていてそれなりの長所がありそうだと思った。

「お師匠さま。お願いがございます」

洋介は、足のしびれがなくなったのでまた正座していった。

「おや、旦那さま。改まって、何でございましょうか」

お師匠さまは、やや緊張した面持《おもも》ちになっていった。

「一度、お師匠さまが子供たちに教えていらっしゃるところを見せていただけないものでございましょうか」

「お前さまったら」

いな吉は、いったいい何をいい出すのやらと、あきれ顔でいった。

「大人のお前さまが、なんで今さら女の子のお手習いを……」

「なに。いな吉が、どんなふうに字を習ったのか見たくなっただけさ」

「おはるちゃん。旦那さまがご覧になりたいとおっしゃるのなら、ぜひ、見ていただきましょう」

お師匠さまが引き取っていった。乗り気のようだった。

「一日、十五日、二十八日の休みの日とお節句以外は、いつも朝の四ツの鐘が鳴る頃に始めますので、ぜひおいで下さいませ。場所は、ここからほんの三町ほどでございます。それにしても、旦那さまは手習いに大層ご興味がおありのようにお見受け致しますが、お国では、やはりお教えになっていらっしゃいましたか」

急に質問されて、洋介は何と答えようかと思ったが、大学の非常勤講師をしていたことがあるから、教師経験があるといっても嘘にはならない。

「はい。しばらく教えていたことがございます」

「やっぱりさようでいらっしゃいましたか」

お師匠さまは納得したようにうなずくと、いな吉の方に向き直り、

「すっかり長居致してしまいました。今日中に、先ほど話しました親類へ話しに行きたいもので、そろそろおいとま致しましょう」

といいながら、機嫌の良い様子で腰を浮かせた。

「まあ。お久しぶりなのに、まだよろしゅうございましょう」

いな吉は引き留めたが、お師匠さまはにこやかに立ち上がった。

「今日は、おはるちゃんが、こんなにご立派で学問もおありの旦那さまに添うているのを見て、すっかり安心致しました。それでは、旦那さま、いつでもお出で下さいますよう」

お師匠さまが帰って行ったので、洋介はまた茶の間に戻った。お師匠さまを送り出したいな吉は、すぐに戻って来て座った。もう不機嫌な様子はないので、洋介はほっとして質問した。

今川を習う
やや上級の女子教育。お師匠さまの前で、二人の娘が道徳教科書の『今川』を一字ずつ棒で押さえながら読み上げている。
『絵本操節草』より

「お師匠さまの旦那さまも、やはりお師匠さまなのかい」

いな吉はうなずいた。

「お元気な頃はご夫婦で教えていらっしゃいましたが、わちきが習い始める前に亡くなられました。後家になられたので、今は隠居なさった男やもめのお父っさまとごいっしょに住んでいらっしゃいます。お父っさまも前はお師匠さまで、わちきも少し教えていただきました。大層字がお上手だから、今でも時々あちこちから頼まれて屏風《びょうぶ》や額などを書いていらっしゃいますヨ」

「そうか」

現代でも、教師一家というのがあるが、江戸のような大都会ではすでにこういう一族がいたのである。

「お師匠さまは本当に教えるのがお好きだから、お前さまがいろいろお尋ねになるので喜んでいらっしゃいましたヨ」

いな吉の思惑《おもわく》は外れて、お師匠さまの方が洋介に質問攻めされる結果となったが、次々に意外な質問をする洋介の相手を、お師匠さまが嬉しそうにして下さる様子を見て満足し、すっかりご機嫌が良くなっていた。

違う

「お前さま」

朝食を食べ終わった洋介に向かっていな吉が尋ねた。

「本当にお手習いを見にいらっしゃるのでござんすかぇ」

「もちろん、ぜひ行きたい」

「いつになさいます」

「今日だっていい」

「ソンナラ早い方がいいし、朝御膳も済んだことだし、すぐにいらっしゃいませ。もう四ツの鐘は鳴りましたから」

「お前さえ良ければ、そうする」

「アレ。わちきもごいっしょに行くのでござんすかぇ。でも、わちきは今さら手習いを見ても始まらないから、お前さまお一人でいらっしゃいませ。間違えようもないわかりやすい場所でござんすから」

「うーん」

洋介は唸《うな》った。

「お前さまは、もう、お師匠さまとはお知り合いだし、お師匠さまも待っていらっしゃるんだから」

「いや、おれはもともと子供を扱い慣れていないし、おれみたいな大男がいきなり座敷に上がり込めば手習い子たちがびっくりするかもしれない。お前といっしょなら、子供も驚くまい」

「お前さまがどうしてもとおっしゃるなら、そりゃあごいっしょ致しますけれど……」

「ぜひいっしょに来てほしい」

「アイ。じゃ、わちきが一足先に行って、お師匠さまや子供たちに話しておきますから、お前さまはちょっと遅れておいでなさいまし」

いな吉はそういうと、火箸を取って長火鉢の灰の上に線を引いた。

「ここが難波町で、こう行って人形丁《ちよう》から堺町《さかいちよう》横丁をずっと行って親父《おやじ》橋《ばし》を渡って、照《てり》降《ふり》町のわちきの実家の一つ手前を右に曲がって真っ直ぐ行けば、黒い木の柵の中の格子《こうし》に手習いを何枚も貼った額をかけた家があるので、すぐおわかりになりますヨ」

照降町とは、小網町の一部の俗称で、傘屋《かさや》やいな吉の実家のような下駄屋が多かったので、晴れの日も雨の日も用が足りるというところから、しゃれてそう呼ぶようになった。

手習師匠宅の入口
袖垣をめぐらせた中に、額に
入れた手習い子（生徒）の作品
を展示するのが普通だった。
『大晦日曙草紙』（故林美一氏蔵）より
（ただし〈女筆指南〉の表札は、
石川が別字をはめ込んだ）

「なぜ手習いが貼ってあるんだい」

洋介が尋ねた。

「ここが手習いのお師匠さまの家だってわかるように貼っておきます」

「ああ、そういえば見たことがある。あれが手習いのお師匠さまの家か」

洋介は、うなずいた。字を書いた紙を貼りつけた額がかかっている家を今教えられたあたりで見た記憶があるし、よそでも何度か見た覚えもあるからだ。

「じゃ、わちきは支度をして参ります。お前さまは、そのなりのままでよろしゅうござんしょう」

いな吉はそういうと、身軽く立ち上がって出て行ったが、すぐに戻って来て茶の間をのぞいた。支度といっても、〈母校〉の手習いを見に行くために芸者の正装をするはずもないから、ちょっと外出する時の普段着に着替えただけらしい。

「それじゃ、お先に参ります」

「おれも、すぐに行くから」

この当時でも、上方《かみがた》、特に京都では男女が肩を並べて歩いても人目を惹かなかったそうだが、江戸では、男女が連れ立って歩くことはあまりなかった。特に、いな吉のように顔の売れている美しい芸者と肩を並べて歩けば、今の東京の町中で男女が抱き合っているのよりははるかに目立つから、別行動をとるのである。

いな吉が出て四、五分たってから、洋介は召使いのおみねに声をかけて家を出た。ここのところ晴天続きで、今日も朝から晴れていた。いな吉の後ろ姿はもう見えなかったが、行く先はわかっているから、ゆっくりと歩き始めた。わずかな距離なので、急いで行けば小柄ないな吉に追いついてしまうからだ。親父橋を渡ってすぐの角を右に曲がって少し行くと、手習いを何枚も貼った額が格子に掛けてあり、入口には〈女筆指南〉となめらかな達筆で書いた表札のかかっている家があった。

洋介はちょっと立ち止まって手習いの文字を見た。漢字一文字だけのから、洋介には読めない達筆の草書体のかな書きの手紙文らしいのまで出ている。いずれもまだ書いて間のなさそうな新しい紙で、あのお師匠さま、大村そのの教え子たちの筆跡に違いないと思った。つまり、手習いを教えている宣伝と同時に、ここでの教育水準を具体的に見せる看板にもなっているのだ。

現在の民主社会のように、教育もクニまかせ役所まかせでは、民間人の出る幕はほとんどない。税金を払い、一方的に決まる教育システムをほとんどそのまま受け入れて、その子の性格に合わない学校や教師に当たれば、運命か天災と諦めるほかかない。

ところが、江戸の初等教育では、庶民は税金を払わない代わりに、権力者であるクニはいっさい手も口も出さない。手習いのお師匠さま、つまり学校プラス教師を選ぶのは教わる方だから、教え方が下手で字も下手で熱意もないお師匠さまは、いずれ淘汰される。そんなお師匠さまのところへすき好んで子供を入門させる親はいないからだ。

要するに、江戸の手習いは競争原理で成り立っているため、お師匠さまたちも、ただ地域での評判に頼るだけではなく、こうしてささやかながらPRをしている。自分の子供の字が張り出されて不愉快に思う親はいないから、お師匠さまとしては、地域との関係を良くするためにも、なるべく多くの手習い子の字を張り出すようにいろいろ工夫した。

〈春〉〈秋〉のように、漢字一文字だけ大きく書いた紙を張り出してあるのは、あまり字のうまくない子に、一字だけを徹底的に習わせ、大きく書かせたのではないかと、洋介は想像した。それでも、ろくに習字の練習などしたことのない洋介よりはるかに上手な字だった。

いな吉も手習い子の頃は、熱心に書いた字をここに張り出してもらったのだろうと微笑ましく思いながら、洋介は入口の格子戸を開けた。たたきには、子供用の小さな下駄や草履がぎっしり並んでいるが、端の方にいつもいな吉がはいている畳表のついた吾妻下駄がぬいであった。上がり口は狭い板敷きになっていて、その向こうには障子が立ててあり、子供の声が聞こえた。洋介が声をかけようとすると、音を聞きつけたいな吉が障子を少し開けて顔を出し、小声でいった。

「どうぞ、お上がり」

洋介は、いな吉の下駄の横にあるわずかなすき間に自分の下駄をぬいで上がった。

障子の中をのぞくと、教室というにはあまりに家庭的な八畳間と六畳をつなげた普通の部屋に、大勢の幼い女の子がぎっしりと詰まっていた。子供独特の甘酸っぱいにおいが立ちこめている。

「これは、旦那さま」

お師匠さまは、洋介を目ざとく見つけて、腰を浮かせながら声をかけた。

「狭い所へようこそお出で遊ばしました。手狭な所ではございますが、どうかお入りなさいまし。おはるちゃん。こちらへご案内して」

突然見慣れない大男が現れたので、手習い子たちは一瞬静まり返って洋介の方を見た。十四畳の空間に二十八人もの手習い子がいてかなり過密だが、現代の子供よりずっと小柄な上、縁側の障子が開けてあるので、あまり狭苦しい感じはしない。

教場にぎっしり詰まった純朴そのものの少女たちが一斉に洋介を見詰めた。この世界の子供たちが、快活なのにおっとりしていることは、日頃から感じていたが、こうやって大勢の子供が集まっているのを見ると一層その感じが強く、何となくほのぼのとした気分になった。

大都会の江戸に生まれ育ったとはいえ、のどかな人間関係の中で可愛がられながらのんびり育っている子供たちと、怒濤のような電子情報にもまれて希薄な人間関係の中で育つ現代っ子とは、生活の基盤がまるで違うのだ。江戸時代の日本の子供が大人たちに溺愛といっていいほど可愛がられているにもかかわらずお行儀が良いという記述は、幕末に来日した欧米人が筆を揃えて書いているが、この点は洋介自身の見聞にも一致していた。

もちろん、これには反論がある。昔の日本に少しでもすぐれた点があったことを認めたがらない人は、さまざまな子供相手の犯罪をかき集めて引用し、いかに江戸時代の日本の子供が虐待されていたかを説明する。だが、犯罪は特殊な状況であり、いくら江戸時代の日本でも、子供が犯罪の被害者になるのが日常的だったはずはないのに、こういうふうに自国のあら探しをしないと気持の落ちつかない不思議な知識人がいるのである。

それはともかく、洋介は、いな吉の後についてお師匠さまの横へ行き、大きな体を縮めるようにして行儀良く座った。いな吉は、洋介から少し離れてお師匠さまの斜め後ろに座る。

お師匠さまは、子供たちがざわめいているのを見ていった。

「このお方は、いな吉姐さんのおじさまで、よそでお師匠さまをしていらっしゃいます。今日は、小網町の手習いを見にいらっしゃいました」

手習い子たちは、それを聞いて安心したのか、またそれぞれの机に向かって字を書いたり、今まで続けていたおしゃべりをはじめたりした。なるほど、さすがにベテラン教師だけあってうまいことをいうものだと感心していると、お師匠さまがいった。

「おはるちゃんは、このあたりでは顔も名も売れているから、さっきいきなりみえた時は、子供たちが騒いで大変でございました」

有名タレントの母校訪問といったところだろうが、慣れたせいか、手習い子たちはもう静かになっていた。洋介は、教場を見廻したが、まず気がついたのは、子供たちの机の向きと服装がまちまちなことだった。

今の学校は原則として教壇に向かって机を平行に並べ、授業中は、生徒が教師に向かって一斉に同じ話を聞く。対面授業というのだそうだ。このシステムでは、机がきちんと並んでいなかったり生徒が教師の方を向かなかったりすれば、原則として規律違反になる。机の向きどころか、服装や髪の長さまで、ものさしを当てて規格に合っているかどうか検査する学校さえあるというから驚くほかない。

ところが、ここでは、手習い子たちが好き勝手な方に机を向けているばかりか、二人として同じ服装の子はいないのである。みな同じ形で同じ大きさの天神机という簡単な構造の机だが、子供たちは、これをあちこち違った方向へ向けておいている。仲良しらしい二人が机を向かい合わせにしていたり、横に並べたり、直角につけたりしている。

「子供たちの机の向きは、ああいうふうに決まっていますか」

気になったので、洋介は小声で質問した。

「いえ、特に決まりはございませぬ。帰るときには部屋の隅に机を積み重ねて畳を掃除致します。翌朝来た時にまた並べますので、日によって変わりますが、やはり仲良しの子同士が向かい合ったり横に並んだり致すようでございます」

「お前さま」

斜め後ろに座っていたいな吉が教えてくれた。

「入門したての時は、同じようにいろはを習うから、いっしょに入った子が並ぶけれど、いろはを仕上げると、その時々で気の合った子同士が好きなように机を並べます。字の上手な年上の子に教えてもらうために、年下の子が横に並べることもありましたよ」

ここでは、机を決まった方に向ける必要さえなく、仲間の迷惑にならない範囲で自分の好きな方に向ければいいらしい。お師匠さまが説明を補足した。

「最初のうちは、一人一人の子供のうしろへ行って、筆に手をそえていろはを書かせますゆえ、学び始めの子は横一列に並ばせます。でも、しばらくたって手本を見ながら一人で書けるようになれば、書き上げると自分でここへ持って参りますから、どこでどちらを向いて書いても同じでございます。

年上の子に字を習うといえば、おはるちゃんはやさしくて字も上手だったから、小さな子にずいぶん人気があって、私の代わりに教えてくれました」

「あれ、ソンナ……わたしより上手な子はいくらもおりましたヨ」

などといっているところへ、やや年長の子が来てかしこまり、習いたてのやさしい漢字を書いた紙をお師匠さまの机の上においた。洋介は、お師匠さまが、

「みよちゃん。今度はなかなか良く書けました」

といってほめてから朱筆で添削し始めるのを見ていたが、添削の仕方も面白かった。お師

匠さまは、「ここは、もう少し勢い良くお書きな」などといって、どの部分をどう直せばもっと上手になるかを説明しながら朱色で添削するが、子供は自分の字を自分の方から見て正向《せいむ》きにおくから、お師匠さまにとっては文字の天地が逆向《ぎやくむ》きになっている。それを自分の方に向け直したりせず、逆向きのまますらすらと添削するのである。こうすれば、幼い手習い子にとっては、自分が書いたままの向きで直してもらえてわかりやすい。

天地が逆の状態で自由に文字を書くこの技法は〈倒書《とうしょ》〉といって、専門化した手習師匠なら最低身につけていないと、大勢の生徒に教えることができなかった。教師が自分の方へ向けて添削したのでは、反対側から見ている幼い子供には筆の動きがよくわからないし、そうかといって、お師匠さまがいちいち生徒のうしろへ廻って添削していたのでは時間がかかりすぎる。

江戸時代の日本には医師法さえなく、誰でも医者を開業できたほどの放任時代だ。もちろん教員免許などあるはずもなかったが、法律がどうであろうと、手習いを教える専門家がすでにこういう形で生まれていたのである。もちろん、やっと読み書きできる程度のひどいお師匠さまがいたという記録も残っているが、教師が自由開業なら、生徒の方も自由選択だった。

封建日本の手習いのお師匠さまは教わる側が選ぶ。

どこの町内にもお師匠さまがいるようになれば、能力の低いお師匠さまの元には生徒が集まらない。この点は、現在の受験塾と同じで、クニが監督しなくても、だめな教師はすぐに淘汰される。自由競争状態にある塾の教師に要求されることは受験塾も手習いも同じで、上手に教える能力だけである。形式的な資格や学校歴などどうでもいいのだ。

さて、お師匠さまに朱筆で添削してもらった子が立ち上がったので、自分の席に戻るのかと思って見ていると、いな吉の前でかしこまり、顔を見上げながらいった。

「姐さん。あたいも芸者になりたい」

「まあ、この子は。何をいい出すかと思ったら」

いな吉は笑いながらいった。

「お手習いをちゃんとしないと、いい芸者になれないヨ」

その子は、不思議そうにいな吉の目を見詰めて尋ねた。

「芸者になるのになぜお手習いをしなくちゃいけないの」

「新しい唄を習う時は、むずかしい字で書いた唄の本を見ないと覚えられないから」

「あ、そうか。じゃ、あたいもむずかしい字を覚える」

先輩によるきわめて具体的な指導に納得したらしく、その子は頭をぺこりと下げてから自分の席へ戻った。見ていると、今書いてもらったばかりのお師匠さまの朱文字をなぞるようにしながら、同じ字をずらして何度も繰り返して書き、紙は次第に黒くなっていく。何度も書いて真っ黒になると、白い紙を出してもう一度書き、またお師匠さまに見せに行くのだ。

そういう手順で字を習っている手習い子が二十八人もいるから、みんなのんびり書いているといっても、自分の字を持って来て添削を受ける子供が次々にやって来る。お師匠さまは、いちいちほめたり注意したりしながら朱筆を入れるが、そこそこ上手に書けていれば、ほめるだけで朱を入れずに返している。こまかいあら探しはしないようだ。

あまり見詰めると子供が恥ずかしがるかもしれないので、洋介は教場の中全体を見廻しながら、添削を受けに来る一人一人の字をそれとなく見ているうちに、全員が違う文字や短い文を書いて見せていることに気づいた。

手習いには、さまざまな年齢のさまざまな進み具合の子が来ていて、しかも、漢字の練習では何種類もの教科書を使うから、全員が違う文字を学んでいることは、昨日聞いて知っていた。しかし、こうやって実際に見るまではなかなか納得できないのである。

洋介は、部屋の中を見廻した。

むずかしい漢字を印刷した教科書を見ながら書いている年上の子に、横に座った幼い子が自分の書いたひらがなを見てもらっている。お師匠さまに見せる前に、字の上手な先輩の指導を受けているのだ。頬杖《ほおづえ》をついておしゃべりしている子がいると思えば、その一方では、洋介にはとても読めそうにない書体の漢字で書いた本を声を出して読んでいる子がいる。

ちょっと見ると雑然としているようだが、整然と前を向いているべき現代の学校と違って、ここではこれがこの子たちなりの秩序らしい。それぞれが違うことをしているようでも、読み書きを習う目的は一つだからだ。

壁を見ると、子供たちの書いた清書が十枚ぐらい貼ってあるが、上手な字もあるし、どちらかといえば下手な字もある。

「あそこに貼ってあるお清書には、あまり上手でないのもありますが」

添削を受けに来る子がちょっと絶えたので、洋介はお師匠さまに尋ねた。

「その子として上手に書けた時には貼りますゆえ、ほかの子より上手とは限りませぬ」

手習いでは、他人との比較で序列が決まるのではなく、一人ずつの進みぐあいに合わせてほめてもらえるらしい。

そのうちに、自分の席に戻って添削を受けた字を書き直した一人のやや年長の子が手習いをやめて輪に結んだひもをたもとから取り出し、あや取りを始めた。お師匠さまは、その子を見たが、別に注意もしない。どうやらこの場合は、教室で遊んでいても規律違反にならないらしい。洋介は不思議に思って小声でいな吉にいった。

「あの子は、手習いをやめてあや取りをしているよ」

だが、それはいな吉にとって当たり前の光景だったらしく、懐かしそうにいった。

「わちきも、お清書の日などは、あんなふうにあや取りや折り紙をして遊びました」

「遊んでいてかまわないのかい」

「アイ。お清書がうまくできて一区切りつけばああやって遊びます」

いろはを習う
お師匠さまが入門したての手習い子のうしろに廻って、いろはを書かせている。ひと息ついた子供たちがあやとりをしている。ここでも、天神机は好きな方向に向けてある。
『絵本操節草』より

「お昼の休み以外に休まないのかい」

「みんな、自分できりのいい時に休んだり遊んだりします」

「なるほどねえ」

ベルを鳴らして全校一斉に授業を始め、一斉に休み、一斉に遊び、一斉に終えるという一斉の思想がここにはなく、一人ずつ違うのが当たり前らしい。

「お師匠さま」

いな吉が尋ねた。

「わたしの手習いの時は、いつももっとにぎやかだったけれど、この頃はいつもこんなに静かにしておりますか」

「とんでもない」

お師匠さまは、笑いながら手を振った。

「今日は、旦那さまとおはるちゃんのせいで特別でございますよ。芳町で名代《なだい》のいな吉姐さんに見られているだけで、みんなお澄まししていたところへ、よそのお師匠さまの旦那さまがみえたもので、ますますおとなしくなってしまって……。ふだんはとてもこんなものではございませんよ。口をつぐんでいるのは一生懸命に書いている時だけで、まるで小鳥がさえずるようににぎやかでございます」

二十一世紀初めの日本では、義務教育段階ではもちろん、大学でさえ授業中に学生が勝手にしゃべって講義ができない場合があるが、ここでは、手習いさえちゃんとすればおしゃべりしても差し支えないらしい。先生の話をみんな揃って聞くという形の授業ではないから、シーンとしている必要はないのである。

話を聞いただけではなかなかわかりにくいこの時代の手習いや寺子屋の教え方がどういうものなのか、実際に見ているうちに、洋介にも次第にわかってきた。

見かけは、一人の先生対全部の手習い子という形のため、つい現在の学校の一人の教師対一クラスの生徒による授業と比べたくなるが、実態はまるで違うのだ。三十人近くの生徒がいるといっても、年齢も進み具合も違う手習い子たち一人ずつに違ったことを教えているから、実質的には、一対一の授業つまり、一人のお師匠さまが一人の手習い子を相手に授業をしているのだ。

全員が違うことをしているのなら、手習い子たちが机をどちらへ向けていようと差し支えないし、自分で一区切りつけたと思う子が、はた迷惑でないあや取りや折り紙のような遊びを始めても、小声でおしゃべりしていても、お師匠さまと当人が納得していればまったく差し支えないのだろう。

こういう教え方は、合理的な近代教育に比べると、はなはだ効率が悪いし、競争心による進歩も少ない。明治維新後には、とてもこれでは富国強兵などできないことに気づいた偉い人が、任意登校の小規模な寺子屋や手習い式の私塾を廃止し、より大規模な中央集権的小学校での新しい教育を義務づけた。

新しい義務教育の小学校では、手習いや寺子屋よりはるかに効率良く教えられるばかりか、すべてを数字で評価して学科ごとの成績表を作り、上下関係をつけて競争させることもできた。おかげで、もともと世界最高だった識字率がますます高くなったばかりか、学校教育に体育まで取り入れて体も鍛えた結果、日本は、短期間のうちに工業国としてそこそこの水準に達したばかりか、軍事大国にもなった。

もちろん、その裏では、勉強も体育もできない者は落伍者となっても仕方がないという冷酷な体制が着々と進んでいった。明治維新は植民地化を避けるための緊急避難だったから、ほかに方法はなかっただろうが、ものがあり余っている二十一世紀になっても、まだ富国強兵教育の尻尾《しっぽ》を引きずっている点が問題なのである。

そこそこの成績で小学校から大学まで近代教育をくぐり抜けながらも、あまり学校好きでなかった洋介は、自分の受けた教育とはまったく異質でのんびりした手習いの現場を見て、羨ましい気がした。

ここには、制度として決まっている現代教育のさまざまな道具だては何一つない。学区制度もカリキュラムも、履修時間も通知表もない。また、庶民の世界には学歴という考えがないから、卒業資格さえない。制服に至っては、お師匠さまにせよ親たちにせよ、子供に揃いの服装をさせる必要性どころか、その意味さえ理解できそうにない。民主社会の教員が、制服を着せられた子供たちに、「右へならえ。前へ進め」と号令するのを見れば、封建社会のお師匠さまは、民主教育の壮烈さに腰を抜かしかねない。

　江戸では、読み書きや計算ができないと当人が困るから手習いをし、算盤を習う。強いて学歴というなら、自分の学力だけが学歴である。

　これに対して現代の学校は、なるべく社会的評価の高い有名な上級学校の試験に合格することを最高の目的としている。しかも、本当の意味の学力は二の次で、有名な学校に入ったという学校歴が何より重要なのだ。英会話や英語の読み書きが上手になるより、英語についてはほとんど何も知らなくていいから、有名大学英文科卒という学校歴を得た方がはるかに高い社会的評価を受けられるからだ。

　現代の小学生は、十人のうち八人までが、学校にいるといらいらすることがあると答えるそうだが、遊びたい盛りの年頃に、学校歴という世間体を良くするためだけの勉強を強制されれば、いらいらして当然だろう。

　生徒ばかりではなく、教師もいらいらしている。教師は教えるのが最大の仕事のはずだが、さまざまな事務、採点、生徒指導、部活、給食、ＰＴＡ等々、意味を失いかけている義務教育制度を維持するための雑用に圧倒されているからだ。しかも、教師に対する社会的評価はかなり低くなっているから、権威をもって生徒に接することができない。

　それに比べれば、江戸の子供やお師匠さまはまことに気楽そうな顔をしている。子供は、それぞれの能力の範囲で個人指導を受けるだけ。間違っても、良い成績を取って出世することなど期待されない。お師匠さまも、読み書きと計算のほかは、せいぜい一般的な知識を教えるだけで、集団主義のさまざまな儀式を主催する必要はないし、子供のしつけは親がちゃんとやってくれる。収入は少なく、ようやく生活を支える程度にすぎないが、制度を維持するための雑用はなく、お師匠さまという最高の尊称で呼ばれるばかりか、尊称にふさわしい社会的評価を受けられる。

その時、ちょうど一枚の紙を真っ黒にして書き終えた友だちに、あや取りをしている子が声をかけた。

「きいちゃん。書きおえたらちょっと手伝っておくれな。昨日こしらえた帆掛け舟は、一人ではできないから、ここに指をかけて……」

一人ではできない複雑な形を作るために、仲間を誘ったのである。きいちゃんと呼ばれた子はすぐに筆をおき、見るからに器用そうな手つきで指先に糸を引っかけて、遊び始めた。洋介は、子供たちののんびりした様子を見ながら、こういう学校なら、先生も生徒もいらいらすることだけはないだろうし、登校拒否児童もめったになさそうだと思った。

もちろん、こんな教育では、立派な工業大国を支える人材は育たないが、その代わり、ごみの捨て場がなくなるほどがらくたを作ることもないし、人間だけが生きる権利を主張して大増殖し、人間以外の生物の生きる権利を奪って次々と絶滅させ、結果として自分の墓穴を掘ることもないだろう。

どちらが良いというのではない。人は、一つを得ると一つを失うらしい。

行く

洋介は、かすかな物音で目を覚ました。反射的に枕元の電灯のスイッチに手をやろうとした時、

「起こしちゃってごめんなさい」

という流子の声が聞こえた。スイッチを廻して電灯をつけると、白いゆるやかなナイトウェアを着た流子の姿が見えた。洋介は、

「今、何時？」

と尋ねた。

「十一時半。仕事の打ち合わせでちょっと遅くなって、三十分ぐらい前に帰って来て、今お風呂からあがったところなの。今日は早くお休みだったのね」

「原稿の締切りがあって今朝早くから起きていたもので、風呂に入って夕飯を食べたら眠くなってすぐ寝ちまったんだ。きみはまだ仕事をするのかい」

「とんでもない。すぐ寝る」

「のどが渇《かわ》いた」

「さっきいれた焙《ほう》じ茶が残ってるから、持って来るわ」

流子は、居間へ戻って湯飲みに飲み頃の焙じ茶をなみなみといれて来た。

「有難う」

洋介はいっきに飲み干して、湯飲みを枕もとの小机においた。流子は掛け布団をそっとめくって静かにベッドに入り、解いたままの長い髪を両手でまとめるようにしながらゆっくり横になった。洋介は電灯を消すと、良い香りのする妻のしなやかな体を軽く抱き寄せた。

「今度の美術館全集は、よく売れてるみたいだね」

「値段が高くてかさばる全集だから、大した部数は期待してないけれど、今のところ、大体予定通りに出てるらしいわ。でも、あの本が売れてるなんて誰がいったの」

「今日、打ち合わせに来たS書房の編集者がいっていた」

「じゃ、世間ではそういう評判になってるんでしょ。でも、本当のところは、ようやく在庫がなくなったというところなのよ」

「豪華本なんだから、在庫一掃できればオンの字じゃないのかい」

「ええ。まあね」

流子は、夫の胸に頬を押しつけながらいった。

「月刊誌は、いわば月単位で決算してるようなものだから、売れなければ休刊か廃刊にして、せいぜいのところ編集長が降格されるぐらいで済むけれど、豪華本全集だと、在庫の山を抱えてしまえば、編集者をくびにしたところでどうにもならなくて大変なのよ。でも、今のところなんとか黒字だそうでほっとしたわ」

「良かったじゃないか」

「でも、その先におまけがついていて」

「悪いおまけかい」

「良くも悪くもないけれど、忙しくなるかもしれない」

「なぜ」

「勢いがあるうちに、海外の美術館にある日本の美術品を、今の全集の付録みたいな形で作るという企画が出てるんだけれど、売れそうなものができるかどうか調べて来いといわれて、さし当たり誰かが日本の古い美術品が多いボストン美術館を見に行くことになったの。今日はその話に手間どっておそくなっちゃった」

「きみは、前の雑誌を始める時も、フランスの女性誌と提携するためにしばらくパリへ行ってたから、海外の仕事は慣れてるだろう」

「慣れてるというほどでもないし、あまり自信もないけれど、あの雑誌が二代目の編集長に代わっても、最初の方針をあまり変えずにそこそこ売れてるから、社内では運が強いと思われてるらしくて、もしやるのなら、今度もあたくしの担当になりそう。また、何度か外国へ行くことになるかもしれない」

「行けばいいじゃないか。できる時にやっておくべきだ」

「ええ。でも、あなたに悪くて……」

「悪くなんてないさ。きみが活き活きと働いてるのを見るのは楽しいもの」

「そういって下されば嬉しい。とにかく、これだけ仕事ができるのは、あなたのおかげなんだから」

「別にぼくのおかげなんてことはない。流子の才能だよ」

「才能があるとかないとかいうことじゃなくて、普通の男の人と結婚してたら、今みたいに、まるで専業主婦の奥さんがいる男性編集者なみには働けないと思う」

洋介は笑った。

「いつかここへ来た編集者に、速見さんは、まるでサラリーマンと結婚した女流作家みたいですねってからかわれたことがあるけれど、ぼくとしては、特別なことをしているわけじゃない。やもめになってからはずっと独り暮らしをしていて、きみが来てからもほとんどそのままの生活を続けているだけだ。流子がいてもいなくても掃除はしなくちゃならないし、食事は、一人前作るより二人前作る方が楽なぐらいだ。有難がってもらうほどのことをしているわけじゃないよ」

流子は、洋介の体に両手を廻しながらいった。

「なんでもいい。あたくしはあなたといっしょにいて幸せなんだから……ねえもっと強く抱いて。こういう時は、抱き締められると落ちつくのよ」

洋介は、妻の細い腰を抱き寄せて深く唇を合わせると、両腕を上半身に移して力を込めて抱いた。

洋介にとって、流子は妻であると同時に愛人でもあった。洋介の意識の底には、二十年近くいっしょに暮らした最初の妻こそが本当の妻だという感覚が残っているし、同い年だった先妻に比べて流子は十五歳近く若いばかりか、いっしょにいられる時間が短いせいもあって、いつまでたっても恋人同士のような気分が消えないのだ。

流子も、夫が自分をまるで愛人のように扱ってくれる気持を敏感に感じとっていた。最初の結婚が破局に終わった理由の一つが、夫の身勝手さだっただけに、自分をいつまでも女として見てくれる洋介との生活に満ち足りた思いをしていた。もちろん、洋介に抱かれるのも大好きで、心身ともに女盛りを迎えている今では、夫と二人だけのこの貴重な時を思いきり楽しむようになっている。

洋介は、期待でいっぱいになっている妻のよろこびを深めようと、今ではできるだけその都度《つど》接し方を変えるようにしていた。最近の彼女は性的な接触にすっかり慣れているので、決まった愛撫をするより、むしろやや意外性のある手順をよろこぶからだ。

いつものように左手を背中から廻して乳房にやさしく触れながら、右手では感じやすい背中から腰にかけて軽く爪を立てて刺激しているうちに、流子は自分からナイトウェアを開いて肌を寄せてきた。ぴったり肌を合わせて抱き締め、胸のふくらみを愛撫していると、次第に呼吸が激しくなった。

こうなればもう深い部分が溶けているので、おだやかな愛撫をいきなり打ち切り、体を大きく押し開くと同時に潤んだ肉に深く入り込んだ。思わず声を上げようとする流子の口を自分の唇でふさげば、彼女はしばらく夢中で応じていたものの、すぐに耐えられなくなり、唇を離して顔をのけぞらせると、大きくあえぎながら快感に体を震わせた。

いつもはしとやかな妻が快楽を求めて乱れる姿を見るのは大きな楽しみなので、洋介は、彼女が望むことならどんなことでもした。さまざまに楽しんでから本当に満ち足りる直前になると、流子は息をはずませながら夫に告げた。

「あなた、もう……」

洋介は、妻を上からしっかり抱いて再び熱い体に入り、高まりに耐えている引き締まった肉の滑らかな感触を充分に楽しんでから頂点に達した。一呼吸遅れて、流子も激しく達して叫び声をあげたが、彼女の場合、単純な性的なオーガズムだけでは不満なことを洋介はよく知っていた。身動きもできないほど満ち足りた体を抱き寄せて、眠り込んでしまうまで背中をやさしく撫でるのが仕上げになるのだ。

流子が規則的な寝息を立て始めるのを耳元に聞きながら、洋介はようやく彼女を抱く腕を

医者
お供を連れて往診に行くところ。医者は僧侶のように頭を丸めているのが普通。
『絵本譬喩節』より

ゆるめ、外国の美術館へ行く仕事が始まれば、また流子の長期出張が増えるだろうと思った。夜になっても流子が帰って来ない生活は、前の妻が亡くなった後の一人暮らしを思い出して侘《わび》しいが、いな吉に拗ねられた直後だけに、江戸へ行きやすくなるのは好都合でもある。

流子が寝返りを打った。百数十年の時間を超えて二人の妻がいる生活にすっかり慣れてしまったが、どうすれば二人を不幸にさせずに済むかを考えながら、洋介は複雑な気分で眠りについた。

「旦那さま。涼哲先生がおみえでございます」

茶の間の外で、おみねの声がした。

「お通ししてくれ」

電話のない世界では、知人が予告なしに来ることはごく普通なので、江戸の生活に慣れた洋介は意外に思わなかった。いな吉が仕事に出ているので、洋介は涼哲を迎えるために廊下へ出た。医者の涼哲がおみねの後からやって来た。

「速見さま。折入ってご相談がございまして」

涼哲は、洋介の顔を見るなりぺこりと頭を下げた。剃りたての頭が光った。テレビの時代劇のせいで、江戸の医者は現代の長髪の男のように長くして後頭部に髷を結っているように

総髪の医者
古方家(後藤流)という流派の医者は頭を剃らなかった。
テレビ時代劇の医者は、総髪の古方家ばかりだ。
『江戸職人歌合』より

思っている人が多いが、ああいうへアスタイルの医者は古方家という流派に限っていて、丸坊主に剃った僧侶のような頭が普通だった。

「いな吉は出かけておりますが、奥へどうぞ」

洋介は、先に立って奥の八畳間の襖《ふすま》を開けた。今さら遠慮する間柄ではないので、挨拶を抜きにして向かい合って座りながら、洋介は尋ねた。

「病人でござるか」

涼哲はうなずいていった。

「成田屋《なりたや》を覚えておられますか」

名優七代目市川団十郎とは、昨年の陰暦十一月に葺屋町《ふきやちょう》の市村座で会った時と、しばらくしてから涼哲たちと佃島沖《つくだじまおき》へ白魚漁《しらうお》を見に行った時と二度会っている。忘れるほどの時間もたっていないし、簡単に忘れられるような人物でもない。

「成田屋といえば市川団十郎。団十郎が病気になりましたか」

「はい。軽症の脚気と診たてましたが、今のところは脚が軽くしびれる程度で、何とか舞台を勤めております。されどさっぱり良くならず、暑さに向かって座元《ざもと》も大いに案じております。先ほど、ぜひ霊薬を賜《たまわ》りたいと使いが参りましたため、糠の薬を作ろうと致しましたが、今は速見さまが江戸におられますゆえ、仙境より持ち帰られました霊薬をお分けいただこうと急ぎ参じました」

「成田屋は、おいくつかな」

「ハテ、三十一か二になりましょう。芸は老成しておりますが、体はまだ激症の脚気にかかる若さにございます」

脚気は、血気盛んな若い男がかかりやすい病気である。江戸煩《わずら》いというほど江戸に多かった理由は、江戸人は精白した白米を多食するせいで、糖質を消化するのに必要なビタミンB_1不足によって、いわば潤滑油切れのような症状が現れるのだ。特に、夏は消耗が激しいので発病しやすい。贅沢《ぜいたく》な成田屋は麦飯など食べないはずだから、脚気にかかっても不思議はなかった。

「あの黄色い小粒の霊薬をお持ちでいらっしゃいましょうか」

涼哲は、前かがみになって尋ねた。洋介が、

「持っております」

と答えると、涼哲は畳に手をついて丁重な態度でいった。

「成田屋に飲ませて差し支えなくば、いつものようにお分かちくださりませ」

涼哲のいう霊薬とは、ビタミンB_1誘導体の錠剤である。

はじめて江戸に転がり込み、自分の世界へ帰れるあてのなかった時、洋介は自分の生きる手段として、米糠からビタミンB_1を抽出して水エキスを作る方法を涼哲に教えた。しかし、治療する患者については厳しい制限を申し渡した。

大芝居の楽屋
手前の衣装についている正方形が三つかさなった模様が、団十郎の三桝紋。鏡の前の役者もこの紋のついた着物を着ているので、団十郎のつもりか。
『江戸府内
絵本風俗往来』より

〈未開人〉を救うのが使命だと信じているキリスト教の宣教師なら、現代の科学的知識を無制限に江戸へ持ち込んだかもしれないが、洋介はきわめて慎重だった。それぞれの時代の人は、それぞれの時代なりに生まれて死んでいき、その結果として現代の社会が成り立っている。人間が死ぬのは悪いことであり、生きるのが善で、人間は無限に増えて地に満ちるべきだというのは危険思想だと洋介は信じていた。

しかも、洋介の場合は、もう一つ厄介な問題があった。速見家は大した家柄でないが、宝暦年間つまり一七〇〇年代の半ばに先祖が江戸へ出てから、洋介が最初の結婚後に中野へ移るまで、ずっと日本橋地域に住み続けてきたという特異な家系なのである。つまり、日本橋を中心とした江戸の下町には、大勢の先祖が分散して住んでいるはずなのだ。

先祖といっても、封建的な系図にあるような男系だけではない。結婚相手の女性やその一族も大勢いるから、うっかり病気の治療をして、本来なら死ぬはずの人を助ければ、先祖の組み合わせが変わり、未来の世界に自分が生まれなくなる恐れがある。

その時、自分がどうなるのかわからないが、いきなり過去の世界に転がり込んで、ただでさえどうしていいかわからずに困り抜いていた時に、わざわざそんな実験をする気にならなかったのは当然だろう。

だが、涼哲の一方的な好意にすがって生きていた洋介にしてみれば、脚気の治療法を教えてほしいと頼まれて断るのもむずかしかった。江戸ではきわめて死亡率の高い難病であっても、現代医学にとっては病気のうちにも入らない、単純な栄養障害にすぎなかったからだ。

そこで思いついたのが、治った時、薬代として五十両支払える金持だけを治療するという条件だった。五十両といえば、この時代の一人前の大工の二年間の収入を上廻る大金だから、よほどの金持でないと払えないが、これはけっして金銭欲のためではない。祖父が口癖のように「うちは、むかしから金持とさむらいには縁のねえ家だ」といっていたのを覚えていたから、金持だけ治療していれば安全だと思ったのだ。

洋介にとっては、身を守るための単純明快な手段でも、医は仁術という考えがある真面目《まじめ》な涼哲は、この命令にはなはだ不満そうだった。しかし、「仙境の薬で助ける人は、前世で善根を積んだ人に限られるので、これは前世の定めごとなのだ」という説明に納得してくれ、以後、脚気の患者を治療する時にいちいち患者の家系を説明して許可を求めるようになった。

この時代に住んでいる洋介の先祖と成田屋との間にまったく関係がないことは明らかなので、洋介はうなずき、

「差し上げましょう」

といって立ち上がった。二階へ上がって、いな吉との寝室に使っている八畳間の簞笥《たんす》の隅に入れてある乾燥剤入りの薬瓶から黄色い錠剤を十錠出し、紙に包む。密閉できる手軽な容器がないから、大量に渡さない方が安全なのだ。それに、もし本当に軽症の脚気なら、高単

位のビタミンB」誘導体の錠剤を二、三錠も飲めば効果が現れるから、必要に応じて渡せば良い。

「いつものように食事の後で飲ませて、二、三日様子を見て下さい。効きめがあるようなら、また仙境から持って参ります」

「有難うございます」

涼哲は、小さな紙包みを両手で受けると、押しいただくようにしてから、持っていた袋に入れた。江戸の内科医にとって、薬とは、乾燥した植物を細かく砕いて煎じるのが主流だから、鮮やかな黄色で、球を押しつぶしたような形の小さな滑らかな錠剤は、色と形を見るだけで神秘性を感じるらしい。

「それでは、ただちに成田屋に届けましょう。葺屋町に来ておりますから、ほんの一足にございます」

涼哲がそそくさと立ち上がったので、洋介は上がり口まで送って行った。

「それでは失礼……」

急いで下駄をはいた涼哲が引き戸に手をかけようとした時、誰かが外から戸を開けた。いな吉の箱廻し、つまり三味線を入れた箱を持ってお座敷へ行くお供をする役の弥八だった。

「アレ、涼哲先生。どうなさいました」

弥八が開けた戸口から入ろうとしたお座敷帰りのいな吉は、目の前に涼哲が立っているの

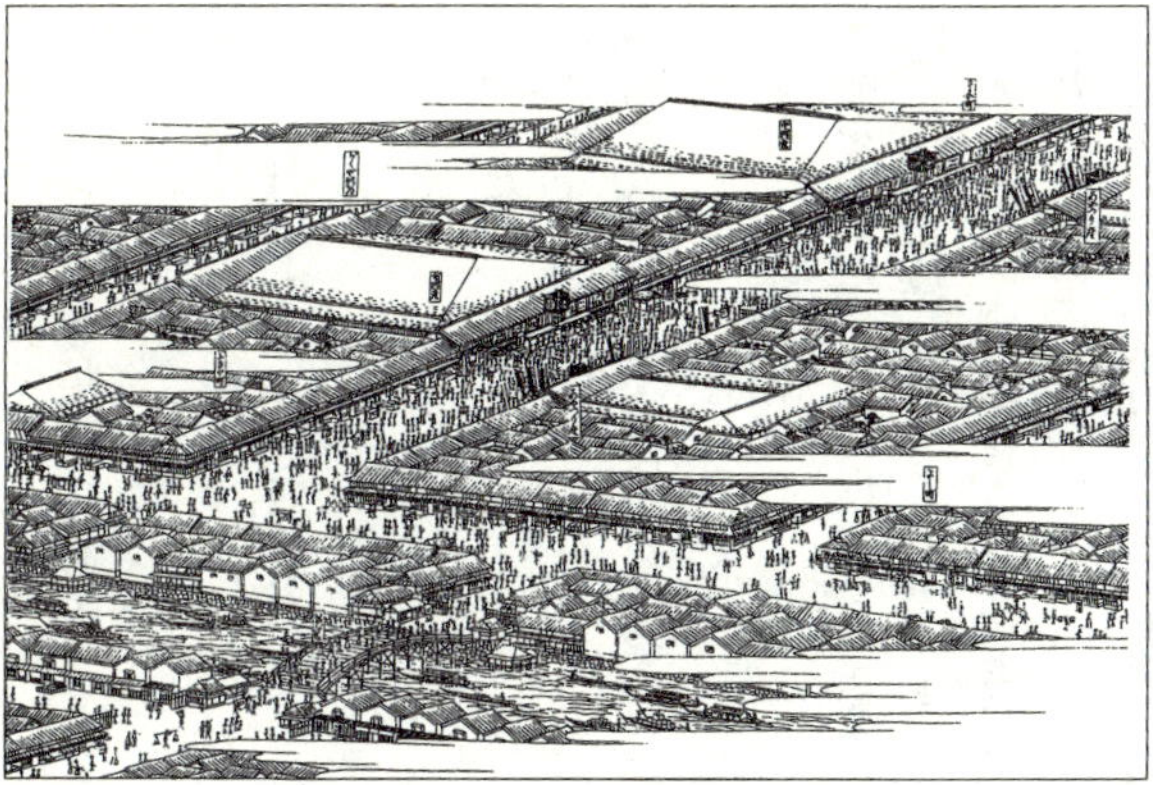

大芝居の劇場
天保の改革で浅草観音裏の猿若町に追いやられたが、江戸時代の大部分を通じて、堺町、葺屋町(現在の日本橋人形町三丁目付近)にあった。
『江戸名所図会』より

を見て、左手で褄《つま》を取ったまま驚いて立ち止まった。

「速見さまのお薬をいただきに参りまして、これから病人に届けに行くところでございます」

「マア。それなら早く」

いな吉が、体をひねるようにして通路を開けたので、涼哲は、

「ご免」

といいながら外へ出た。

「ああ、びっくりした」

涼哲が出て行くのを見送ったいな吉は、上へあがるとかすかな麝香《じやこう》の香りを漂わせながら裾を引いて茶の間に入った。すぐ後から、おみねが弥八から受け取った三味線の入った長い箱を運び込み、

「ただ今、煮花《にばな》を入れて参ります」

といってから襖を閉めた。いな吉は、そのまま長火鉢の前に座った。艶やかな島田に振袖の紋付《もんつき》裾模様という座敷着のままなので、まことに華やかな姿だった。お座敷へ行く時は、ふつうなら元大坂町の店で着替えるが、今日は浜町《はまちよう》の武家屋敷の宴席に出たので、帰り道に難波町へ立ち寄ったのである。

「先生はまた、脚気のお薬を取りにいらっしゃったのかェ」

「そうだ。あの成田屋、団十郎さんが脚気にかかったそうだ」

洋介も向かい合って座りながらいった。

「アレ」

いな吉は、目を丸くした。

「でも、成田屋さまは、葺屋町に出ていらっしゃいますヨ」

「そう。今のところ脚がしびれるだけで、何とか舞台へ出られるけれど、このまま夏に向かって脚が立たなくなれば大ごとだから、ひどくならないうちに治しておきたいというわけだ」

「ソレハ、良いことをなさいました」

いな吉が嬉しそうにいった。

「成田屋さまがお出になる芝居小屋はもうずいぶん暑うござんすから、脚気には毒でございましょう」

冷房のない時代の劇場は、晴天の続く陰暦四月頃には満員になるとかなり暑かった。入《い》りが良ければ良いほど暑くなるから、ある限界点に達すると客足が遠のく。そのため、十八世紀後期の天明年間あたりからは、陰暦六月の土用には上級の役者は休演するようになったほどだ。

役者は年間通しの契約だが、あまり暑ければ上客は来ないし、幹部の名優たちが病気になれば困るから、いつの間にかこういう習慣になったのである。しかし、芝居小屋とすれば、休場すると経営が成り立たないため、夏芝居あるいは土用芝居といって、若手俳優の芝居を安く見せ、それなりに人を集めていた。初夏の劇場内のかなりの暑さを考えると、まだ早いこの季節に団十郎が脚気にかかったのも当然だった。

「ところでお前さま。今日はお泊まりかェ」

と、いな吉が尋ねた。

「ああ。今夜はもちろん泊まるし、御用のつごうで、向こう半月ほどは、夕方から夜はこちらにいられそうだ。昼間は、仙境に戻ることもあるかもしれないが」

流子がボストンへ発ったのが二日前だった。今回も、半月か二十日は帰って来られないというので、差し当たりの仕事は片づけて来たが、仕事が入って来るから東京を完全に留守にするわけにはいかない。いな吉が仕事で出ている間に東京へ帰り、仕事をしたりあちこちへ連絡する必要があるのだ。

「アレ。本当かェ」

それを聞いて、いな吉の顔が輝いた。

「ソンナラ、夜のお座敷はできるだけ出ないように、おこま姐さんに頼んでおこう」

「無理をしちゃいけないよ。夜のお座敷といったって、遅くてもせいぜい五ツ頃には終わるんだから」

「二度に一度も出れば、なんとかなりますのサ」

いな吉はけろりとしている。

治める

晴天が続いている。洋介は、日が長くなった空の下をゆっくり歩いて行った。まだ七ツ半、この季節では、今の時刻の午後六時頃である。日没まで一時間もあり、夕方というより昼間の感じだった。今日は、涼哲の家に食事に招かれていた。

涼哲によれば、足を引きずるようになりかけていた成田屋が、仙境の霊薬つまりビタミンB₁誘導体の錠剤を飲んでから急に具合が良くなり、二、三日でほとんど不自由なく歩けるようになったため、芝居筋から大変感謝されているということだった。名医と立てられて気を良くした涼哲は、とりあえず内輪《うちわ》で祝杯を上げたくなったらしい。

小網町から江戸橋を渡り西河岸を通って日本橋の南詰から通町《とおり》つまり今の中央通りへ出て左へ曲がる。左に白木屋《しろきや》、右に有名な書物問屋、須原屋《すはらや》一門の総師である須原屋茂兵衛《もへえ》の店がある通一丁目から、今に続く茶問屋の山本山、山本嘉兵衛《かへえ》の店がある二丁目を過ぎた先の三丁目で、右へ曲がった。

通三丁目から少し入った檜物町《ひもの》にある涼哲の家は、短い期間だったが洋介がはじめて江戸に転がり込んだあとしばらく住んでいたことがあるので、もともとくわしいこのあたりの道はよく知っている。まっすぐ家の前まで行って玄関の引き戸を開け、

「ご免」

と、声をかけた。

前に書いたように、この時代の一般庶民の家の出入り口は上がり口と呼び、江戸の町屋で玄関があるのは、町名主つまり町長さんの家ぐらいだが、医師は例外で、身分の高い人が来る場合もあるため、駕籠から式台に直接降りられるように玄関つきの家に住むことがあった。涼哲の家はあまり広くないが、もともと医者が建てた家を借りているので、一応は玄関つきの一戸建て二階家である。すぐに足音がして、涼哲夫人の多恵《たえ》が出て来た。

「これは速見さま。お待ち申し上げておりました。姐さんは、まだいらっしゃっておりませんが、どうぞ、お上がり下さいませ」

「いな吉は、今日は照降町の実家に用があるといって先ほど出かけました。もうおっつけ来るでしょう。では、失礼」

洋介は下駄をぬいで上がった。かつて住んでいた家だから、勝手はよく知っている。

「どうぞ、こちらへ」

と、通されたのは書斎だったが、涼哲はいない。

「今、薬とりの方がみえておりますが、間もなくこちらへ参りましょう」

医者の玄関
薬取りのお使いが待っている奥で総髪の医者が調剤している。壁が崩れているところから見ると、かなりの貧乏医者。
『六あみだ詣』(八木敬一氏蔵)より

多恵はそういって襖を閉めた。はじめて江戸へ転がり込んだ時、涼哲に助けられて最初に通されたのもこの書斎だったと思いながら、洋介は医学や本草学の本がきちんと積み重ねてある書棚を見廻した。隣が診察室なので、襖と書棚越しに涼哲と客の声がかすかに聞こえた。話の内容はわからないが、もう帰るらしい様子だった。

客が診察室を出てすぐ、玄関のあたりが急ににぎやかになった。若い女性の華やかな声が聞こえるから、いな吉が来たらしかった。しばらく話し声が続いているのでどうしたのかと思っていると、そのまま何人かの足音が近づいて、書斎の襖が開いた。

「速見さま。お待たせ申し上げました」

涼哲が立ったままいった。

「今、薬とりのお客が玄関へ出たところへ、ちょうど姐さんがおいでになり、なんとご両人が古くからの知り合いだとか。いやはや、驚きました」

「お前さま」

すぐに横からいな吉の白い顔がのぞいた。

「こちらは、わちきの照降町の実家の近所にお住まいの甚右衛門《じんえもん》さんとおっしゃる古くから存じよりの家主《いえぬし》さんで、わちきが子供のころは、しょっちゅう遊びに行って面倒をおかけ致しました。甚右衛門さん、こちらがわちきの旦那でございます」

五十歳ぐらいの落ち着いた物腰の男が、書斎の入口にかしこまって挨拶した。

薬の調剤
大勢の弟子たちが薬を作っている。こちらは繁盛している医者らしい。医者に弟子入りすれば、このように頭を丸めるのがふつうだった。
『江戸府内　絵本風俗往来』より

「これは、旦那さまでいらっしゃいますか。手前は堀江町は六左衛門店《だな》の差配《さはい》を致しております甚右衛門でございます。小原《おはら》屋さんの裏口を出たところが手前どもの長屋でございましてな。おはるさんがお生まれになった頃からのお馴染《なじ》みでございます。お小さい頃は家内の所へよくお遊びにいらっしゃったもので……」

　洋介も改まって両手を前についた。

「速見と申します。おはるがいろいろお世話になったそうで、有難うございます」

「ほんに利発で可愛らしいお子でな。うちの家内など、一日顔を見ないと、おはるちゃんはどうなすったろう、と心配するほどでござんしたよ。でも、まあ、こんなご立派な旦那さまといっしょになられて、何ともおめでたいことで」

「甚右衛門さん。実はこれから、芳町の桜井から仕出しを取って、速見さまといな吉姐さんとごいっしょに、ここで一杯やるところだ。酒も、新川の井筒屋からじかにとった灘《なだ》の極上酒だ。お前さまも、一つごいっしょにいかがかな」

「そりゃけっこうでございますなあ。桜井甚五郎《じんごろう》どのの店は、近ごろ豆州《ずしゅう》の熱海《あたみ》温泉の出張《でばり》所《しょ》を出したという豪気《ごうぎ》な店だ。しかし、孫の薬とりに来て、先生の所でひっかかってちゃ、家内に示しがつきません」

「なに、ちょっと口を濡らすだけなら良かろう。それに、薬はあと一日分残っているはずだから、そう急ぐことはない」

と、涼哲がすすめれば、いな吉もいっしょになって、

「ねえ、おじさん。おばさんには、わちきからも申し開きをしますから、久しぶりに少しぐらいよろしゅうござんしょう」

いな吉のひとことが効いたのか、甚右衛門はぺこりと頭を下げた。

「さようでございますかい。そこまでおっしゃるのなら」

「それなら、さあ、速見さま、こちらへどうぞ」

多恵にすすめられて洋介は立ち上がり、廊下へ出るとかつて自分が寝泊まりしていた茶の間に入った。家具もおいてない部屋の真ん中に仕出し料理を盛った皿や重箱があり、食器をおいた塗盆《ぬりぼん》が人数分出ているだけだ。江戸では、客に座布団を出す習慣がないため、ここでも畳の上にじかに座る。畳自体が敷物という感覚なのだ。

洋介といな吉が盆の前に座ると、涼哲は甚右衛門に、

「さあ、お前さまもそこへお座りなされ」

とすすめてから、自分も座った。すぐに多恵が銚子を持って来た。いな吉が身軽く立ち上がった。

「ご新造さまに注いでいただいては申し訳ないから、わちきが致しますハ」

「でも、今日の姐さんはお客さまでいらっしゃいますから……」

多恵はためらったが、いな吉は如才なく銚子をとって涼哲の前へ行った。涼哲も、

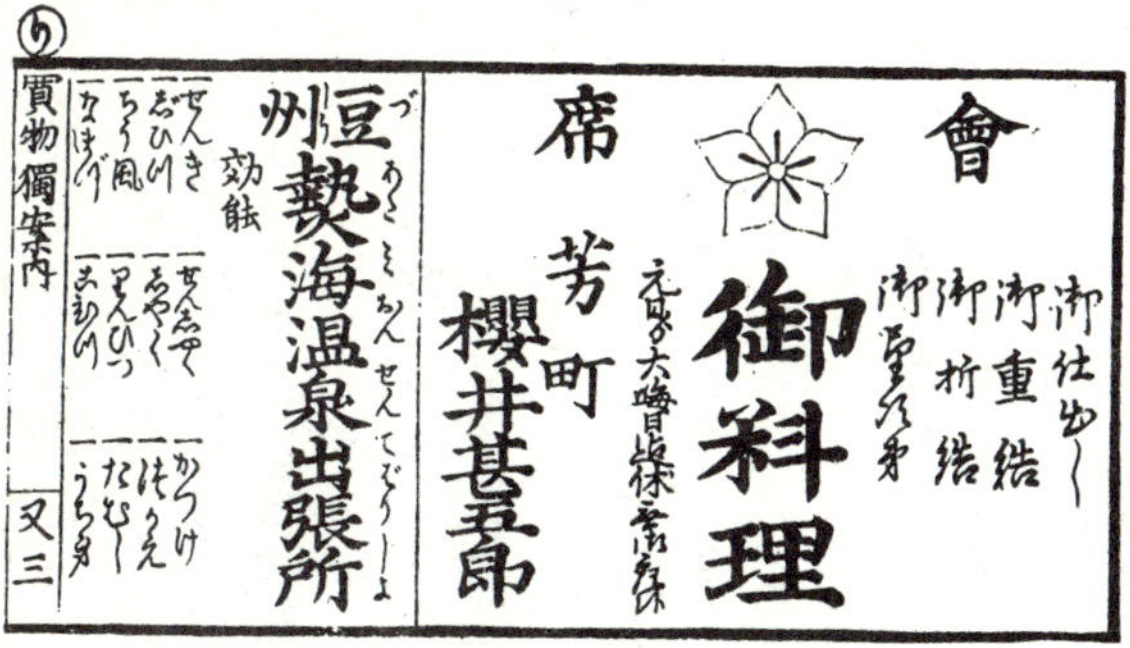
買物獨案内
會席
御料理
御仕出し
御重詰
御折詰
芳町
櫻井甚五郎
豆州熱海温泉出張所
又三

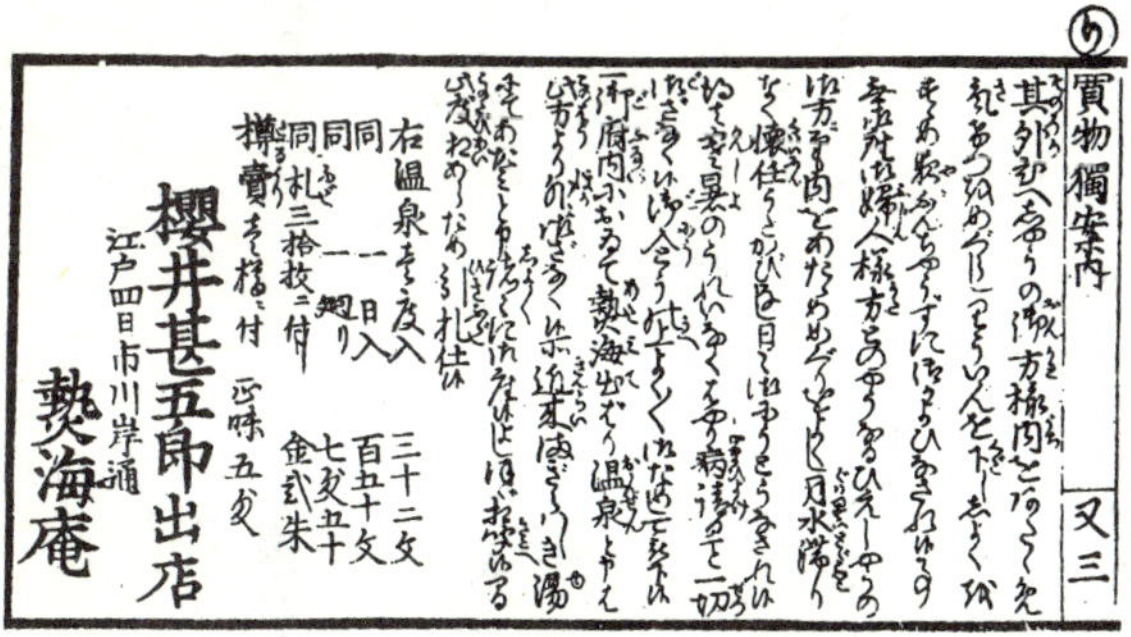
買物獨案内
右温泉壱夜入　三十二文
同　一日入　百五十文
同　一廻り　七貫五十
同　札三拾枚ニ付　金弐朱
櫻井甚五郎出店
江戸四日市川岸通
熱海庵
又三

芳町の料理屋、桜井甚五郎の広告
『江戸買物独案内』より

「姐さん。今日のお客さまは速見さまだから、そちらを先に注いでいただかないと。ともかく、あまり気遣い召さるな」

といって遠慮した。だが、いな吉は平気な顔で、

「アイ。でも、一杯目だけは先生に」

といって注いでから、洋介と甚右衛門の盃を満たした。涼哲の家の酒盃も、漆塗りの木盃である。

「姐さんも一杯お飲み遊ばせ」

多恵がいな吉から銚子をとり上げてすすめた。いな吉も今度は素直に従って自分の席に座った。

「いやはや、けっこうなご酒にござります」

甚右衛門はうまそうに飲んでから、いな吉の方を見ていった。

「芳町界隈でいな吉姐さんといやあ、今じゃあ知らぬ人のない大名代《おおなだい》だ。すっかり売れっ妓《こ》になって、こちらも鼻が高い。お前さんは、お子のうちから綺麗だったが、今じゃあ、まるで花が咲いたようじゃないか。でも、今日のおはるちゃんはまるで売れっ妓の芸者さんじゃなくて、どこかのご新造さまみたいだね」

いな吉は、笑いながら答えた。

「おじさん。今日はお座敷じゃなくって、涼哲先生のお宅へ旦那さまといっしょによばれて

いるのに、まさかお座敷着では来られませんわナ」

　今日のいな吉は、上着が藍上田に黒繻子の半襟、帯は栗梅《くりうめ》の本博多というなかなか意気で渋いこしらえだが、下町の良家の若妻にふさわしい落ちついた服装なのだ。なまじ派手な服装でないだけに、かえってまだ幼さの残る初々《ういうい》しい美貌を引き立てている。

「ところで、甚右衛門さんのお仕事はなに？」

　洋介は、隣に座っているいな吉に小声できいた。

「だから、実家の裏手の堀江町にある長屋の差配、家主《いえぬし》さん。大家さんでござんすヨ」

「ああ、そうか」

　大家さんといわれてはじめてわかったので、洋介は納得してうなずき、今度は甚右衛門に質問した。

「甚右衛門さんの長屋には、住人が何人ぐらいおられますか」

　いな吉は、また知りたがりが始まった、といわんばかりに藍上田の袖で口を押さえて笑ったが、生真面目《きまじめ》な甚右衛門は、盃をおいてまともに答えてくれた。

「さよう。大小合わせて三十八軒ございましてな、四人家族から一人ものまでおりまして、多少の出入りはあるものの、大体のところは百十人ばかりでございますよ」

「百人以上もいれば、いろいろな人がおりましょうな」

「手前どもは、地主さんの信用があるもんで、親父の代から差配を勤めておりますが、そ

大家さん　『江戸職人歌合』より

りゃあ長い間にはいろいろございました。ただ、手前の代になってからは有難いご時世続きで変わったこともなく、おかげさまで無事に過ぎております、はい。

それでも、月行事《がちぎょうじ》の時などは、町内全部のことがかかって参りますもので、自身番《じしんばん》に詰めておりましてもな、時としては気を遣うこともございますが、はい、日本橋あたりはなんと申しましてもお江戸のまん中。裏店《うらだな》と申しましても、場末《ばすえ》の方に比べればまあ店賃《たなちん》も高《たこ》うございますから、そうわけのわからないのはおりませんで助かっております。それにしましても、このご酒といい桜井甚五郎の仕出しといい、けっこうずくめでございますな。なかなか手前などの口に入るものではござりませぬ」

甚右衛門はなかなか話好きな男で、酒をちびちび飲みながらよくしゃべり、涼哲の方を向いてお世辞をいうのも忘れない。

「大家さんが町内全部の世話をする……なにゆえにござるか」

洋介は不思議に思って尋ねた。

「旦那さまは、お江戸のことはあまりご存じではないご様子で」

甚右衛門は、そういいながらいな吉の方を見た。いな吉はまた笑いながら、一つうなずいて、

「アイ。遠い遠いお国の人だから、お江戸のことが何でも珍しくていろいろ聞きたくてたまりませんのサ」

自身番の中
手軽な集会場でも
あったようだ。
『江戸府内
絵本風俗往来』より

「それならご存じなくても不思議はないが、江戸では家主が五人一組で五人組という組を作りましてな。月行事という月番を決め、一月交代で自身番という詰所に詰めまする」

月行事をガチギョウジと発音するのは、江戸独特の訛りである。

「五ヵ月に一度ではござりますが、その月の内は、月行事が町内のことを仕切ります。町触れは参りますし、それに、町内の地所の売買がある時なんぞも、名主さまと五人組が判をついて沽券《こけん》手形を作らねばならず、いろいろ煩瑣《はんさ》な用がございます」

橋のたもとや大きな道が交差している近くなどに火《ひ》の見櫓《みやぐら》を立てた小屋があるのは、洋介も知っていた。その小屋が自身番だということは、いな吉に聞いて知っていたが、町内会の事務所のような建物という以上の認識はなかった。いな吉に質問しても、さっぱり要領を得ないからだ。しかし、甚右衛門の話によれば、ただの町内会以上の機能というか権限があるらしい。

「でも、借家の差配をする大家さんが、なぜ他人の地所の売買に判を押すんだろう」

洋介は首をかしげた。現代では、不動産の登記は法務省が管轄する政府の仕事である。幕府つまり町奉行所が管轄するのならともかく、直接の当事者ではないいわばアパートの管理人みたいな立場の民間人がやることは、現代人には考えられない。だが、それが当たり前の世の中にいる甚右衛門には、洋介が疑問に思う理由の方が理解できないため、答えようがないまま黙って酒を飲んでいる。

自身番
日本橋馬喰町三丁目にあった自身番。
火の見櫓左下の黒い袖垣をめぐらせた建物。
『江戸名所図会』より

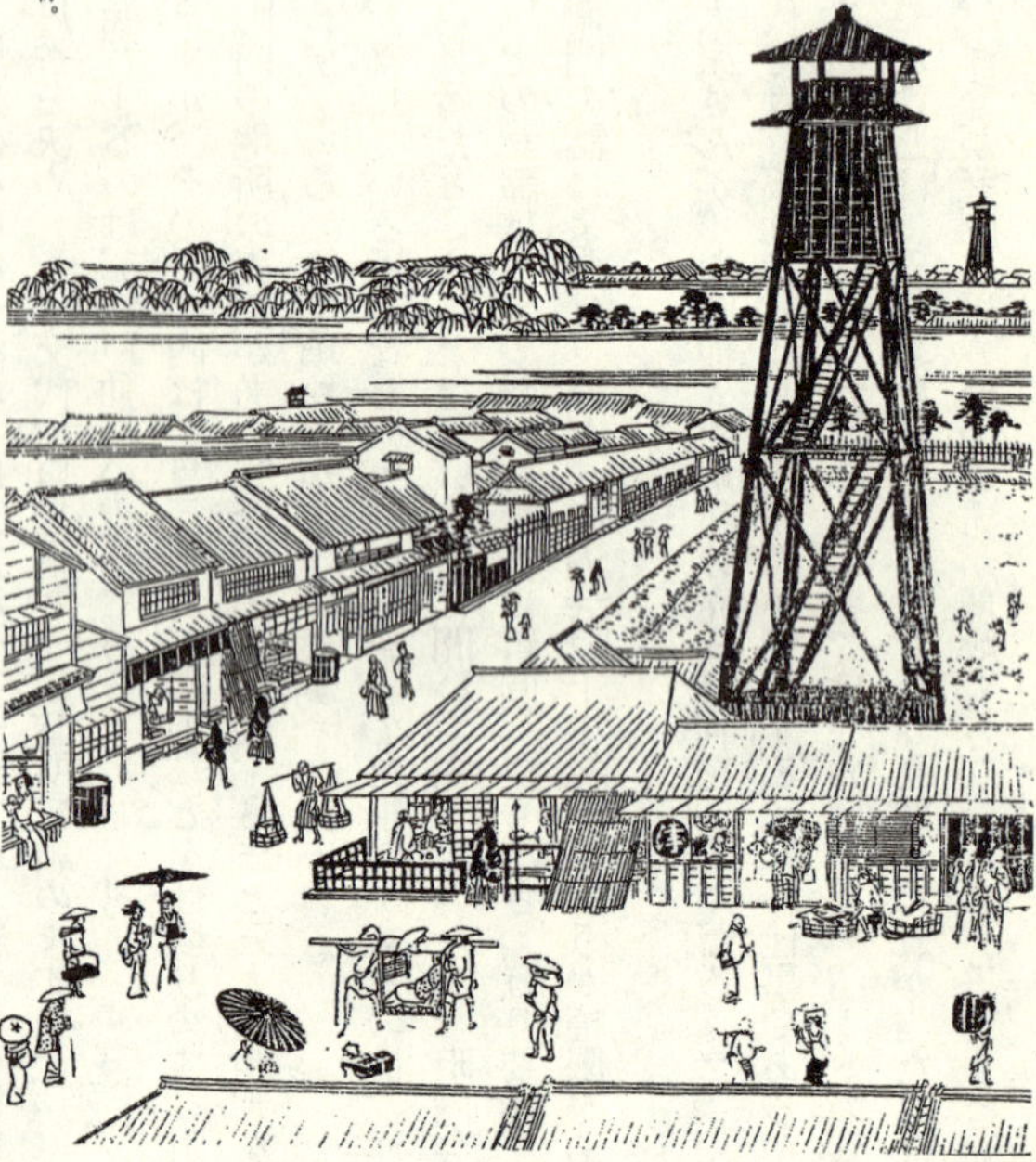

その時、玄関で人声が聞こえた。すぐにお手伝いの女の子が出て行ったが、

「甚右衛門さん。娘さんが……」

といって戻って来た。父親が薬とりに行ったきりさっぱり帰って来ないので、心配した娘が迎えに来たのだ。といっても、堀江町から通三丁目までは、女性の足でも十分程度で来られるほどの距離でしかない。

「これは、したり」

甚右衛門は慌てて盃をおいて立ち上がり、茶の間を出て行った。涼哲と多恵も後を追った。いな吉も立ち上がって出て行ったが、すぐに戻って来た。甚右衛門もあとから来て茶の間の入口に両手をつき、

「旦那さま、お相伴《しょうばん》させていただきまして有難うございました。こういう成り行きでございまして、早々に引き揚げますする。今度はぜひ手前の方へお出かけ下さりませ。今月、手前は月行事を相勤《あいつと》めおりますゆえ、今月中は、昼間は堀留《ほりどめ》の自身番に詰めております。お通りがかりの節にはぜひお立ち寄り下され。他国のお方には、江戸の自身番も珍しいかもしれませぬ」

と、いかにも世馴れた中年の男らしい口調《くちょう》で述べたてた。堀留に火の見櫓のある小屋があることは覚えていたし、これまで見聞する機会のなかった手習いに続いて、今度は自身番の中を見られそうなので、洋介は喜んでいった。

堀留
中央の火の見櫓の左下あたりの建物が自身番だったと推定できる。
『江戸名所図会』より

「それでは、明日の昼過ぎ、八ツ前にでも堀留へ伺って差し支えござらぬか。江戸のしきたりなど、いろいろお教え願いたい」

「このところさしたる用もなく、いささか持て余しております。お待ち申し上げておりますゆえ、ぜひお出かけ下さいませ。おはるちゃんも、ごいっしょにいかがかな」

「わちきは、お座敷がござんすから」

いな吉はうまく逃げた。日本橋の町中《まちなか》で生まれ育った彼女にとっては、長屋も自身番も珍しくもなんともない。可愛い後輩の女の子たちがいる手習いならともかく、いくら洋介の趣味とはいえ、さすがにばかばかしくてつき合う気にならないのだ。

甚右衛門が帰ると、涼哲が茶の間に戻り、多恵とお手伝いが席を整え直した。

「いやはや、とんだ珍客で……」

すでに少し酒の廻っている涼哲は、上機嫌でいった。いな吉は、洋介を見ながら少しからかい気味の口調で、

「甚右衛門のおじさんは、あんなふうにどこか人の良いところがあって、面白い人だけれど、家主仲間じゃ評判のやり手だと、うちのお父っつあんが常々いっておりました。お前さまは、あのおじさんに気に入られたみたいだから、お好きな江戸の裏話をたんと聞かせてもらいにいらっしゃいませ」

「ところで速見さま」

いな吉同様、長屋や自身番に大した関心がない涼哲も話題を変えた。

「成田屋の脚気の症にござりますが、先ほども、また昼過ぎに薬とりの使いが参りまして、きのうまではまだ少ししびれが残っていたのが、今朝からすっかり良くなり、舞台を踏む足どりも普段と変わらずしっかりしていると申しておりました。薬を二日分渡しましたが、もう手元にござりませぬ。明日にでも、もう少しいただけましょうか」

涼哲にとっては、これが最優先の問題だとわかっているので、洋介はためらわずにいった。

「はい。差し上げます。仙境からまた少し持って来てあるので、明日の昼過ぎに堀留の自身番へ行くついでにお届けしましょう」

「滅相《めっそう》もない。ついでとおっしゃっても、堀留からここまではかなりございます。尊い霊薬のこと、昼前にでも不佞《ふねい》が自分でいただきにあがります」

不佞という聞きなれない言葉は、儒者や医者などが使う独特の一人称である。

「それなら、お待ちしております」

「よろしくお願い申し上げます」

涼哲と多恵は深々と頭を下げた。

難波町の家から堀留の自身番までは、歩いて十分ぐらいである。人形丁通りを横切り、今の芳町通りの位置にあった道を江戸橋の方へ少し行くと、親父橋がある。洋介の子供の頃はまだ日本橋界隈には江戸の掘割がほとんどそのまま残っていたから、この橋も架《か》かっていたが、今は、掘割を埋めて普通の道になっており、橋の名は交番に残るだけだ。

洋介は、親父橋を渡らずに右に曲がり、掘割沿いに歩いて行った。対岸には白壁の土蔵が並んでいるが、こちら側は品物を陸揚げするための河岸なので、行く手に黒塗りの火の見櫓が見えた。三百メートルぐらい歩くと掘割に万《よろず》橋が架かっている。このあたりを埋め立てた跡は、今では細長い堀留児童公園になっているが、さらに百メートルぐらい行くと掘割は行き止まりになっていた。堀留というこのあたりの地名のいわれである。

堀が行き止まりになっている所は道路も丁字路になっていた。洋介は、左の方にある火の見櫓の方へ曲がった。商店がずらりと並んでいたが、火の見櫓のすぐ下にある建物だけは、軒に暖簾《のれん》がかかってないし入口の前が黒塗りの袖垣で囲ってある。左右に部屋があるが、左側の障子が開いていて、六畳間ぐらいの畳敷の部屋で二人の男が小さな囲炉裏《いろり》を間に向かい合って座っているのが見えた。

現代人なら、何々町自身番と表札でも出すところだが、江戸では、武家屋敷はもちろん公的な場所には表札を出さない。奉行所の門柱に北町奉行所などと書いた巨大な表札がかかっているのはテレビの時代劇の中だけの話で、誰でもその建物が何であるか知っているから必要ないのである。

袖垣を廻って中をのぞくと、若い男と向かい合ってしゃべっているのが甚右衛門だった。人影が差したので、甚右衛門は顔を上げて洋介を見た。

「おや、これは。速見の旦那さま。よくおいで下さいました。さ、どうか、お上がりなすって」

「ご用をなさっているのでは……」

自分の好奇心で仕事のじゃまをしてはいけないので、洋介は控えめに尋ねた。

「何の、只今はひまにござります。これは伜《せがれ》の三吉で、今は自身番の書役《かきやく》を勤めさせておりましてな。お気遣いなさらずにどうかお上がり」

「それじゃ、おじゃま致します」

洋介は、下駄をぬいで部屋に上がった。書役つまり事務員をしている息子は、如才なさそうに頭を下げると、囲炉裏にかかっていた鉄瓶を取って、部屋を出て行った。洋介は、男が座っていた後に座った。

「昨夜は、おかげさまにて大変ご馳走になりました。帰りがけには、先生が折詰を持たせて下さいましてな。そのご利益《りやく》にて、帰ってからもお咎《とが》めなしでござりました」

甚右衛門はにやりと笑って、きれいに剃ったばかりの月代《さかやき》を右手で叩いた。ぴしゃぴしゃと音がしたのが何となくおかしかったが、笑うわけにもいかないので、洋介はかねてから疑問に思っていたことを尋ねた。

「自身番は、家主さん自身がこうやって番をしておられるからそう呼ぶのでござるか」

「なんでも、大昔は、地主さんがご自身で詰めておられたからそう呼んだと聞きました。でも、今では、町内のことは手前ども町役《ちょうやく》が致しますゆえ、こうやって五人組が交代で詰めております。町によってそれぞれ事情が違いましてな。このあたりは繁華な土地にてお店《たな》も長屋も多く、町内にもいろいろと用が多いもので、月行事がほとんど詰めきりに致しております。ところが、場末に近い方ではさして用もござりませぬゆえ、月行事でさえ用のある時しか自身番には来ず、ふだんは書役まかせの所もあるようで」

「自身番のやり方は、お上《かみ》からの指図を受けるのでござるか」

「自身番は町内のものでござりますから、お上からあまりお指図を受けることもなく、それぞれの土地土地で好きにやっております」

甚右衛門は、たばこ盆を引き寄せると洋介の手の届く場所におき、自分は煙管《きせる》を取り出した。洋介は、彼が刻みたばこを吸い始めるのを待って尋ねた。

「自身番の費用は、町で出すのでござるか」

「はい。町入用《ちょうにゅうよう》でまかなっております」

町入用という言葉は、いな吉が時々使うので洋介も知っていた。いわば自治会の会費であり税金ではない。

「月番《つきばん》の時は、毎日ここで何をしていらっしゃいますか」

「今日のようにひまな日は、こうやって外を見ておりますが、昨日は、小舟町《こぶなちょう》三丁目の水切《みずぎ》れの町触れが廻って来て、そういう時は、すぐに知らせてやらねばなりませぬ」

水切れとは、今でいう水道の工事断水である。十九世紀に入ると、江戸の地下に網の目のように張り巡らせてある木製水道管の腐食が進んだため、工事断水が増える。その度に、どの地域がいつからいつまで断水するという通知が来るが、今のように各家の郵便受けに入れるぜいたくはできないから、町触れは自身番どまりで、その先は、月行事の判断で地域の責任者に知らせたのである。

三吉が茶の支度をして戻って来て、茶托《ちゃたく》に乗せた湯飲みを洋介と父親の前におき、自分は横に座った。

「これは、どうも有難う。ご馳走になります」

洋介は、湯飲みを手に取って一口飲んだ。

「お父っつあん」

三吉が甚右衛門の方を向いていった。

「この頃中《ごろじゅう》の捨て子騒ぎの時は大変だったな」

「そうそう」

甚右衛門はうなずいた。

「三月ほど前になりますか。堀江二丁目の小倉屋さんの前に四ヵ月ぐらいの男の子が、籠に入れて捨ててありました。その時、手前は月行事ではございませんが、呼び出しがかかって五人組が顔を揃えましてな。子供の懐《ふところ》に入れてあった書きつけを見たところ、どうも小倉屋さんで働いていた者が捨てたらしいことがわかり、差し当たり小倉屋さんが引き取ることで決着がつきました。捨て子や行き倒れ、首くくりなどは、地元の五人組と致しましてもっとも頭が痛《いと》うございます。このあたりでは幸いなことに、近頃ではまだ捨て子しかありませぬが、首くくりがあれば大騒ぎでございますよ」

「そりゃそうだろうが……」

洋介は、目を丸くした。

「そんなことまで地元の五人組が始末をつけるのでござるか。奉行所のお役人の仕事ではございませんか」

「人殺しなら定廻《じょうまわ》りさまがお出でになるが、勝手に死んだ行き倒れなんぞは、町役が始末せねばなりませぬ。ただ、そのいきさつは書きつけにして名主さまに出して、お番所《ばんしょ》へお届け致します」

定廻りとは、正式には定町廻同心《じょうまちまわりどうしん》という正規の警察官だが、江戸中にたった十二人しかいなかった。お番所とは、町奉行所のことである。

「捕物も騒ぎでございますよ」

三吉がいった。捕物と聞けば推理小説ファンでなくても気になる。

「捕物がありましたか」

「いえ。ここではなく、よその町内の話でございます。湯屋でかたびらを盗んだ男が、血の気の多い若い衆に追っかけられてつかまりました。おとなしく謝れば、このあたりの人間のことだから、せいぜい二つ三つなぐられるぐらいで済んだものを、盗んだんじゃねえ、もともとおれのものだったから取り返した、とか何とか吐《ぬ》かしたもので、そのまま自身番へ引っ張って来ました」

「へえ。泥棒まで自身番へ連れて来る……」

洋介は、また驚いていった。三吉はうなずいて、

「ほかに場所はございませんゆえ、捕物も自身番へ連れて参ります。その時は、運良く定廻りさまの見廻りがすぐあって、このまま引き立てるか、町内預かりにするかご吟味なされましたが、あまりわからぬことを申すので、引き立てられたそうでございます。町内預かりなら、すぐに放してやるところなのに、結局は、叩きになったと聞きました」

叩きとは、伝馬町《てんまちょう》の牢屋敷《ろうやしき》の前で背中を叩く公開刑だ。牢屋敷といっても、この時代に懲役刑はない。社会全体が貧しくて、犯罪者にただ飯《めし》を食べさせる余力はないから、取り調べの間だけ拘留する留置所である。刑罰の種類も単純で、大まかにいうなら、体罰と金品の没収、追放、死刑の四種類だけで、いずれも経費はほとんどかからない。

「定廻りさまが来なければ、どうします」

「毎日、大体決まった刻限に決まった自身番を廻られますゆえ、見当をつけたあたりへ誰かを走らせて、こちらへ廻っていただくようお願い致します」

「待っている間に暴れたらどうします」

「腕っぷしの強い鳶《とび》の兄《あに》さん連が取り押さえて、そこの柱に縛りつけちまいます。梯子《はしご》持ちの兄さんあたりに力まかせで本縄をかけられりゃあ、軽業師でも、めったなこっちゃあ抜けられやしませんよ。旦那」

父親の血を引いたのか、三吉もなかなかよくしゃべる。

「なるほどねえ」

自身番は、現代の交番のような機能も備えているとすれば、単純に町内会や自治会の事務所とはいえない。聞けば聞くほど、洋介には自身番の機能がわからなくなってきたし、いな吉の説明をいくら聞いてもわからなかったのが当然だと思うようになった。要するに、この時代の人の常識の土台は、現代人とまるで違っているのだ。

洋介は、腕組みをしながら周囲を見廻した。室内には、小さな机のほかには家具らしいものは何もない。家具が少ないかあるいはまったくないのは、江戸の家では珍しくなかったが、天井に提灯《ちょうちん》が十個ぐらい、板壁にはまるで刀でもかけるように鳶口《とびぐち》が何本も水平にかけてある。提灯はともかく、これも不思議なので尋ねてみた。

「この鳶口は何に使うのでござるか」

出初式
正月に火消したちが自身番前に集まって出初をする。火事の場合も、このように勢ぞろいしてから消火に出動した。
『江戸府内　絵本風俗往来』より

甚右衛門が、天井と壁に目をやりながら、

「火事の時、地元の火消しの衆は自身番の前で勢ぞろいしてから、頭取と組頭《くみがしら》の指図で火事場へ行きますゆえ、道具がここにおいてあります」

「だから、すぐ横に火の見櫓があるんだ」

洋介は、納得して膝を叩いた。自身番は、消防署の機能も備えているらしい。

「おう、ジンエム。ちっと座敷ぃ借りるぜ」

威勢のいい声とともに、甚右衛門と同い年ぐらいの男が顔を出した。じんえもんを詰めてジンエム、八右衛門を詰めてハチエムというふうに呼ぶのは、せっかちな江戸下町の訛りである。甚右衛門はのんびりした声で尋ねた。

「今日は何だ」

「半十の隠居とこれだよ」

男は右手の人さし指と中指を揃えて動かして見せた。将棋をさしに来たらしい。

「また、へぼ同士か」

親しい仲らしく、甚右衛門は憎まれ口をきいた。男は、もう一方の障子を開けて隣の部屋へ上がり込んだ。

「ははあ。貸し座敷にもなるんだ」

洋介はまた感心した。三吉が苦笑しながらいった。

「時には、酒や肴を持ち込んでの宴会になることもございましてな、先《せん》どは、自身番で宴会をせぬようにとお達しが出ました」

「そういうお達しは、どこから出るのでござるか」

「さてね、お父っつあん。あれは、名主さまかな。町年寄役所かな」

「お番所だろう」

「旦那さま。大きな声じゃ申せませんが、お上のご法度《はっと》は三日《みっか》法度《はっと》と申しましてな。次々に出て、皆すぐに忘れます」

「しかし、忘れてお咎めを受けることはござらぬか」

「なんせ、お番所のお役人さまは南北合わせて総勢がたった二百九十人。それで、お白州《しらす》裁きから市中見廻り、物の値段まで何でもかでも。とても、これほど広いお江戸に目配りできる人数ではございませぬよ。町方《まちかた》に、町年寄さまが三人、その下に二、三百人の町名主さま。それでようやく形がつきますが、お江戸は広うございますゆえ、実際に町内のことを致すのは手前どものような家主でございます。人別帳《にんべつちょう》も、どの家に誰がいるか確かめて実際に帳面を作るのは手前どもで、町触れを伝えるのも、先ほど申しました捨て子の始末をつけるのも、店借《たなが》りの借金のいざこざの相談に乗るのも家主で、口はばったいいい方をすれば、手前どものような町役が手足となって働くから、名主さまも立派にお役が勤まるというものでございます。何でも、江戸中に家主は二万人がほどいるそうで、これだけの人数があるから、お番所が三百人足らずで用が足りるのでございますよ」

テレビドラマの影響で、町奉行所は裁判所だと誤解している人が多いが、実際は、裁判や警察などを担当する役人はわずか六十六人、全体の四分の一以下で、あとは一般行政の担当官である。参考までに書いておくと、洋介の住んでいる東京都中野区は人口が三十万人程度で、区役所の職員が三千人強いる。もちろん、司法や消防は別組織である。

いくら上意下達《じょういかたつ》の封建時代だといっても、総勢二百九十人では、行政組織としてほとんどないようなもので、庶民人口五十五万人の大都市を支配できるはずがない。それができたのは、二万人もの大家さんたちが末端の実務をこなしていたからなのだ。

「ところで、この間、いな吉が甚右衛門さんのことを家主さんといいましたが、長屋を持っておられるのでござるか」

「滅相もない」

甚右衛門は、顔の前で手を大きく振って否定した。

「手前どもは、家持ちの地主さんからおあずかりして差配しているだけでござります。昔は、家持ちの地主さんが、自分で店借りから店賃を集めたり苦情を聞いたりなさったから本当の家主でござんしたが、そのうちに、人を雇って差配させるようになりました。ところが、家持ちでも差配人でも、店借《たなが》りにとっては同じように店賃《たなちん》を払う相手なので、そのまま手前のような差配を家主と呼んでおります。家持ちの家主さんが家をよそに売って家主さんが替わっても、差配人はまるで家つきの猫のように替わりませぬゆえ、ますます本当の家主らしくなりました」

「すると、甚右衛門さんも、給金は地主さんだか家持ちさんだかからもらっていらっしゃる」

「はい、さようで」

「五人組の仕事の給金はどこから出るのでござるか」

「給金などござりませんよ。書役の給金は、町入用から払いますが、手前ども町役は、家主の仕事のうちということで、特に給金は出ませぬ」

甚右衛門は、不満どころかむしろ誇らしげにいった。

「うーん」

洋介は唸った。

洋介の受けた歴史教育によれば、江戸時代は徳川幕府の圧政下で、庶民は息の詰まるような生活をしていたことになっていたが、実際に江戸の町中で暮らせば、それが形式上のたてまえにすぎないことがよくわかる。かつて日本の進歩的知識人の多くが憧れ絶讃していた旧ドイツ民主共和国（東ドイツ）では、成人の四分の一が秘密警察の通報員だったそうだ。これぐらい徹底しないと本当の圧政などできないので、南町奉行所と北町奉行所の役人の合計がわずか二百九十人では、息詰まるほどの圧政などやりようもないだろう。

それどころか、江戸では、住民行政の実務の大部分は、超手薄な役所の代わりに甚右衛門のような大家さんがやっていて、しかも、大家さんたちはそのためにクニから給金をもらっているわけではない。いわば、二万人の大家さんたちの手弁当によるボランティアに近い形で江戸の行政が成り立っていたのである。こういう組織で憧れの社会主義国なみの圧政ができたと思う人は、徳川幕府の能力を買いかぶっているだけだ。

しかも、武士たちが直接支配しない行政のやり方は、人口の八〇パーセントを占める農村にも及んでいた。全国に二百七十ほどあった大名領、いわゆる藩は、裁判権まで持った半独立国だったが、村は、その中でまた半独立国のようになっていた。村長に相当する名主《なぬし》あるいは庄屋を中心とした村方《むらかた》三役という農民代表が、藩の役人と農民との間の調整役をつとめていた。

江戸の庶民が町奉行所とほとんど接触がなかったのと同じように、農民たちも形式上の支配者である藩役人とはほとんどかかわり合うことなく暮らしていたのである。

だからといって、洋介は、こういう行政のやり方が江戸の自治だったという気にもなれなかった。甚右衛門たちがやっているのは、どう考えても、自治の原語に当たる英語の self-government ではないからだ。

これが権力側の圧政であり得ないことはもちろんだが、だからといって民衆の自治ともいえないし、行政の純粋な下請けともいえない。長年にわたって、両方から自分たちの苦手なことを押しつけ合っているうちに、いつの間にかそれぞれの分担が落ちつく所へ落ちついた独特の方式だから、外国に同じ形がないと落ちつけない人には苦手な研究対象なのだ。

――とんでもない国だったんだ――

のどかな江戸の町を裏で支えている奇妙なネットワークのことが少しわかって、洋介は心の中で感嘆した。同時に、技術者らしく、分散型という言葉が頭に浮かんだ。

コンピューターがいかめしく電子計算機と呼ばれていた頃、この機械は性能の割に恐ろしく高価だった。そこで、どこかに巨大な超高性能電子計算機、セントラル・コンピューターを据えつけ、必要に応じてそこへアクセスして利用するのが効果的だという発想が生まれた。

これは、強大な中央政府が生産も分配もすべて科学的に管理するのが理想社会だという歴史観にそっくりで、SFにも、人間とは桁違いの知能を備えた万能の巨大計算機が、作った人類を逆に支配するという筋の作品がいくつもあった。ところが、実際のコンピューター利用は、まるで反対の方向へ向かった。

当時の大型電子計算機よりはるかに高性能のコンピューターが、パソコンという気楽な名前の小さな装置になり、電話回線につなげば世界中どことでも情報を交換できるネットワークまでできた。世界中どこにも、万能の超高性能電子計算機など影も形もなく、世界中に散らばっている無数の高性能パソコンが、接続業者を仲介にして回線でつながるようになったのだ。

手弁当で江戸の行政の一部を担当している甚右衛門親子ののんびりした顔を見ているうちに、洋介は、古い江戸の行政の方が、新しい分散型のコンピューターネットワークに似ていると思った。

もちろん、洋介とても、江戸の行政が理想だなどとはゆめ思っているわけではない。というより、この世に理想的な行政などあり得ないと信じている。しかし、実際にその中に暮らしていると、江戸式の分散型行政の方が、内部崩壊を起こしてしまったかつてのソ連型社会主義国や強権政治の国に住むよりずっとましだということはわかる。

また、実地経験のまったくない輸入思想の研究に夢中になる代わりに、自分たちの先祖が作り、二百年以上にわたって維持していた独創的な分散型社会を現代ふうに改革することに向けていれば、もう少し住み良い世の中ができたかもしれないとも思う。

だが、内発的な発想を徹底的に軽蔑して、外国製の思想を崇拝するのが知的なことだと信じている進歩的な人にそんなことを期待するのは、ないものねだり以外の何ものでもないだろう。

遊ぶ

どうしても間に合わせなくてはならない仕事があって、洋介は東京で一泊した。かつての文筆家なら、原稿用紙と筆記道具にいささかの資料を持って行けばどこでも仕事ができたのだが、今や文豪と呼ばれるほどの大家はともかく、洋介程度の著作家では、原稿を手書きしていたのでは生活が成り立たなくなっている。

いな吉には、仙境で一泊して来るが、明日の夕食までには帰るといってあったので、仕事を片づけてから七ツ過ぎに難波町の家に着いた。四月末のこの時期では五時頃で、まだ外は充分明るい。いな吉はまだお座敷から帰っていなかった。

「旦那さま」

茶の間でぼんやりしていると、襖の外でおみねの声がした。

「お湯が沸いておりますが、お入りになりましょうか」

「ああ、入るよ」

差し当たりすることもないのでそう答えた。江戸の町は、いくら見物しても見飽きることがないので、晴天続きで気候の良いこの頃はどこへ行っても面白いが、いな吉が帰って来た時には家にいたかった。

　江戸の民家としてはぜいたくなのだが、この家には据風呂《すえぶろ》つまり自家用の風呂場があるから、湯屋つまり銭湯へ行かなくても済む。湯気が抜けるように作った浴室は冬場になると寒いので、湯屋へ行く方が楽なぐらいだが、それでも外へ出る面倒がないのは有難い。洋介は、二階へ上がって着替えると、風呂場へ行った。

　江戸の据風呂は木炭用のが多い。鉄炮《てっぽう》という銅製の釜が浴槽の下にあり、そこに炭火を大量に入れて湯を沸かすのだ。薪《まき》を燃やすのと違って煙が出ないから長い煙突はいらないし、炎も出ないから安全である。

　糠袋《ぬかぶくろ》で顔と体を洗っていると、茶の間の方で陽気な話し声が聞こえた。いな吉が帰って来たらしいのですぐに出た。浴衣《ゆかた》のまま茶の間へ行くと、いな吉はふだん着で長火鉢の前に座っていたが、上機嫌でいった。

「今日は早いお帰りでござんしたネ」

「うん。お前より先に帰ろうと思って、急いで御用を済ませて来たんだ。お前は、今日はふだん着だけれど、元大坂町で着替えて来たのかい」

「アイ」

　と答えたものの、いな吉はなんとなく浮き浮きした様子で、

据風呂
江戸の町屋では木炭風呂を多く使っていた。
『教草女房形気』より

「今日、お昼前に涼哲先生がおいでになりました。成田屋さまのお具合がすっかり良くなられて大層なお喜びだそうでございますよ。それで、近いうちに木場《きば》のご別邸にお前さまとわちきをお招き申し上げたいが、速見さまのごつごうはいかがかとのお問い合わせがあったとのことでございました」

「もちろん、喜んでお受けするさ」

いな吉が上機嫌なはずだと思いながら、洋介はうなずいて尋ねた。

「そういえば、成田屋さんは、木場に別荘があるとかいってたな」

隅田川の東岸一帯が、料亭や寮つまり別荘の多い景勝地だということは洋介も知っていたし、成田屋の別邸があることも聞いた覚えがあった。

「成田屋さまは、あだ名を木場の親玉というほど木場のお屋敷は有名で――ばけ物の親玉牙の白い猿――という川柳があるほどでございます」

「それ、どういう意味だい」

「成田屋さまは俳名《はいみよう》が白猿《はくえん》で、木場にお住まいだから、木場の白猿。それをひねって、牙の白い猿だからばけ物だという洒落《しやれ》でござんす。木場のお屋敷は、なんでも、四代目が亡くなられてから人手に渡ったのを、今の七代目が買い戻して手入れをなさったそうで、それだけに、大層ご立派だそうでございますヨ」

隠居して木場でのんびり暮らすのが江戸人の理想の一つだということは洋介も知っていた

日本橋側より隅田川の向こうに深川を見る
右手に見えるのが永代橋。
歌川国芳画

ので、文政年間のスーパースター、七代目市川団十郎の木場の別荘を見るのは楽しみだった。

「ところで、いな吉。お前はどんな着物を着て行くんだい」

流子がパーティーへ出る時など、編集者として一人で行く場合と、夫といっしょに行く場合で、服装を微妙に区別していることを知っていたので、洋介は似たような立場にあるいな吉に質問した。

「今、それを考えていますのサ」

いな吉は、小首をかしげながらいった。

「わちきとしては、芸者として成田屋さまのお座敷に出てみたくもあるけれど、やっぱりお前さまのご新造さまみたいでなくてはいけないと思うし」

洋介にすれば、芸者の服装も若妻の服装も似たようなもので、本当はどちらでもかまわない。だが、彼女にとっての大問題を真剣に考える愛くるしい表情を見ているのが楽しいのである。

「また一枚作るかい」

洋介は笑いながら、からかい半分にいった。

「それほどのことではないけれど……」

いな吉は、ちょっと上目づかいに洋介の顔を見ながらいった。彼女のぜいたくな悩みは、

駕籠　『絵本駿河舞』より

しばらく続きそうである。

先頭に洋介、次にいな吉の乗った二丁の駕籠《かご》が進んで行く。

難波町の家を出たのが、文政六年陰暦五月二日、グレゴリオ暦六月十日の七ツ前。現在の時刻なら午後四時である。今かかっている芝居では、団十郎の出番がわりあい早く終わるので、この時刻なら木場の別邸で洋介たちを迎えられるということだった。

この年は、陰暦五月下旬から長い梅雨《つゆ》に入ったが、四月から五月中旬までは晴天続きで、この日も爽やかな五月晴《さつきば》れだった。ついでに説明しておくと、今は、五月晴れという言葉をグレゴリオ暦五月の晴れた日の形容に使うが、本来は梅雨の晴れ間の意味だった。陰暦五月はうっとうしい梅雨つまり五月雨《さみだれ》の季節だからこそ、晴れ間が嬉しいのである。

洋介は、駕籠の垂れをはね上げさせておいた。地面はコンクリートやアスファルトで固め、建物も背の高いコンクリート製がすき間もなく並び立つ現在の東京と違って、江戸は風通しの良い町だ。真夏になっても焼けたアスファルトの照り返しがないから、今よりずっと過ごしやすい。まして、陰暦の五月初旬の晴れた日は、とても爽やかだ。

駕籠は、いな吉の店がある元大坂町を通り、日本橋川を渡らずに左折して、そのまま左岸を下流に向かった。この先は、左が姫路《ひめじ》城主酒井家十五万石、右が平《たいら》の安藤家三万石の大名屋敷で、いずれも森のようになっている。洋介が百何十年か後に生まれるのは、明治以後商

永代橋
現在は一五十メートルぐらい下流(右側)に架かっている。向かって左が日本橋側、右が深川。
『江戸名所図会』より

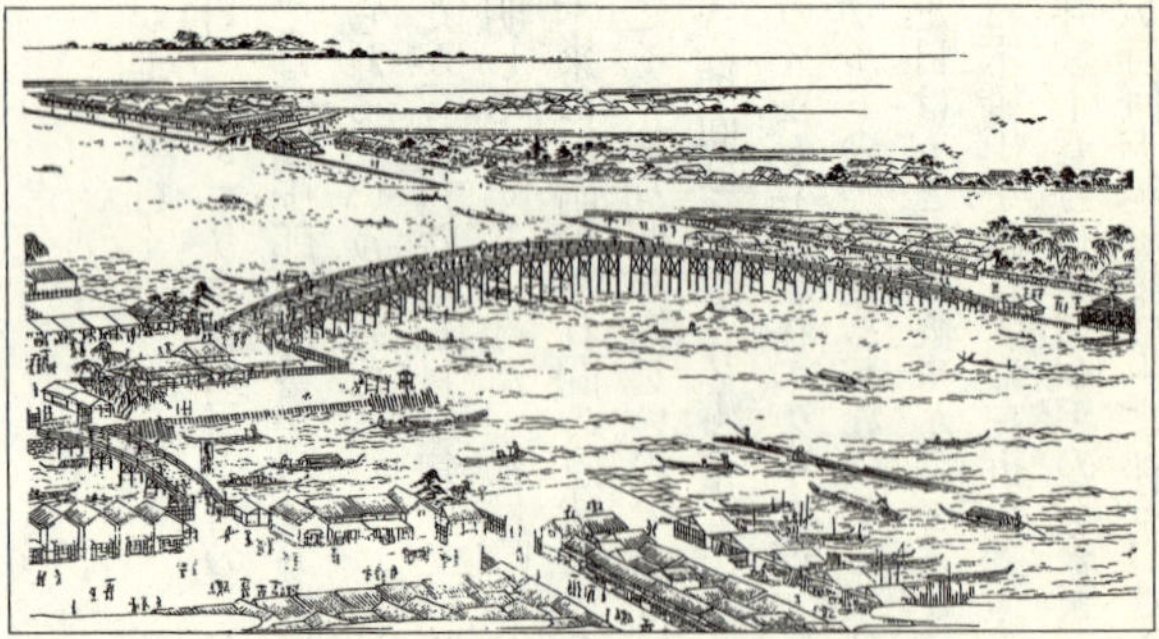

業地になるこの酒井家中屋敷の跡地の中なのだ。

その先にある崩橋《くずればし》で箱崎川《はこざき》を渡り、洋介の子供の頃とそれほど変わらない雰囲気の北新堀町を大川（隅田川）の方へまっすぐ行くと、大川ではもっとも長い全長百二十間余（約二百二十メートル）の永代橋にさしかかる。現在の永代橋は日本橋川の右岸に架っているが、この時代はほぼ百五十メートル上流の左岸から深川に通じていた。

駕籠が永代橋を渡り始めると、肌寒いほどの川風が吹いて来た。埋め立ての進んだ現代と違って、五百メートルほど下流はもう海である。帆《ほ》をたたんだ千石船《せんごくぶね》が数十艘《そう》も投錨《とうびょう》しているのを見ながら、さわやかな潮の香りの中を進んで行く。日本橋側にも深川側にも火の見櫓以外には二階以上の建物がないし、川岸に並ぶ白壁の土蔵の向こうには、木々が鬱蒼《うっそう》と繁った大名屋敷があちこちに見える。芸術的感覚の乏しい洋介が見ても、青空のもとに広がる初夏の江戸と深川の眺めは、絵のようだった。

永代橋を渡りきって深川に入ると、今は永代通りがまっすぐ門前仲町まで通っているが、この時代の道は川沿いに右に曲がりやがて左へ曲がって、今でも同じ場所にある福島橋のあたりで、道幅こそ狭いが現在の永代通りになる。その先は、料理茶屋がずらりと並ぶ永代寺門前仲町だ。

はじめていな吉に会った、高級料理茶屋の梅本もこのあたりなので、洋介は懐かしく思い出しながら眺めた。駕籠は、間もなく富岡八幡宮の鳥居の前を通り、京都の三十三間堂をコ

門前仲町
手前の通りが仲町通りで、道沿いに並んでいるのは料理茶屋。遠くに深川の三十三間堂が見える。『江戸名所図会』より

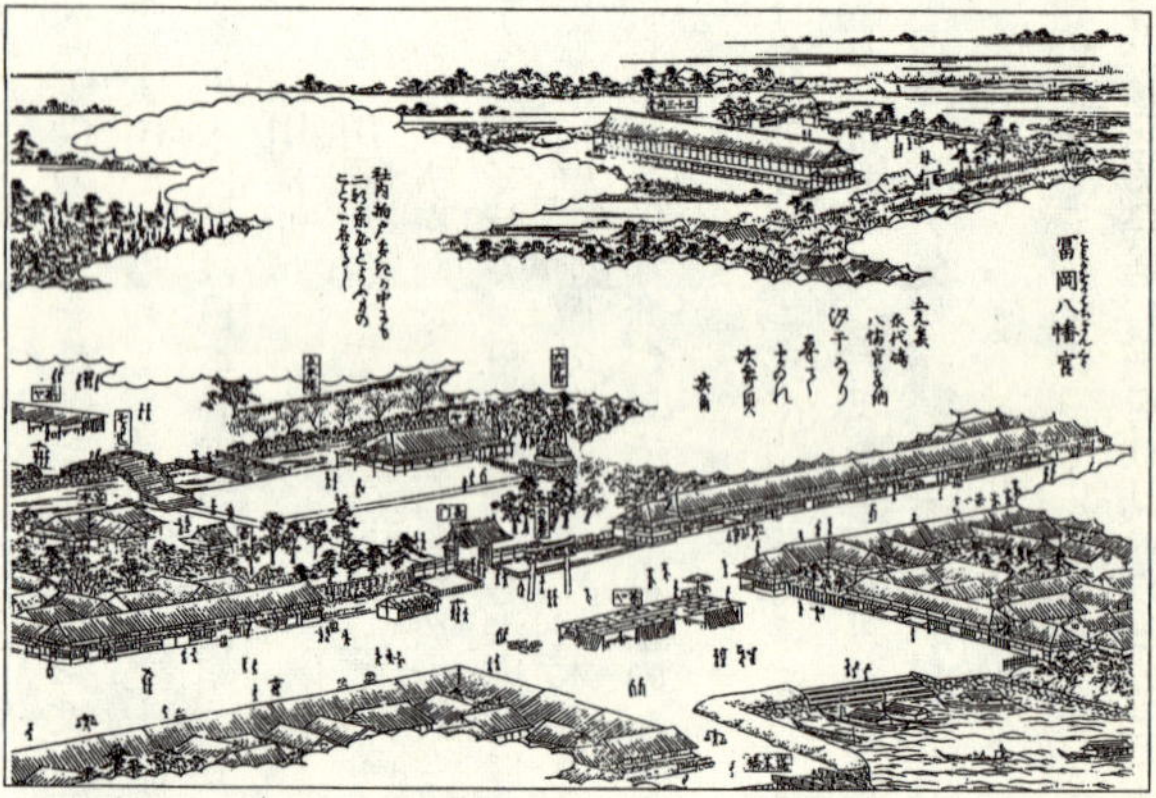

ピーした深川三十三間堂前を抜けて、その先で今もある汐見《しおみ》橋を渡った。永代橋を渡ってからここまではずっと町屋だが、この先は大名の下屋敷があってまた道が折れ曲がる。そして、小さな橋を一つ渡った先が深川木場である。

駕籠は、最初の道を左に折れて、木場に入った。井筒屋の寮つまり別荘もここにあるから、洋介にはおなじみだが、成田屋の別邸はもっと便利な場所にあって、駕籠はすぐ本道を右に曲がった。二、三十メートルも行くとあたりの様子が変わって、上手な植木職がていねいに作り上げた庭園ふうになった。

現在、木場の跡はだだっ広く殺風景な都営の公園になっているが、洋介がかすかに覚えている昭和三十年代でも、水路という水路に材木が浮かぶ材木問屋の町だった。だが、今、目の前に広がる江戸の木場は、洋介の覚えている昭和三十年代の材木問屋の町ともまったく異質な世界だった。

江戸の木場は、景色の良い水郷である。一ヘクタールから二ヘクタールぐらいの人工の島が十いくつも並び、その間に大小の水路がある。それぞれの島には、材木を貯蔵するための深い入江があり、そこから分かれた小さな水路が複雑に入り組んでいた。

あちこちに材木の集荷場があることはいうまでもないが、殺風景な材木置場ではなく、水路の周囲には樹木が茂っていた。また、水路沿いの木の間隠れに、風雅な、あるいは立派な屋敷が点在していた。木場は材木貯蔵地であると同時に、庶民の遊山《ゆさん》の場所であり、豪商た

深川木場
木場はただの材木置場ではなく、景色の良い別荘地でもあった。
『江戸名所図会』より

ちの別荘地でもあったのだ。

さて、大きな木や灌木《かんぼく》と庭石を巧みに配置した水辺《みずべ》の通路を通って行くと、細い水路があって石橋が架かっている。その向こうに、かなり大きな家が見えた。駕籠は、橋を渡ってその家のすぐ前で停まった。

「着きやした」

先棒《さきぼう》の男が声をかけると、後棒《あとぼう》の男が駕籠のうしろから洋介の下駄を取り出して、地面においた。

「ご苦労」

洋介は、地面に降り立ちながらねぎらいの言葉をかけた。駕籠舁《かき》は、手拭いで盛んに汗を拭いている。すぐに、いな吉の駕籠が着いた。いな吉は、駕籠から降りると如才なく駕籠舁たちに酒手《さかて》つまりチップを渡した。この駕籠は、団十郎が雇って寄越した宿駕籠《やどかご》で、現代のハイヤーのようなものだから、本来なら酒手をはずむ必要はないのだが、きっぷの良い芸者は、けちなことをしないのである。

狭い駕籠から出ると、家の方に男が何人かいるのが見えた。洋介はのびをした。植え込みの向こうは広い水路になっていて、きれいな水が流れている。対岸も森のようだが、木の間隠れに新しい材木が並べて立ててあるのと別荘ふうの家が見えた。見渡す限りみずみずしい若葉が萌えている。あちこちに小さな橋が架かっているのも絵のようだった。

木場つまり材木の集積場だといっても、右も左も材木の山というわけではない。広々した場所の所々に材木を立てたり積み上げたりしてあるだけで、材木商の家とも金持の別邸とも知れぬ大小の家が木の間隠れに見えるだけだ。こうやって広い面積を確保していたからこそ、江戸が大火に遭《あ》っても深川は被害を受けず、いつでも資材を供給することができたのである。

「ああ、いい気持だ」

洋介は、両手を広げた。あのにぎやかな日本橋からわずか二キロメートル、徒歩三十分の場所にこれだけの景勝地があったのは、羨ましいというほかない。あたりを見廻していると、朗々とした声が聞こえた。

「これはこれは、速見さまにいな吉姐さんも、わざわざようおいで下されました」

振り向くと、目の大きな団十郎が、しっかりした足どりで家の上がり口から急ぎ足で降りて来るのが見えた。後ろから、弟子らしい四、五人の男がついて来た。煤竹《すすたけ》色の縞柄の上に三桝《みます》の黒紋付という地味な服装だが、さすがに天下の名優だけあって、そこにいるだけで背格好も服装も大差ない弟子たちから際立って見えた。

「ご覧くだされ。手前のこの足は、旦那さまに授かった仙境の霊薬のおかげにて、この通りすっかり固まりましてござります」

固まるというのは面白い表現だと思いながら、洋介は彼の足元を見ていった。

七代目
市川団十郎
北条時宗の役。
歌川豊国画

「成田屋どの。御無沙汰致しました。お元気になられたようで、何よりでございます」

団十郎が洋介に対して速見さまと呼ぶのに対して、洋介が成田屋どのと呼ぶのは、洋介の方が格が上だからである。といっても、洋介自身がそう思っているわけではなく、成田屋に対しては「どの」をつけて呼ぶのが自然だと涼哲にいわれたからだ。

成田屋と洋介の挨拶が済むと、いな吉がていねいに礼をいった。

「成田屋さま、お久しゅう。このたびはお招きいただきおかたじけのう存じます」

「お礼を申し上げるのは手前の方でございます」

団十郎は、いな吉に対してもかなりへり下った態度でいった。この七代目団十郎は、歌舞伎十八番の演目を定めるなどの功績があり、成田屋市川家の権威を大いに高めた人で、それだけに気位も高かった。

だが、日を追って足のしびれがひどくなり、間もなく動けなくなりそうになった時の不安が大きかっただけに、霊薬を授けてくれた大男の神仙に対しては、畏《おそ》れに近い気持を抱いている様子だった。成田屋は、非常に丁重な態度で腰をかがめるようにしながら、上がり口に向かって二人を先導した。

「さ、速見さま。お上がりくだされ」

すすめられるまま、洋介は下駄をぬいで、分厚い柾目《まさめ》の板でできた立派な板敷に上がった。弟子らしいいかにも役者ふうの男が、斜め後ろを向きながら恐ろしく丁重な態度で先導してくれる後をついて行くと、いくつもの部屋の前を通りすぎてから襖の開いている十畳ぐらいの部屋に入った。部屋の北側は畳敷きの床《とこ》の間《ま》で、大きな白磁の壺《つぼ》をのせた立派な漆塗りの台があり、壺には見事な花菖蒲《はなしょうぶ》が豪快に生けてあった。

誰もが注目するのが、違い棚の前に据えてある二丁天府《にちょうてんぷ》の立派な櫓時計《やぐら》である。大沼理左衛門の工房の作品だが、櫓の部分は黒漆塗りに三桝の紋が金で入れてあり、時針のデザインから機械本体のこまかい唐草《からくさ》模様に到るまで、時刻を知るための道具というより、全体が豪華な美術品だった。

床の間も違い棚も、これまた黒漆と金箔《きんぱく》で複雑な模様を描いた豪華な美術品であり、この部屋を見ただけで、江戸随一の人気役者の暮らしぶりの全体が想像できた。時計の前、部屋の中央に敷いてある分厚い緋《ひ》色の毛氈《もうせん》も、ほかでは見かけない立派なものだった。

南向きの部屋の障子は大きく開けてあった。外の広い縁側の向こうには立派な庭が広がり、その先は幅十メートル以上もある水路で、ゆったりと水が流れていた。水辺《みずべ》のかなり広い面積に花菖蒲が一面に咲いている。

「これはいい眺めだなあ」

洋介は感嘆の声を上げた。同じく木場にある井筒屋の寮つまり別荘にも何度か来たことがあって、このあたりの様子はよく知っていたが、この団十郎の別邸からの眺めの良さはまた格別だった。

「どうか、お座り下さりませ」

ついて来た団十郎がいった。お座り下さいといわれても、大きな机も座布団も使わないのが常識だった時代だから、適当な場所を選んで座るほかない。遠慮していても始まらないので、洋介は縁側に近い場所のほぼ中央に正座した。毛氈が敷いてあるから、あまり痛くない。いな吉は洋介の右側のやや下がった位置に座った。

団十郎は縁側へ出ると、洋介の前へ来て板の上にぴたりと座り、両手を前についた。

「速見さま。このたびは脚気の症をお治し下されまして、まことにかたじけなきことにござります。今年はいつにない晴天続きにて芝居の入りが良く、まことに有り難きことながら、小屋の中は真夏のように蒸し暑うございます。そのせいか、四月はじめより脚気の症にかかり足がしびれ始めまして、日を追って悪くなりました。何とか舞台は勤まりますものの、次第に足元があやうくなったばかりか、気のせいか胸も苦しくなってまいりました。足元がしっかりせねば荒事《あらごと》を演ずることは叶《かな》わず、この分では遠からず足が立たなくなるのではないかと不安になり、ご存じの木場の武蔵屋《むさしや》さまにご相談申しましたところ、すぐ北山先生に声をおかけ下さりました。

さっそく、速見さまから授かった仙境の薬をいただきましたが、さすがは不思議の霊薬だけあって、驚くほどの効き目にござりました。病の治るさまを、俗に薄紙をはぐように良くなると申しますが、速見さまの霊薬の効き目は、薄紙どころではござりません。

涼哲先生は三度のご膳の後に飲むようにとのおおせでございましたので、最初いただいたすぐ後の昼ご膳の後に服しましたるところ、一刻《いっとき》ほどで心なしかしびれが薄れたように思い、翌朝目を覚ましたるところ、はっきりしびれが弱くなっておりました。

二日目にはもうふだんと変わらぬほどになりまして、二度目に霊薬をいただいてからは、足のむくみもすっかり取れてこのように固まり、しっかりと本復致しました。芝居に穴をあけずに済みましたのは、すべて速見さまのおかげにござります」

団十郎は、巧《たく》まざる抑揚をつけながら礼を述べた。洋介は、鷹揚《おうよう》にうなずいた。

「それはよろしゅうございました。ただ、仙境のおきてにより、あの薬は誰にでもは飲ませられませぬゆえ、けっして世間にいいふらされぬよう」

「そのことは存じおります。しからば、何ゆえ手前にお授け下されましたか」

団十郎は、顔を上げて大きな目で洋介をじっと見詰めながら尋ねた。洋介は、彼の視線に風圧のような力を感じながらも、団十郎の目を見返してきっぱりといった。

「前世に多大の善根を積んでおられるからでござる」

「ははあ」

団十郎は一瞬絶句したが、縁側の板に額をすりつけるほど深々と頭を下げ、

「まことにかたじけのうござります」

といった。この一瞬だけは、洋介の演技力が七代目団十郎を上廻ったかもしれない。

「それにしても、見晴らしの良いお庭でございますな。ぜひ、拝見致したいもの」

洋介は、薬の問題にこれ以上深入りしたくなかったので、話題を変えた。

「手前、自慢の庭にございますれば、ぜひご覧下さいませ」

団十郎はそういって膝をついたまま、縁側の外を手で示した。

「こちらに庭下駄がございます。ここからお降り下され」

洋介は、正座している足の痛みが我慢の限界に達し、あぐらをかこうかと思っていたところなので、これ幸いと立ち上がった。いな吉も身軽く立って来る。縁側の下には立派な沓脱《くつぬ》ぎ石があり、何種類かの下駄が並べてあるので、その一つをはいて庭に降りた。いな吉が後に続き、最後に団十郎が降りた。

大沼理左衛門の時計が、澄んだきれいな音でチン、チン、チン、チン、チン、チン、チン、と七回鳴った。七ツ、この季節では五時頃に相当する。座敷の前でちょうど満開になっている桃色の合歓《ねむ》の花を見上げながら、団十郎がいった。

「四季折々の花が咲くよう案配して植えさせております。木場でございますから、どこからでも水が見えるように庭を作らせましてございます」

団十郎は、先に立って歩き始めながら説明した。大きな木と灌木を上手に配置してあるが、そういわれて気をつけて見ると、どこにいても、借景《しゃっけい》の水路がまるで庭の一部のようになっている。もう一つ目立つのが、広い庭のあちこちにある大きな庭石だった。

「成田屋さま。あれが有名な石灯籠《いしどうろう》でございますね」

　中でも目をひく巨大な一対の灯籠を指さしていな吉が尋ねた。団十郎は大きくうなずいて得意そうに答えた。

「さよう。特別に誂《あつら》えましたが、御影石で高さが一丈七尺ございます」

　一丈七尺といえば約五メートル十センチだから、巨大といってもけっして大げさではない。約二十年後に始まる江戸版文化大革命の天保《てんぽう》の改革の時には、この石灯籠がぜいたくだといっていいがかりをつけられ、団十郎は江戸十里四方お構《かま》い、つまり追放刑を受けることになる。だが、華やかな文化文政時代は、役者も派手なら支配者も大らかだった。

「今日の姐さんのお召し物は、昇り鯉《ごい》でござりますな」

　団十郎は、さっきからいな吉の衣装をちらちら見ていたが、良い潮時だと思ったらしくいった。

「アイ。お目にとめていただいて嬉しゅうございます」

　いな吉は、頬を赤らめながら礼をいった。

「手前の顔を立てていただきまして、かたじけのう存じます」

　団十郎は、如才なく礼をいった。洋介も、いな吉が鯉の刺繍《ししゅう》をした裾模様を着ていることには気づいていたが、それに特別な意味があるとは思っていなかった。

「成田屋どのと鯉には何かご縁がおありでござるか」

「はい。手前どもでは、三桝の家紋のほかに福牡丹《ふくぼたん》、蝙蝠《こうもり》などの替え紋を使いまするが、代々この昇り鯉も好んで使います。姐さんはよくご存じで、今の季節に合わせてこのお召し物を着て下さいました。まことに結構なご趣向にございます」

陰暦では、今日は五月二日。しあさっては端午《たんご》の節句なのだ。

「なるほど」

洋介は感心していな吉のほっそりした体にまとわりついている勢いのいい鯉を改めて見た。団十郎にほめられ、洋介にも見直されて、いな吉はますます上機嫌である。

「お前さま、ご覧遊ばせ。花菖蒲がきれいでござんすから、あちらへ参りましょう」

「今が花盛りだな」

洋介は、深く褄を取って歩くいな吉に歩調を合わせながらいった。日はかなり西に傾いたが、夏至《げし》に近いこの季節はまだ昼間のようだ。水辺《みずべ》に近寄ると、この人工島の土が崩れないように岸には杭が並べて打ち込んであり、その内側の湿地が幅五メートル、左右二十メートルばかりの花菖蒲畑になっている。さらに近づくと、咲き乱れる花菖蒲の間にしっかりした板の桟道《さんどう》が渡してあり、回遊できることがわかった。

「足元は大丈夫かい」

洋介は、いな吉の方を振り向いた。

「アイ。低い下駄だから転びません」

「お前が先にお行き」

「ソンナラ」

いな吉は、洋介の先に立って花菖蒲の間に足を踏み入れ、川の方へ進んで行った。

「まあ、きれい。お花の中に埋まってしまいそう」

感嘆の声を上げながら、いな吉は横顔を見せてちょっと足をとめた。この時代の小説家なら、「まだおさなめく所あれども、美しきことはいい分なし」とでも表現しそうな、鼻筋の通った美貌が幸福感に輝いているようだった。

ここまで来ると、目隠しになっている植え込みが視界を遮《さえぎ》らなくなるので、対岸の全体が見渡せた。松の木が多く、その間に花盛りの合歓が咲いている。水路に浮かべてある材木の上で釣り糸を垂れている人が何人か見えた。水路には方々に橋が架かっているが、全体の配置が美しいいし、紫と白の花菖蒲の間を見え隠れしながら小刻みな足取りで進んで行くいな吉の姿も、全体の風景の中で見事に調和していた。

かつて墨堤《ぼくてい》へ満開の花見に行った時、いなせな職人ふうの男がいな吉を見て、「いよっ、姐さん。花が花見る」と声をかけたことがあったが、ここでも、いな吉は花に埋もれたもう一つの花のようだった。洋介は昇り鯉の裾模様を意気に着こなしている彼女の姿を惚れぼれと眺めたが、この美しい姿も、江戸の人々が作り上げた木場の眺めが背景だから一層引き立つのだと思った。

朱鷺（トキ）
江戸時代はあちこちで見かける鳥だった。
『和漢三才図会』より

莫大な費用をかけた高級住宅地を造成しても、西洋のまがいもののような面白みのない風景しか作れない子孫と違って、かつての日本人は、材木置場を作っても別荘地になるほどの景勝地に仕立ててしまったのだ。

洋介は溜息をついて立ち止まり、改めてあたりを眺めた。

水鳥がたくさんいる。鴨《かも》が群れて浮かんでいるし、白鷺《しらさぎ》が浅瀬をせかせか歩きながらえさをあさっている。きれいな青灰色の真鶴《まなづる》もいて、沼のようになっている岸辺を歩いている。真鶴のそばに、白い鳥が何羽か降り立った。それを見ていた洋介は、背中に電流が流れたように感じた。

「あれは、朱鷺《とき》じゃないか」

洋介は、指をさしながら大声でいった。顔が赤く、たたんだ風切羽《かざきりば》のあたりが淡い紅《べに》色をしているところは間違いなく朱鷺だが、江戸府内のこんなところにいるとは信じられなかった。洋介があまり大きな声を出したので、いな吉は足をとめて振り向いた。

「どれでござんすかェ」

「あそこに、白い鳥が四羽いるだろう」

「あの鳥なら、堀留のあたりでも見たことがありますよ」

「本当かい」

洋介は驚いていった。朱鷺が日本橋の町なかにいたとは信じられなかったが、後ろからつ

いて来た団十郎は、俳句の素養を通して動植物にもくわしい教養人だけに、

「あれは朱鷺でございますよ。手前と同じようにこの木場が好きなようで、時々ああやって飛んで参ります」

と、教えてくれた。

ドイツ人の医師フォン・シーボルトは、長崎から江戸へ来る途中の文政九年、つまり数年後のグレゴリオ暦三月二十九日に東海道の池鯉鮒《ちりふ》（知立《ちりゅう》）あたりで朱鷺の群れを見て標本用に手に入れたいと思ったが、ここは鳥を取ってはいけない場所だといわれてあきらめている。

また、現在の東京都江戸川区に相当する地域で将軍が鷹狩りを催した時の獲物の記録には、丹頂鶴《たんちょうづる》も朱鷺も入っている。江戸十里以内で狩猟できたのは将軍だけで、江戸全域が実質的な禁猟区だったから、江戸は野生鳥獣の天国でもあった。閑静《かんせい》で清らかな木場に朱鷺が何羽かいても当然といえば当然であるし、たまに市街地の掘割に飛んで来たとしても驚く必要はないのだ。

――これが、同じ日本人の住んでいる日本なのだろうか――

洋介はもう一度溜息をついた。

この時代に暮らしている人々が、現代の日本人の直系の先祖であることは間違いない。四つの島からほとんど出入りなしに生きてきた日本人は、少なくともここ数百年は遺伝的には

連続している。ここにいる人々は、明らかに洋介と同じ民族なのだ。

しかし、いな吉や団十郎が当たり前だと思っていることは、洋介が当たり前だと思っていることと大きくかけ離れている。いな吉はいつも、洋介が妙なことを知りたがるといって笑うが、その根本的な原因は、彼女にとって当たり前すぎることが、洋介にとっては当たり前でなさすぎるという常識の違いにある。

目の前で、朱鷺が泥の中のどじょうを食べているのを見ながら、洋介は、この時代と自分の時代に共通しているのは遺伝子だけで、文化的にはまったく連続性がないのではないかという気がしてきた。

江戸人と現代人は、役者が髪型や衣装を替えるように外見を変えただけではない。明治維新と昭和敗戦の二度に分けて中身まで完全にすり替えてしまい、まったく別の人類といっていいほど変わってしまっているのだ。中でも、最大の変化は、生命に対する感覚ではないかと洋介は思った。

明治以後の百年以上にわたって、日本人が憧れ崇拝しその前にひれ伏してきた欧米型の文明では、人間だけが神に霊魂を与えられた特別な生物だということになっている。だからこそ人間の一人一人にかけがえのない価値があるというところから西洋式のヒューマニズムが発生した。それはそれで立派であり、日本にはない発想だった。

だが、ヒューマニズムを裏返せば、人間以外に対しては何をしてもかまわないことになるから恐ろしい。実際、ヨーロッパ文明にはそういう体質が濃厚にあって、長い間、動物の絶滅など気にもせずに捕獲しまくった。さらに、人間の範囲をキリスト教徒だけに限定したり、時には、自分と同じ宗派のキリスト教徒の白人だけを人間と決めたりすれば、ヒューマニズムの名のもとにほとんどやりたい放題ができる。

その例をあげれば、百科事典ができてしまうほどだ。

十字軍の兵士は、人間でないイスラム教徒をむさぼり食った。アジアやアフリカに植民地を作って人間の形をした動物を搾取するのは、牧畜をするのと同じ当然の権利だった。植民地にいるじゃまな原住民を餓死させるだけの目的で、六千万頭もいたアメリカ野牛が数十頭に減るまで殺しまくったのも、人間の利益のための策略にすぎなかった。

当時のアメリカ人にとっての〈人〉とは、白人のキリスト教徒の意味だったから、人間のうちに入らないアフリカ人は家畜なみに売買できた。カリブ海の島々の原住民が白人に酷使され全滅しかけているのを見たヒューマニストのカトリック僧、ラス・カサスの提案により、人間ではない黒人をアフリカから拉致《らち》してきて奴隷として使うようにしたのは有名な話だ。大勢の非戦闘員が住む大都市で原子爆弾の実験をするのさえ、人間つまり自国民を守るためだと考えれば良心は痛まない。

そういうやり方が正しいとか間違っているとかいうのではない。

正しさの種類は人間の頭数《あたまかず》だけあるから、正しいと信じる人にとってはどんなことでも正しく、間違っていると信じる人にとっては間違っているので、考え方の基本が違っている人相手に議論したところで水掛け論にしかならない。洋介が感じたのは、人間こそが神の作りたもうた特殊な存在で、万物の中心だという思想は、この時代の日本人の考え方とは根本から違っているということだ。

江戸人は、人間がそれほど大したものだと思っていないどころか、人間が万物の上に君臨し、人間以外の生物を支配する特殊な存在だと聞かされればびっくりするだろう。江戸時代の日本で絶滅させられた生物はいないそうだが、その理由は、先祖たちが動物を保護したからでもなければ、動物愛護の精神が発達していたからでもない。

保護とか愛護とかいう発想は、支配者の立場から生まれるが、江戸人にとっての動物は上から見下ろす存在ではなく、共存する仲間だったのである。

現代人は、パンダや朱鷺のように話題性のある動物を絶滅から救うことには熱中するが、地味な生物が、人間の野放図な増殖の犠牲になって次々に地上から消えてゆくのにはほとんど無関心だ。絶滅から救うかどうかさえジャーナリズムの作り上げた人気で決めるような態度は、支配者の傲慢《ごうまん》さ以外のなにものでもないだろう。

洋介は思った。現代の日本人が日本人なら、江戸時代の日本人は日本人でないし、江戸時代の日本人が日本人なら、現代の日本人は日本人ではない。江戸時代型の日本人を徹底的に軽蔑し、欧米人に近づこうと努力してこうなってしまったのだが、もちろん、いくら努力しても日本人が欧米人になれるわけはない。どっちつかずの中途半端な状態で、自信のないままに漂っているだけだ。

「あの鳥が、そんなに珍しゅうござんすかェ」

洋介が黙って鳥を見詰めているので、いな吉が不思議そうに尋ねた。彼女にすれば、日本橋の実家の近くの掘割で見かけたことさえある鳥のどこが珍しいのかわからないからだ。

「速見さま」

団十郎もそれ以上は水鳥に関心がないらしく、遠慮がちに声をかけた。

「せっかくお出で下さりましたので、粗末ながら一席設けておりますが、そろそろお戻り下さりませ」

「あ……」

洋介は我に返っていった。

「あまり眺めが良いので、つい見とれておりました。それでは、戻りましょう」

「お気に召せば、いつなりお出かけ下さりませ」

花菖蒲の間を一周して帰ると、先ほどの広間の緋毛氈の上には、豪華な料理が並んでいた。といっても、二の膳、三の膳というふうにさまざまな料理を並べた膳を一人前にいくつも並べる儀礼的な宴席ではない。

大皿に見事な真鯛《まだい》の頭と尾を飾り、刺身を盛りつけたのを中央におき、そのまわりにとりどりの料理を盛った皿を並べてある。江戸ふうのバイキング料理のようなものだが、給仕の女性が大勢いるから、自分で皿に取る必要はない。

「速見さまには、床《とこ》の間《ま》の前へお座りいただきたいところでございますが、庭がお気に召したご様子ゆえ、そのあたりにお座り下され」

団十郎が庭のよく見える場所を示した。

洋介は庭を一望できる場所に正座した。続いて、いな吉が右隣に座ると、団十郎は、洋介の斜め前に庭を背にして座った。いな吉は、目の前に憧れの成田屋が座ったので大喜びである。

すぐに給仕の女性が二人の客のそばに座って盃を手渡してくれた。団十郎は自分で銚子をとって、

「速見さま、お一つ」

といった。これが、自分に対する最高の敬意の表現だということはわかるから、洋介はすぐに酒を受けた。団十郎は同じようにいな吉にも注いでから、自分のそばに座った女性に銚子を渡して、自分の盃を満たさせた。

こういう場合、いな吉は必ず自分で銚子を取って注ぐのだが、今日は芸者としてではなく、洋介の妻として招かれていることを自覚しているから、あくまで客として振る舞っていた。最初の一杯をあけるまでが儀礼的な部分らしく、その先は女性たちが酒を注いだり料理

深川の料亭での宴会
これは雪見の宴の絵だが、ここでも中央に料理をまとめて盛り、各自が取り分けるバイキング型になっている。
『江戸名所図会』より

を取り分けたりしてくれる。

「そろそろ日暮れだな」

広間は南向きなので日没の様子は見えないが、明日もまた晴れるのか、空が赤みを帯びてきた。いな吉は、酒を一口だけ飲んでから、

「まるで夢のようでございます」

といった。団十郎も庭を見ながら、

「ここは、夕景の眺めもよろしゅうございます」

といったが、盃を持った手をちょっととめて、洋介の顔を見た。

「速見さまのお国の仙境とは、どのような所でございましょうか。まことに恥ずかしながら、手前は涼哲先生や芝居の金主の武蔵屋さまから、速見さまが仙境のお方だと聞かされても信じませなんだ。されどこのたびは、危うく足が立たなくなりかけたところを、不思議の霊薬でお助けいただきまして、目の覚める思いでござります」

「さよう。私の国は、この世のお方にいくらお話ししてもおわかりいただけぬほど、不思議な世界でござる」

洋介は、そういってまた一口飲んだ。団十郎はうなずいて、

「仙境には、この世にはあり得ぬような美しい景色があり、珍しい鳥が舞い遊んでいると思っておりましたゆえ、速見さまが、手前の庭をたいそうお気に召されたご様子を拝見致し

ましてまことに存外《ぞんがい》にござります」

「仙境には仙境の良さがあり、江戸には江戸にしかない良さがござる」

洋介は、こういう時の決まり文句で答えた。実際その通りなので、ほかに答えようもないのだ。団十郎はかさねて質問した。

「速見さまのような仙境のお方には、手前のような俗人の運命がおわかりになるのでございましょうか」

「大きな運命はわかっても、天譴《てんけん》に触れるため申し上げることができません。脚気の薬をこの世で使うのも、本来は天譴に触れて私が罰せられるところを、前世に善根を積まれたお方にだけ差し上げているため、わずかにお咎《とが》めを免れております」

「はあ」

団十郎は、真剣な表情で聞いている。洋介にとって、歴史上のできごとを調べるのはそれほどむずかしくはないが、その知識を過去の世界に伝えるにはよほど慎重でなくてはならないと思っていた。

これまでは、狭い範囲にしか影響の及ばないことにしか手を出していないため、まだ目につくような影響は現れていないが、慣れるにしたがってますます慎重にことを処していかなくてはならないという固い決心に変わりはなかった。

「涼哲先生にうかがったところによりますれば、速見さまのお言葉によって大きな災厄《さいやく》から逃《のが》れたお方は何人もおられるとか。今後、手前にもそのようなご助言を下されましょうか」

これほどの人物の力になれるものなら、喜んで力になりたかったが、洋介には、自分が過去の世界でできることと、してはならないことがわかっていた。

「逃れられるほどの災厄ならお教え致しましょうが、天命であればお教えできません」

「さようでございましょうとも」

団十郎は、両手を膝について考え込んだが、すぐに顔をあげた。

「いずれにせよ、速見さまとお知り合いになれただけで、手前は心強うござります。さあ、もっとおすごしくださりませ」

夕焼けになったらしく、南の空の雲まで真っ赤になり、庭木や庭石まで赤く染まった。いな吉の白い顔も赤く見える。もう日暮れも近い。団十郎が何か合図をすると、召使いか弟子のような男女が五十匁《もんめ》ぐらいの蠟燭をつけた燭台を三基持って来て洋介といな吉と団十郎の間においた。現代の感覚では、蠟燭は停電の時に臨時に使う薄暗い照明だが、この時代としてはもっとも明るいぜいたくな灯火なのだ。

夕焼けの赤みが急に薄れていくにつれて、室内の蠟燭が明るさを増すように見えた。

いな吉は辰巳芸者の風習で化粧をしないし、団十郎もここではもちろん素顔だが、二人とも蠟燭の明かりのもとで美しい。

鳴く

ほととぎすがしきりと鳴いている。

現代の東京でも、ほととぎすの鳴き声をまったく聞かないわけではない。洋介の住んでいる中野でも、五月から六月にかけて夜中に聞くことがあるが、渡りの途中だからほんの一声か二声しか鳴かない。

だが、大名屋敷という名の森林が多い江戸の市中では、季節になると一日に何度か聞くこともあるし、ここ向島《むこうじま》では、方々で鳴いている。ビル街になってしまった現代の東京は、ほととぎすにとって通過点にすぎないが、森の都だったこの時代の江戸は、渡りの目的地だったのだ。

洋介は、身を寄せて眠っているいな吉の小さな顔を見た。

この季節では、四時半には夜が明けるから雨戸の外はもう明るく、雨戸の隙間から洩れる朝の光で愛らしい寝顔がはっきりみえた。中年の洋介は、多少疲れていても七、八時間眠れば目が覚めるが、十代のいな吉は疲れてぐっすり寝込めば十時間ぐらいは眠り続ける。この

杜鵑（ホトトギス）
鳴き声は、遠くで聞くとわりあいのどかだが、近くで聞くと叫ぶように聞こえる。
『和漢三才図会』より

様では、無理に起こさなければあと二時間ぐらいは眠っていそうだった。

向島へ遊びに行くことに決まったのは、四日前、陰暦五月十五日、グレゴリオ暦六月二十三日の夕方だった。

その日の七ツ過ぎ、今の時刻なら五時半頃に仕事から帰って来たいな吉は、洋介の顔を見るなりいった。

「お前さま。ほととぎすを聞きに行きたい」

「藪《やぶ》から棒《ぼう》に、どうしたんだい」

洋介は、突然のことなので目を丸くした。いな吉は、目を見張って早口でいった。

「ねえ、お前さま。今日のお座敷で、お客さまが向島の料理茶屋の武蔵屋がとても良いとおっしゃったら、相仕に出た千代吉姐さんが二、三日前に行ったら、ほととぎすがあちこちで鳴いてとても風情があったそうでござんす。木母寺《もくぼじ》の武蔵屋なら行ったことがあるけれど、請地《うけち》の麦斗《ばくと》武蔵屋はまだ行ったことがないから、できれば、お前さまといっしょにほととぎすを聞きに行きたい」

「行くけれど、そのバクト武蔵屋ってのは、いったいどこにあるんだい。バクトっていうから、博奕《ばくち》でもするのかい」

「そうじゃござんせん」

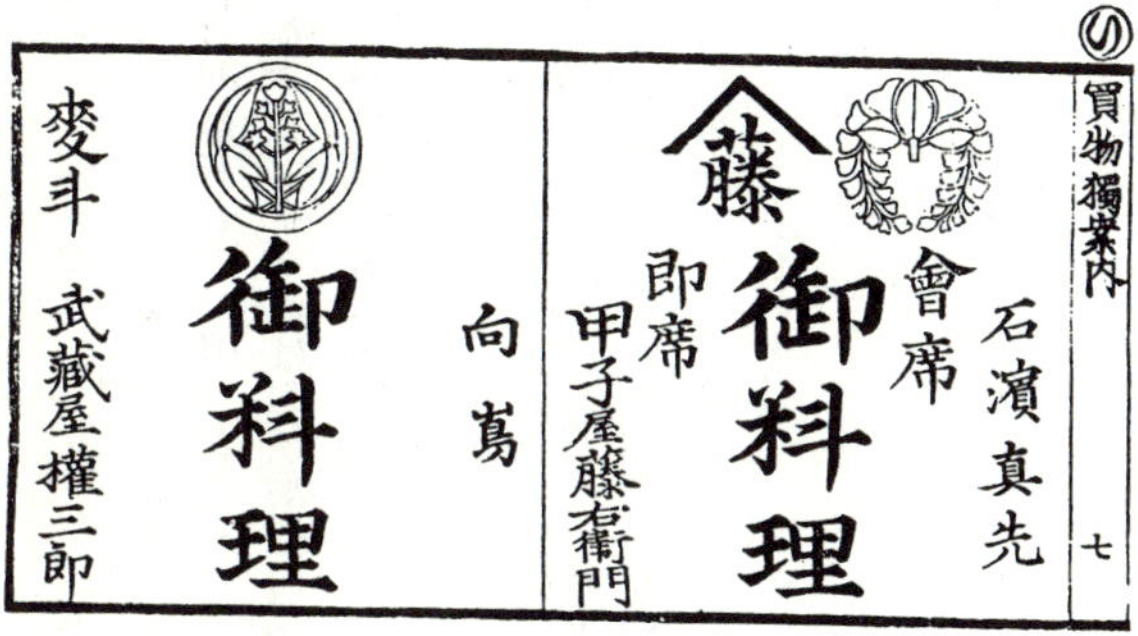

麦斗武蔵屋の広告
『江戸買物独案内』より

いな吉は笑って、

「麦に一斗、二斗の斗という字を書いてバクトと読みます。何でも、昔は麦飯斗《ばか》り出していたので、それをもじって麦斗という名前にしたのだと、お客さまがおっしゃってました。今は麦飯どころか鯉のお料理が有名で、離れがたくさんあって庭もきれいだし泊まってても大層具合がいいそうでござんすヨ。すぐそばの秋葉様の船着場まで屋根船で行けば、一丁ぐらいしか歩かなくていいと千代吉姐さんがおいいだったから、いつもの船頭さんを頼んで竃河《へっついが》岸《し》から出れば、芸者の恰好《かっこう》で行っても困りはしませんハ。お前さまの仙境のお仕事は、どんな具合でござんすかェ」

いな吉はもうすっかり行く気になっているが、幸い、洋介もそう忙しくはない。

「明日は、昼からちょっと行って来なくちゃならないが……」

「わちきも、明日は夕方から五ツまで、あさっても昼過ぎから七ツまでお座敷がかかっていますけれど、しあさってなら行けます」

「しあさってなら、こちらもあいてるよ」

「じゃ、そうしましょう」

思い立ったらすぐ行動に移すいな吉は、立ち上がって襖を開け、

「おみねさん」

と呼んだ。

「はい」

すぐに出て来たおみねに、いな吉はいった。

「しあさっての昼から旦那さまとごいっしょに向島へ行くから、船宿《ふなやど》へ行って、いつもの船頭さんを九ツ過ぎに竈河岸によこすよう、そういっておくれでないか」

「はい。それなら、一っ走り行って参りましょう」

おみねも気の早い方なので、すぐに飛び出して行った。

その翌日と翌々日は、いな吉が仕事で午後はいないので、洋介も昼食を済ますと東京へ戻った。なんのことはない、流子が海外出張している間、江戸から東京へ通勤しているようなものだが、流子からの電話がかかってきた時に居合わせて、仕事は順調だが、滞在予定が少し長引くことなどを直接彼女の口から聞くことができた。

東京の仕事にけりをつけてから、十七日の夜は難波町で泊まり、十八日は早昼《はやひる》をすませてから外出の支度をした。陰暦の夏は、五月、六月、七月だが、この年は五月十五日が夏至なのでもう給《あわせ》から単衣《ひとえ》に替わっている。まだ本格的な梅雨前とはいえ夏の盛りで、日中はかなり暑い。

俗に「春は娘、夏は芸者で秋は後家、冬は女郎、暮は女房」というが、それぞれの季節に魅力を発揮する女性を指すらしい。この言葉からわかるように、化粧も衣装もあっさりしている江戸の芸者は、夏がことに美しい。洋介も、夏こそ、いな吉の若々しい美しさが引き立つと思っていた。

洋介と泊まりに行く時のいな吉は、お座敷に出る時のような正装ではないが、ひと目で芸者とわかるような服装で出かける。芸者なら、現代のＯＬや女子大生と同じで、若い女が男と二人で食事をしたり泊まったりしても、不審に思われないからだ。

この日の衣装は、上半身から下半身にかけて薄くぼかしになっている濃い桔梗《ききょう》色の振袖で、裾には夏らしく千鳥模様を染抜いてある。帯は、明るい朱で橘《たちばな》を刺繡した萌葱《もえぎ》色の本博多を幅広のやなぎに締めるという見るからに若々しい意気なこしらえであり、誰が見ても素人《しろうと》離れしている。

すっかり支度をすませてから昼食を終えて待っていると、九ツの時の鐘が鳴ってしばらくたってから勝手口に人声が聞こえた。すぐにおみねがやって来て、

「旦那さま。船頭さんがみえました」

「よし、すぐ行く」

二人は立ち上がった。洋介が先に出ると、顔見知りの船頭が会釈してから、小走りで河岸の方へ行った。洋介は、いな吉が出て来るのを待って歩き始めた。いな吉は、荷物を持った留吉とおみね夫婦をしたがえて小股でゆっくり歩いている。深く左褄《ひだりづま》を取っているからあまり早く歩けないし、その様子がまたいかにも芸者らしく色っぽいのだ。

左褄といえば芸者の代名詞のような言葉になっているのでちょっと説明しておくと、芸者

左褄を取る芸者
右手が使えるように左手で褄を取る。右の男は、三味線の箱を運ぶ役。箱廻しという。
『教草女房形気』より

の座敷着は丈が長いため、普通に立って歩けば裾を引く。これは、いうまでもなく立ち姿を優雅ですっきり見せるための洋服とも共通した工夫である。

しかし、急ぎ足で歩く時やちょっと外へ出る時は、裾を引いていられないので、褄《つま》すなわち着物の裾の両端を両手で持ち上げて左手に移し、同時にその手を左の腰骨まで引き上げて固定する。こうすれば裾を引かないばかりか足が自由になる。左手で褄を取るのは、三味線の撥《ばち》を持ったり物品の受渡しをすることも多いので、右手をあけておくためである。参考までに書いておくと、利き手を使う必要のない遊女は右褄を取る。

それはともかく、竈河岸は、今では埋め立てられて痕跡もないが、この時代は特に重い物を船で運ぶために日本橋の町中《まちなか》まで入り込んでいた水路の一つで、現在は甘酒《あまざけ》横丁と呼んでいる華やかな通りにほぼかさなる位置にある細い水路だった。難波町の家から河岸まではほんの百メートルあるかないかの距離なので、ここから船で出かければ、どこへ行くのも楽なのだ。

二艘の屋根船がもやってあったが、顔見知りの船頭が待っているので、自分たちの船を取り違える心配はなかった。船頭が船を押さえていてくれるので、洋介は、鴨居《かもい》につかまって足の方から船内に滑り込んだ。履物は、船頭が艫《とも》の方へしまってくれる。すぐにいな吉も着いて、巧みに裾をさばきながら身軽に乗り込んだ。

三味線の長い箱と荷物を積み込むと船頭はもやいを解き、棹《さお》のひと突きで船を水路の中ほ

屋根船
隅田川に遊ぶ芸者。江戸の屋根船は障子がなく吹き抜けになっている。
『絵本紅葉橋』より

どに押し出した。船が進み始めると、棹を船の上に引き上げて櫓《ろ》に持ち換えた。江戸の船頭といえば、股引《ももひ》きか尻はしょり姿を想像するが、屋根船や猪牙船《ちょきぶね》のような客船の船頭は、ぞろりと長い着物を着て船を漕ぐ。

「いってらっしゃいませ」

留吉夫婦が岸辺で頭をさげた。太陽が雲から出たり隠れたりしているまあまあの天気だった。

「今日明日ぐらいは、お天気が持ちそうでござんすネ」

船が大好きないな吉は、岸辺の様子を見ながら気持良さそうにいった。

「四、五日もすれば入梅《にゅうばい》じゃないかな」

「いやだけれど、雨も降らなければ困るし……」

現代と同じような天気の話をしているうちに、船は小さな橋をくぐって浜町川に出て右に曲がった。昭和三十年代までは、江戸時代とほとんど同じ形で残っていた水路である。このあたりから隅田川まで二百メートルほどだが、両側は大名屋敷が続いているから、細い川は鬱蒼と繁った森の中を流れている。

「あれ、お前さま。ほととぎすが鳴きましたヨ」

遠くでひと声ふた声鳴いたほととぎすの声を耳聡《ざと》く聞きつけたいな吉が、嬉しそうにいった。現代では、日本橋界隈でほととぎすを聞くことなど考えられないが、朱鷺《とき》でさえこの近辺の水路で見かける時代なのだ。

「日本橋でも鳴いているんだから、向島へ行けばたっぷり聞けるだろう」

「アイ。楽しみでござんすハ」

船はゆっくり川を下り、橋を二つくぐって隅田川へ出た。ここでは、箱崎川と隅田川が合流している。箱崎川は、今では埋め立てられてしまって高速道路になっているし、成田空港への出発地になっている箱崎のシティ・エアターミナルは、隅田川との合流点に近い位置にある。

隅田川も河口部に近く、川幅が四百メートルもあるこのあたりは、江戸の人が大川と呼んだのにふさわしく、きれいな水がゆったりと流れている。特に、狭い浜町川から出た時はいかにも広々した感じで気持が良い。

「わちきは、掘割から大川へ出る時のこの気分が大好きサ」

いな吉は、陰りのない顔でいいながら、船端《ふなばた》へ体を寄せて手を水に入れた。

「ああ、気持がいい」

といいながら袖を少しまくり上げ、真っ白なひじのあたりまで水に漬ける。ここのところ雨が少ないせいもあって水の濁りがなく、彼女が白い小さな指先をひらひら動かすのがはっきり見えた。

『名ごりの夢』という本がある。今泉みねという人が八十歳の時に話した若い頃の思い出の

新大橋
左遠方が永代橋。手前の中央の大きな船が屋形船で、
左にある小型の屋根つき船が屋根船。
『江戸名所図会』より

聞き書きだが、彼女は、将軍の侍医だった桂川甫周《かつらがわほしゅう》の二女で、娘時代の桂川邸は両国橋と蔵前橋の間にあった。当時でも江戸の中心部に入る場所だが、彼女は、そのあたりの隅田川の水について「真底《しんそこ》きれいで水晶をとかしたとでも申しましょうか」と書いている。みねは安政二年（一八五五）生まれだから、洋介がいるこの時代より三十年以上も後でも水晶のようだったことがわかる。明治のはじめまで、隅田川へ出る屋根船では川の水を沸かして茶をいれるのが普通だったから、この大きな川には飲める水が流れていたのである。

この時代のロンドンやパリでは、下水道から出る生下水の全量をテームズ川やセーヌ川に放流していた。洋介は、一八二〇年代の冬のロンドンに転時した時に、想像を絶するひどいスモッグと、下水で汚れきって悪臭を放つテームズ川を見てきた。だが、江戸では、屎尿《しにょう》の全量を農民が買い上げて田畑に戻していたし、わずかな生活排水は、川に達する前に地中に吸い込まれて隅田川に流れ込む量はごく微量だったため、世界最大の百万都市を流れる川でありながら、信じられないほどの清流であり得たのだ。

たくましい船頭の押す規則的な櫓の音につれて、屋根船はかすかにゆれながら大川をゆっくり漕ぎ上がって行き、すぐに新大橋をくぐった。

「お前さま。唄をさらってよろしゅうござんすかェ。こういう広い所で唄うと、声に張りが出るようになりますのサ」

いな吉が、遠慮がちにいった。唄いたくてたまらないのだが、洋介がほとんど関心を示さ

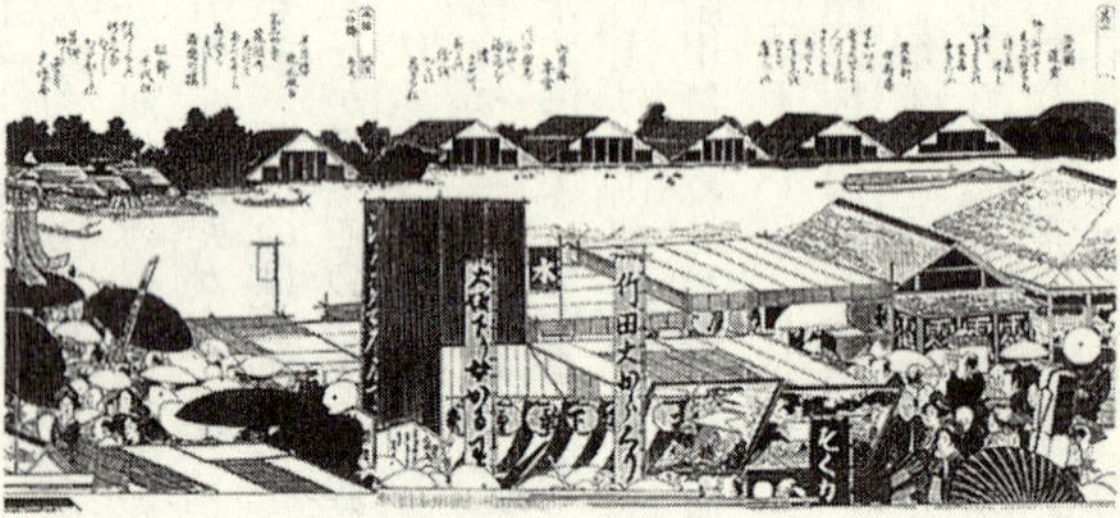

船蔵
両国橋西岸の両国広小路より隅田川越しに見た
幕府の船蔵。
『絵本隅田川両岸一覧』より

ないので、気を遣っているのだ。洋介は慌てていった。

「もちろん、好きなように唄っておくれ。江戸の唄はよくわからないけれど、お前が唄うのを聞くのは大好きだから」

「アイ。ソンナラ」

いな吉は箱から三味線を取り出して膝の上におき、音締《ねじ》めをしてから、

「おこま姐さんに習っている宮薗節《みやぞのぶし》をちょっと……」

といって弾き唄いを始めた。

〽黒髪の乱れて今の憂き思い、目には泣かねど気に痞《つか》え、

胸に涙の玉匳《たまくしげ》、向かう鏡は曇らねど、映す顔さえ水櫛《みずぐし》や、

梳《す》けども心のもつれ髪

心地よい川風の中、すっかり気分の乗ったいな吉は、張りのあるきれいな声で次々に唄い続けた。しかし、洋介が自分の唄をあまり熱心に聞いていないことは承知しているから、時々同じ歌詞を繰り返して唄う場合もある。相手に聞かせるより、反響のない大川の上で発声練習をするのが目的なのだ。

船は幕府の船蔵の前を過ぎて両国橋をくぐった。

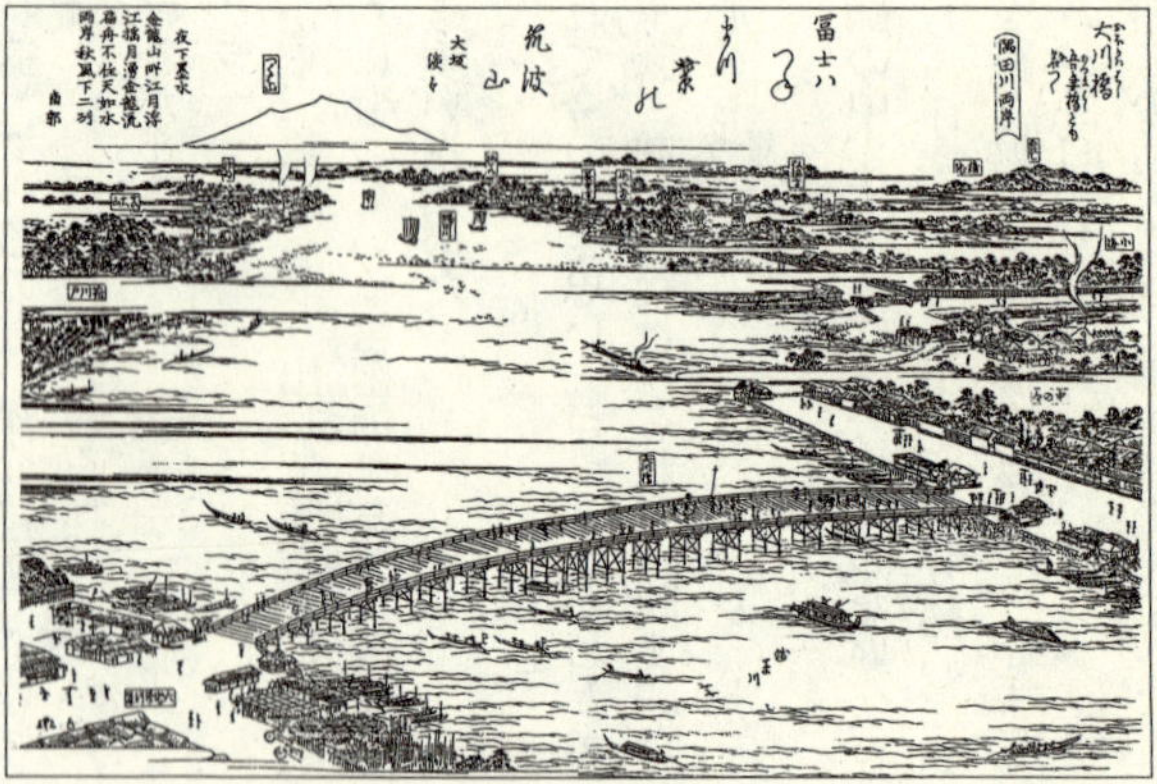

大川橋（吾妻橋）
図の右上のこんもりした森が秋葉神社。
『江戸名所図会』より

「お前さま」

いな吉が唄うのをやめて声をかけた。

「川開きの時、船で両国橋へ連れて来て下さいまし」

「いいとも」

洋介は鷹揚《おうよう》にうなずいた。

「お江戸の夏は楽しいことばっかりあって、わちきは毎日でも出歩きたいけれど、何といっても、船に乗って川開きの花火を見るのがいちばん好きサ」

「今から頼んでおけば、間に合うだろう」

「アイ。お前さまもいらっしゃるなら、帰ってすぐ船宿にそういっておきますハ」

約束を取りつけて安心したのか、いな吉はまた三味線の音締めをして唄い始めた。船足は速くないが、老練な船頭は休みなく櫓を押し続けているから、ちょっと気をそらしている間にあたりの景色が大きく変わった。浅草の本願寺の大きな屋根が左に、浅草寺が前方左手に見えてきた。民家の屋根が低いから、現代人の感覚ではそれほど大きくない寺院が、周囲を圧するように見える。

吾妻橋《あづま》に近づいた。この時代は大川橋とも呼ぶ。いな吉はようやく練習に飽きたのか、三味線を箱にしまった。船は吾妻橋をくぐったあたりから次第に右に寄って、今も残る北十間川、この当時は源森川《げんもり》といった水路に入って行った。

水路の右は、隅田川の対岸の今戸と同じように大きな瓦《かわら》焼きの窯《かま》があって、燃料の薪が山積みになっているが、今は隅田公園になっている左側の一帯は、二万三千坪もある水戸徳川家の下屋敷である。森のようになっている広大な大名の別荘と水路一本へだてた所が瓦焼きの町になって煙を上げているところは、いかにも多様性に富んだ江戸らしい眺めだった。

「もうすぐでござんすヨ」

いな吉は、そういって洋介に寄り添った。広い隅田川から細い水路に入って風当たりが弱くなったせいか、絹と麝香《じゃこう》の香りに若い娘の甘い匂いが混じり、川面《かわも》の湿りを帯びた空気に乗ってあたりに漂った。

洋介は、酒も飲んでいないのに酔ったような気分になって船の行く手を見ていると、丁字路のようになった水路を船はゆっくり左に曲がった。江戸の水路の多くは天然の川を利用して開いた運河だから、道路と同じように丁字路も十字路も珍しくないのだ。

このあたりは小梅村といって、現代の東京では密集した市街地だが、江戸では郊外の農村地帯である。小梅の地名は町名変更で消えたが、小梅通りという通りの名前として残っている。川辺のあちこちには淡い紅色の合歓と白いうつぎの花、いわゆる卯《う》の花が咲いているが、緑一色の中に赤と白の上品な彩りを添えてまことに美しい。

江戸府内で農地の占める面積は広い。明治二年の測量の結果として、江戸の地目は、武家地六八・六パーセント、寺社地一五・六パーセント、町屋つまり町人居住地一五・八パーセントという数値を使うことがあるが、これは明らかに間違っている。

現在入手できるもっとも精密な江戸地図である朝日新聞社刊『復元　江戸情報地図』で計測すると、一般に江戸府内ということになっているいわゆる朱引内《しゅびきうち》、つまり寺社が寄附金を集められる勧化場《かんげば》の面積四九六〇万九三〇〇坪の内、武家地三四・五パーセント、寺社地四・四パーセント、町屋九・九パーセント、河川三・六パーセントに対して、百姓地はなんと四七・六パーセントである。

町奉行所支配地の墨引内《すみびきうち》でさえ、面積三〇九四万五二〇〇坪の内、武家地四九・八パーセント、寺社地六・六パーセント、町屋一四・九パーセント、河川四・一パーセントに対して、百姓地はなんと二四・六パーセントである。

どういう根拠にもとづくのかわからないが、江戸の総面積の約半分から四分の一を占める農地面積をゼロとした前記の数値は、とうてい信用できない。武家地がいかに広かったかを少しでも誇大に宣伝するため、わざとこういう数値を使ったのではなかろうか。

さて、左右に手入れの良い田畑が広がる中に所どころ森のように見えるのが神社仏閣で、そのまわりに点在しているのは、料理茶屋や裕福な商人の寮つまり別荘だった。現在の東京都墨田区と違って、この時代の向島から本所、深川にかけては水郷で、江戸郊外でも指折りの風光明媚な行楽地だったのである。

美しい江戸の郊外にまっすぐに延びている水路を、船は同じ速さで進んで行った。

「姐さん。あれが秋葉《あきば》様の森で、武蔵屋は、あの森の左にござる」

船頭が大声で教えてくれた。簾戸《すど》ごしに見ると、左手で櫓を操りながら右手で進路左前方を指している。その方角には、水田の向こうにこんもりした森が見えた。距離はやや遠いが、その左が三囲《みめぐり》稲荷で、その先が長命寺の森だろうと、洋介は見当をつけた。

間もなく、船は左に折れてもう一つの水路に入った。船頭は、秋葉権現の森の近くにある小さな船着場に船を寄せると船をもやった。かなり客があるらしくて、四、五艘の屋根船や猪牙船がもやってあり、船頭たちがのんびりとおしゃべりしていた。洋介といな吉は、船頭が揃えてくれた下駄をはいて船着場に上がった。

船頭は、いな吉の荷物をおろしてから、他の船の邪魔にならない場所に自分の船を移して上がって来ると、

「旦那。あっしがお供致しやす」

といって荷物を持った。道は船着場から秋葉の森まで水田の中を一直線についている。洋介はゆっくり歩くいな吉を先に立ててついて行った。曇っているが、グレゴリオ暦ではもう六月下旬なので、歩くとかなり暑い。

ほととぎすがすぐ近くで鳴いた。日本橋からわずか五キロメートルしか離れていないのに、ここはもう市中の賑やかさがうそのような江戸の郊外だった。江戸の郊外はどこでも花が多いが、ここも左右に植えてある合歓と卯の花が今を盛りと咲いていた。左褄を取った意

秋葉神社（右下の森）
中央の橋が大川橋で、対岸向かって左の大きな屋根が本願寺、右の五重の塔が浅草寺。秋葉神社は右下に見える。
『江戸鳥瞰図』より

気な姿でその間を歩くいな吉は、まるで花の妖精のようにも見えた。

秋葉神社は、現在も同じ場所にあるが、神域の広さは、四ヘクタール近くあった江戸時代の十分の一もない。だが、この時代はほととぎすがしきりに鳴く松の生い茂った広い森に鎮座していた。信心深いいな吉がお参りを済ませると、船頭は、今度は先に立って案内してくれた。

神社の周囲には、参詣を兼ねた遊山客のための茶店や料理茶屋が多い。多いといっても、賑やかな門前町を想像してはいけない。林と水田ときれいな小川の間に卯の花と合歓が咲いていて、その間に風雅な茅葺《かやぶき》の建物が離れて建っている。遊山客らしい服装の人は、三々五々という感じで歩いているだけだ。

料理茶屋というから、日本橋や深川で見るような二階建ての大きな建物を想像して来たのだが、このあたりでは、広々とした庭の中に小ぎれいな平屋の離れが点々とあるのが普通で、料理屋という感じはしない。

「こちらでございます」

垣根をめぐらせたやや大きな建物の前で船頭が立ち止まった。見ると大きな藤棚の下に入口があり、横に〈むさしや〉とひらがなで書いた札がかかっていた。いな吉が入口をのぞくと、中から意気な縞柄の着物を着た愛想の良い女が、

「おいでなされませ」

船頭
屋根船や猪牙船の船頭は長い着物をぞろりと着ている。
『絵本江戸爵』より

といいながら出て来た。着物の着こなしを見ると、どうやらこの店のおかみらしい。彼女は、後ろに堂々とした体つきの洋介がいるのを見ると、上客と踏んだのか一層にこやかになっていった。

「お離れがあいております。お池のほとりで、お泊まりにもよろしゅうございます」

と、大層ものわかりが良い。いな吉がひと目で芸者だとわかる装いで遊びに来るのは、こういう場合に説明しなくて済むからだ。料理茶屋と芸者は、いわば身内のようなものだから、すぐに状況を察してくれる。

「じゃ、そのお離れで、夕御膳と明日の朝御膳をいただきます」

いな吉は、連れの男と一泊する意思表示をした。おかみが人を呼んで船頭から荷物を受取らせた。いな吉は用意してあったチップのおひねりを船頭に渡しながら、

「明日は、四ツ頃に迎えに来ておくんなさい」

と頼んだ。ちょうどその時、中から出て来た男ばかり三人連れの職人ふうの客が、

「おい、船頭さん。帰り船かね。どこまで行く」

と尋ねた。

「浜町で」

「そいつは、上々《じょうじょう》ぽちぽちだ。おれたちは駒形《こまがた》で降ろしてもらえりゃいいが、三百でどうだ」

武蔵屋
左下の一角が麦斗武蔵屋の一部。
かなり広い面積を占めていた。
『江戸名所図会』より

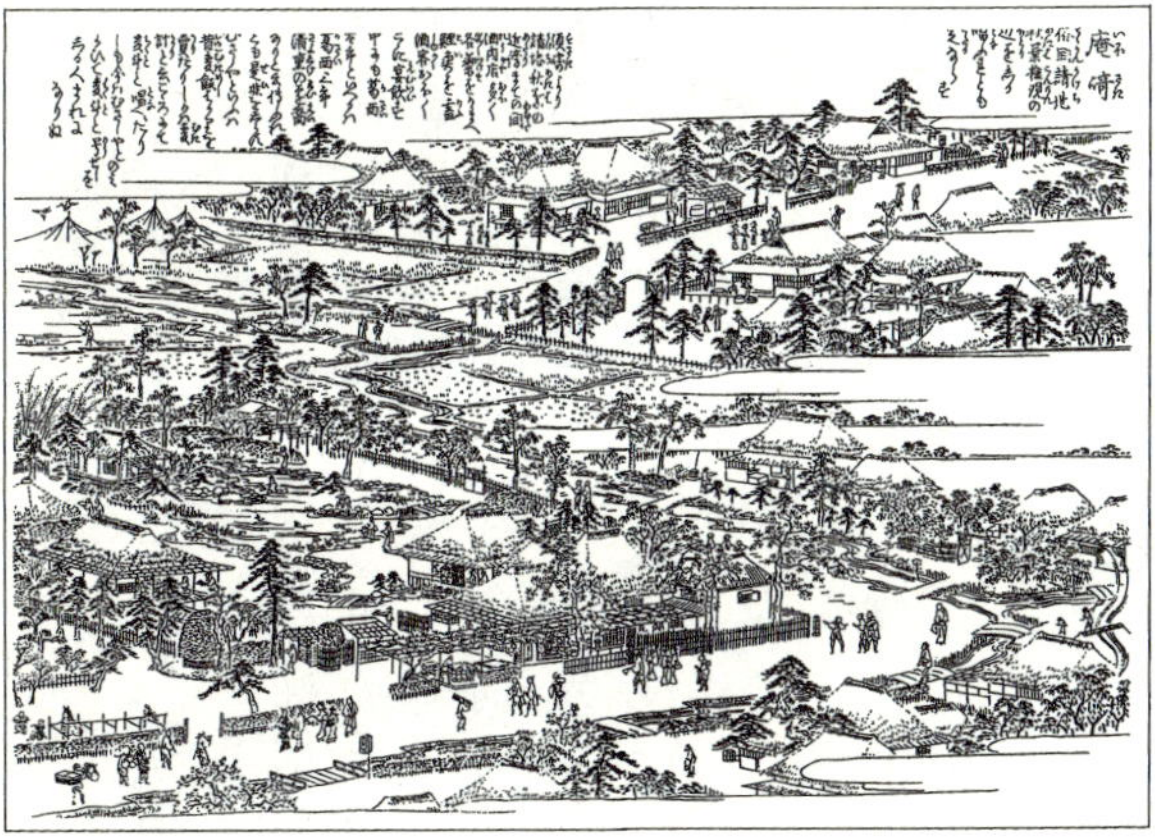

「へえ。有難うごぜえやす」

気前のいい客が帰り船に乗ることに決まって、船頭は嬉しそうに出て行った。洋介たちも何となく得をした気分になり、案内してくれるおかみのあとについて藤棚の下から母屋《おもや》の横を通って庭に入った。

少し行くと庭石や石灯籠を配した百坪ぐらいの池があり、大きな緋鯉が泳いでいた。池の周囲にも合歓が咲き、浅瀬にはまだ花菖蒲が咲いている。池を左廻りに行くと袖垣をめぐらせた掛け値なしに小ぎれいな離れが、竹やぶを背にしてたっていた。

「こちらでございます」

洋介が上がり口からのぞいて見ると、板敷きの次が三畳間で、その先の六畳間はすぐ目の前が池になっていた。ほととぎすがごく近くでしきりに鳴くので、洋介はあとから上がったいな吉を振り向いていった。

「願い叶って、ほととぎすがふんだんに聞けるじゃないか」

いな吉は縁側に立って、

「ほととぎすは鳴くし眺めもいいし、本当に良い所でござんすハ」

と満足そうだ。

「外から見えないように、簾《すだれ》を降ろしましょう」

おかみは簾を降ろしたが、外は明るいので内から池の方がよく見える。すぐに、仲居が茶を持ってきた。現代なら、和室でも茶菓子などを座卓におくが、この時代は読み書きのてぐらいしか机のたぐいを使わないから、盆にのせたまま畳の上においた。

「御膳までまだ一刻《いっとき》あまりもございますが、いかがなされます」

と、おかみがいった。いな吉は洋介の顔を見上げて、

「日が長いし、この辺は景色がいいから、着替えてあちこち見物したい」

「そうしよう」

「では、お出かけなさいまし。お湯の時にはそう申しますので、母屋へおいで下さいませ。どうか、ごゆるりと」

おかみは、歯切れのいい口調でいって戻って行った。

〽夏の夢　浅葱《あさぎ》の蚊帳《かや》も浅からぬ、
二人は縁に鳴神の
結ぶ四ツ手の紐解けて、
軒に色添う濡れ葱《しのぶ》

寝床の足もとの方で、いな吉が色っぽい唄を口ずさみながら寝支度をしていた。浅草弁天山で打つ暮六ツの鐘が聞こえてしばらくたつので、もう八時頃だろうと思いながら、洋介

は、行灯《あんどん》のほのかな光に浮かぶ彼女の姿を唄にある通りの浅葱の蚊帳越しに見るともなく見ていた。浅葱色とは濃い水色のことである。

もう外は真っ暗なのに、すぐそばでほととぎすが一声けたたましく鳴いた。

「近くで聞くと、なんだか鳥が悲鳴を上げているようでござんすネ」

と、いな吉が面白い感想を述べた。

夏至が過ぎたばかりのこの季節は、日が長い。二人はずっと縁側に座って夕暮れを見ていたが、気がつくと部屋の中は灯火なしには何も見えなくなっていた。食事のあと、仲居が食器をさげるとすぐ床を取り蚊帳を吊って行ったから、洋介は浴衣のまま横になり、夏ものの薄い仕立ての夜着《よぎ》をかけた。水郷だけあって、夜になると風が肌寒いほどなのだ。

この時代の江戸では、寝る時に現在のような四角い布団、いわゆる額《がく》仕立ての布団をかけることはまずない。着物のように袖のついた夜着《よぎ》、あるいは掻巻《かいまき》をかける。洋介が亡くなった母に聞いたところでは、日本橋あたりでは太平洋戦争前まで夜着を普通に使っていたそうだ。掛け布団が関西風の額仕立ての布団に切り替わったのは、戦中戦後のもの不足時代からで、布がたくさんいる夜着が作りにくくなったからではないかというのが、母の個人的見解だった。

いな吉は、湯上がりに着た中形模様の浴衣を肩から落としながら、片手に持っていた緋色の山繭ちりめんの長襦袢《ながじゅばん》を羽織り、その手で淡い紅色のしごきを締めた。まったく肌を見せずに着替えてしまったので、洋介は感心しながら夜着に顔を埋めた。いな吉は、浴衣を袖だたみしてから洋介の横に膝をついて蚊帳の中に入り、そのまま夜着を持ち上げて滑り込んだ。

「お前は、本当に唄が好きだな。何かというと唄っている。好きこそものの上手なれ、というのはいな吉姐さんのことだよ」

洋介は、左手でいな吉の華奢《きゃしゃ》な体を抱き寄せていった。

「アイ。唄より好きなのは、お前さまだけサ」

いな吉は洋介の首に両手を廻し、熱っぽくささやいた。

「それに、夜になってもほととぎすが鳴いているから、わちきも負けないように唄わなくちゃ」

「いな吉姐さんの口の方が、ほととぎすよりいい声を出す」

といいながら、洋介はその小さな唇に深く口づけをした。あまりにやわらかくてほとんどあるかないかわからないほどだが、敏感ないな吉はそれだけで軽くあえいだ。もう一度唇をつけてから両手で襟の合わせめを拡げ、手のひらで小さな乳房を包み込むようにしながらやさしく転がせば、いな吉はもううっとりとして、まだ熟しきっていない体のよろこびに身をまかせ始める。今のいな吉は、毎回これまで味わったことのない快感に夢中になるのが楽しくてならないのだ。

夜着
袖のついた掛け布団。
江戸ではこれが普通で、
昭和二十年代までの東京では
そう珍しくなかった。
『教草女房形気』より

すぐに乳房が固くなった。洋介は、爪を立てた右手で背中から腰にかけてのあたりを軽く掻くようにして刺激した。あちこちを同時に愛撫される快感がようやくわかってきたいな吉は、夢中で洋介にしがみついてあえぎ声を洩らした。洋介は、いな吉がまだ本当に目覚めていないことを知っているから、自分の欲望をおさえてひたすら彼女のよろこびを深めることに集中する。

いな吉がすっかり夢中になったので、洋介はしごきを解いて長襦袢の前を開き、自分も浴衣をぬいで、象牙細工のような体を抱き寄せた。まるで気を失ったようにぐったりしているので、体が燃えるように熱くなければ、人形を抱いているようだった。洋介は、彼女の滑らかな肌をしばらく撫でてから細い体を少し開き、潤んだ感じやすい部分にやさしく触れた。いな吉は、可愛らしい悲鳴をあげて洋介にしがみついた。

次第に刺激を強めていくと、いな吉のよろこびはさらに深まる。より強い快楽を求めて身をもだえ、よろこびの声をあげるようになった時、洋介は夜着を横にはねのけて彼女の体を大きく押し開き、狭い肉を貫いた。同時に、いな吉は甘いうめき声をあげて全身を震わせた。

行灯のほのかな光で目を閉じたいな吉の愛くるしい顔と白い体を見ながら、洋介はゆるやかに体を動かして、彼女の高まりを待った。稚《おさな》さの残っている肉体は時間をかけなくては高みに達しないのである。それでも、無我夢中で没頭しているいな吉は自分の入り込んでいる世界で次第に昇り詰めていった。

その様子は、彼女のあえぎ声がほとんど悲鳴のようになり、組み敷かれている小さな体がしっとりと汗で湿って、麝香の香りが立ち昇ってきたばかりか、のけぞらせた顔が、苦痛の表情と区別できないほど引きつっていくのを見てわかった。

やがて、いな吉は全身を痙攣《けいれん》させながらうわ言のようにいった。

「ああ、もうもう……」

洋介は、彼女なりの高まりに達したことを知って、激しく体を動かし、潤みきった体の中心を刺激しながら果てた。それを受けたいな吉は、一瞬眉を寄せてから、うめきとも悲鳴ともつかない声をあげ、体を激しく痙攣させながら力まかせに洋介にしがみついた。ずっとほととぎすの声を聞いていたせいか、洋介には、その声がどことなく近くで聞いた時の鳴き声に似ているように思えた。

やがて、いな吉の腕が下に落ちると、洋介は体を起こした。いな吉は疲れきって眠り込んだのか身動きもしない。洋介は、長襦袢の前を閉じてやり、夜着をかけ直した。

降る

洋介は、唐傘《からかさ》をさして雨の中を歩いていた。

大降りというほどではないが本格的な雨だ。もう五日間もほとんど休まず降り続いている。五月中旬までの晴天続きがうそのように、入梅《にゅうばい》になってからは雨続きだ。雨が降るのはいいが、現代の東京に住んでいては想像もつかないのが、江戸の道の悪さである。

本格的な梅雨に入ると、道のぬかるみが気になる。面積、人口ともに世界最大の巨大都市なのに、舗装道路といえる部分はほとんどないからだ。強《し》いて舗装道路らしい道を探せば、大きな寺や神社の参道ぐらいではなかろうか。石畳《いしだたみ》を敷いてある参道だけが、江戸の舗装道路なのだ。

日本橋や神田、京橋界隈の大通りは交通量が多いから、道路は砂利を入れてつき固めた上を大勢の通行人が踏み固めるため、泥に足を取られるほどの悪路はないが、それでも泥がはねるし、低い下駄《げた》や雪駄《せった》で歩けば足が汚れる。市中でも、通行人のあまり多くない新道《しんみち》などと呼ばれる路地に入れば、日和《ひより》下駄つまり歯の短い普通の下駄ばきでは足が泥だらけになるから、高下駄《たかげた》、足駄《あしだ》あるいは雨下駄《あまげた》などと呼ぶ下駄をはく。

普通の下駄の歯は、高さが一寸五分（約四・五センチ）程度だが、高下駄は、三寸（約九センチ）かそれ以上あるから、ぬかるみがよほど深くなければ足を汚さずに歩ける。洋介は、いな吉が下駄屋の実家から持ってきてくれた、この時代としては最大級の足駄をはき、井筒屋の屋号の入った唐傘をさして、降り続く雨の中を歩いていた。

洋介の十歳頃、近所に住んでいた老人が少年時代の思い出をいろいろ話してくれたが、特に印象に残っている話に、老人が小学生のときに校長先生から聞いた異国物語がある。それは、「イギリスのロンドンという大都会では、道が全部石で固めてあるから雨の日でも雪駄で歩ける」というのだった。

洋介の覚えている限りでは、舗装していない道路は都心部の日本橋地域にまったくなかったから、その話を聞いた時、なぜ舗装道路が珍しいのか不思議に思ったが、校長先生がそんな話をしたのは、老人が子供だった頃は、東京の町中でさえ雨の日に雪駄で歩けない道が普通で、だからこそ、遠い国の大都会の素晴らしさが印象に残ったのだろう。

雨の江戸を歩くたびに、洋介はその話を思い出すが、現代では当たり前になっている道路の舗装も、高度に進んだ技術を駆使し、膨大なエネルギーを使わなくてはできないことがよくわかる。

わざわざ雨の中を見物に出るといえば、いかにお江戸が大好きないな吉でも笑い転げるだろうから、洋介が家を出たのは、いな吉にお座敷がかかって元大坂町へ行ってからだった。そんなにまでして町へ出るのは、江戸は、雨の日は雨の日なりに美しいからだ。

　雨の日が良いのはなんといっても川端《かわばた》なので、洋介は、駕籠で木場へ行った時の道を永代橋へ向かって歩いていた。難波町の家からは一・五キロぐらいの道のりだから、ぶらぶら歩いて行くのにはちょうど良い距離だった。永代橋のすぐ右手前には、北新堀から南新堀にかかる日本橋川最後の橋、豊海《とよみ》橋がある。洋介は橋を通り過ぎてすぐ足をとめた。橋のたもとには柳が何本か植えてあり、木製の素朴な橋と対岸に並ぶ白壁の土蔵を背景に何ともいえない風情があったからだ。

「きれいだな」

　洋介は、思わずひとり言をいった。豊海橋は現代もあるが、この時代の位置より百メートルほど下流で隅田川の際に架かっている。生まれ育った蛎殻町《かきがらちょう》から大して遠くないので、現代の豊海橋がどうなっているかよく知っているし、今でも、都心部の橋としては風情がある方だと思っていた。だが、洋介の目の前にある木造の橋と雨に濡れた柳の緑の取り合わせに比べれば殺風景としかいいようがないのだ。

　しばらく豊海橋を眺めてから、洋介は永代橋に向かった。この時代の永代橋は、現在の同名の橋より百五十メートルぐらい上流の、日本橋川の左岸から架かっている。橋の上は分厚い板張りだから、足も汚れないし泥がはね上がる心配もない代わりに、地面を歩くのと違ってガタゴトと音がする。やはり、乾いたふつうの土の上を歩く方が楽である。

洋介は、散歩や近所へ買い物に行く時などは、東京でも下駄をはくことが多い。東京と江戸での下駄のはき心地を比べると、晴れた日なら舗装していない江戸の方がはるかに快適だ。コンクリートやアスファルトで石のように固めた舗装道路は木製の下駄には固すぎて、足から背骨に響く。

だからといって舗装しなければ、雨が降ると泥道になる。舗装道路が少なかった時代は、自動車のタイヤの外側にブラシのようなものを吊るして泥水が飛び散るのを防いでいたそうだが、泥道を自動車で走られては、通行人や沿道の店などはたまったものではなかっただろう。それでも、自動車そのものが少なかった時代はなんとか我慢していられた。

自動車も馬車もない江戸の町を歩くには、地面が乾いていさえすれば、舗装するより土のままの方がずっと楽だ。ところが、雨が降るとどろどろになって歩きにくい。うまくいかないものだと思いながら橋の半ばまで歩いて来ると、橋は中央部が高くなっていて、かなり見晴らしがいい。

雨が小降りになったので、洋介は橋の中央部で足をとめた。景色の美しさという点では、江戸は東京より飛び抜けてすぐれていると洋介は思っていた。

明治以後、東京は金儲けのための都市になり、景観を無視した開発つまり破壊と建設を進めてきた。東京でもっとも美しいのが皇居の堀端、つまり江戸城の景観の原形に近い部分だという点からもそのことはよくわかる。幕末期の江戸を見た西洋人が、江戸を美しい都市だと書き残した記録は多いが、現代の東京を美しい都市だといってほめ讃える外国人がめったにいないのは当然だ。

永代橋から見る雨に煙る隅田川も美しい。

雨の中でも大小の船が永代橋の下をくぐって隅田川の河口を上下していた。すぐ目の前が佃島だ。小さな島だが、ちょっとした森のように見える。木や草のようにむだなものはできるだけ切って、一グラムでも多くのコンクリートで地面を固めたり、雑木林を切り払って芝生を張りつけたりすれば、経済が発展して社会が豊かになるという進んだ経済学の知識がない時代だから、江戸市中でも市街地をちょっとはずれると、いたる所に木が繁っているのだ。

目の前に見える景色も美しいが、東京を知っている洋介には、余計なものが見えない美しさが好ましかった。東京には、これでもかこれでもかとばかりさまざまな人工物がひしめいている。子供の頃からこのあたりをよく知っている洋介には、今や高層ビル街になってしまった隅田川の河口部は鬱陶《うっとう》しく見えるが、江戸の永代橋からは、平屋か二階建ての家と、ところどころに立つ火の見櫓しか見えない。空が広くて、実にすっきりしているのだ。何でもごてごてとくっつけた方が美しく感じる人もいるのだろうが、素朴な下町育ちの洋介には、余計なものを削れるだけ削った方がすっきりして綺麗にみえた。

「意気は深川、いなせは神田」という場合の深川は、今ここで見る隅田川の東岸一帯ではなく、そこで働く辰巳芸者のことだ。日本橋にいても辰巳芸者の風俗を守っているいな吉を見ているとわかるが、彼女たちは、座敷へ出る正装の場合でさえ、この時代の女性としてぎりぎりまで装飾を少なくしている。

髪は水髪といって、鬢《びん》つけ油を使わず、水か水油だけで結い上げる。いな吉は、本当に水しか使わない。そこに、簪《かんざし》を二本と無反り一文字の単純な櫛《くし》をさすだけだ。若いいな吉は化粧もせず、足は素足。衣装は、地味に見える紋付きの裾模様だ。首から肩まで白粉《おしろい》を塗り、華やかな模様の入った衣装を着る上級武家の女性、貴婦人たちと正反対の装いをするところが魅力なのである。

江戸の風景もそれに似ていて、派手な色合いや余計なものがほとんど見えない。

佃島と湾岸の鉄砲洲《てっぽうず》の間は、主に上方《かみがた》と江戸を往復する大きな船の停泊地で、帆を下ろした船の帆柱が林立して見えた。大きいといってもせいぜい千石積み、つまり一五〇トン程度の船だが、高層ビルも大型タンカーもないこの世界では、充分大きく見えた。この程度の船で充分大きいと思っていたから、ペリーの乗ったわずか二四〇〇トンの砲艦が巨大軍艦に見えたのも当然だという気がしてくる。

世界の最先端を進む高度工業国の東京と、素朴な江戸の間を往復していると、何を見てもこういう具合に両方を比較してしまう。

隅田川の河口部
佃島と鉄砲洲の間は
上方からの貨物を運ぶ
千石船の停泊場に
なっていた。
『江戸名所図会』より

最初の頃は、たとえば、自然環境は江戸の方が良いが、人工的環境つまり便利さという点では東京の方がすぐれている、というように、比較というより率直な感想の程度を出るものではなかった。

だが、年上の方のいな吉との生活が五年たらず、年下の方のいな吉とも一年以上暮らしているうちに、江戸と東京を単純に比べてもあまり意味がないことが次第にわかってきた。一見便利なことが、本当に便利で良いことばかりなのか。一見不便なことが、本当に不便で困ることばかりなのか、簡単に決められない場合があまりに多いからだ。いや、多いというより、決められることなど一つだってあるだろうかという気がしてきたのだ。

進歩が大好きな人のように、古いものはすべて間違っていて、新しいアチラ式はすべて正しい、といってばっさり切り捨てられれば簡単だが、そうはいかない。

自分専用の自動車、高性能のパソコン、携帯電話、カラーテレビ、テレビゲームなどを持ち、コンビニエンスストアで手軽に買い物をし、冷暖房のできる空調機を据えつけた個室で暮らせる快適な生活をほんの二十年足らずの期間続けただけで、われわれの社会ではすでにごみの捨て場さえなくなりかけているからだ。

環境問題の著作で売り出した洋介は、今でも廃棄物問題や資源リサイクル問題に関する仕事で全国各地へ行き、現実にどんな問題が起きているか直接見聞することがある。そうやって経験をかさねているうちに次第にはっきり見えてきたのは、先進国型の生活と、資源のリサイクルができる持続可能型の社会は両立するはずがないという事実だった。

　現代の日本では、大まかにいって毎日一人当たり一〇万キロカロリー、つまり氷が溶けたばかりの摂氏零度の水一トン以上を沸騰させるのに必要なエネルギーを使っている。水一トンといえば、家庭用浴槽の五杯分に相当する。しかも、この膨大なエネルギーの少なくとも八五パーセントは化石燃料であり、燃やせば空気中の二酸化炭素が増えるだけでけっしてもとに戻ることはない。

　つまり、われわれは、一方へ進むだけでけっしてもとに戻ることのない電車の上で暮らしているようなものなのだ。資源の再利用やリサイクルという言葉は耳当たりが良いが、現代社会では、そのためにも相応のエネルギーが必要で、実際は、ひたすら前進するだけの電車の上で、後ろ向きに歩く努力目標を立てているにすぎない。ただし、これでも日本は、先進国の中でもっとも一人当たりのエネルギー消費が少ない国なのだ。

　ところが、洋介が今見ている社会は、まったく異質な構造になっていて、この時代の日本人は、ほぼ過去一年以内の太陽エネルギーの範囲で生きていた。計算は厄介だが、一年間に日本列島に降り注いだ太陽エネルギーの千分の一も使っていないだろう。

　具体的にいうなら、かつての生活の大部分は、太陽エネルギーによって生育する生長の早い植物を使って成り立っていたのである。したがって、どんな形で消費しても最終的には二酸化炭素と水になり、来年度には、炭酸同化によってまたもとの植物に戻った。

要するに、現代の工業社会が、基本的にリサイクルし得ない一方通行型の土台に乗っているのに対して、この時代は、リサイクルするのが当然の回転型の土台に乗っているのである。ほとんど無視され続けてきたことだが、この違いの大きさのせいで、二つの社会はまったく違う形になってしまった。

といっても、封建社会と民主社会の違いなどという表面的な政治体制の差ではない。骨の髄まで技術者である洋介の頭には、実験できない社会科学の理論について考える余地はほとんどなく、発想はきわめて具体的だった。

社会を乗物にたとえれば、エネルギー構造は動力であり、政治は運転のやり方にすぎないと洋介は考える。目先の運転が上手なら、走っている瞬間の当人の気分だけは良い。だが、運転手が民主政府だろうが社会主義政府だろうが、リサイクルしない構造の社会は遅かれ早かれ行き詰まる。

逆に、たとえ運転手が封建政府で、運転があまり上手でなくても、リサイクルする構造の社会は、安定して走り続けられる。

江戸で暮らしてまず感じるのは、人々のつつましさと我慢強さである。

ここには、使い捨てなどという進歩した発想はない。手習いで見たように、安い半紙でさえ、真っ黒になるまで何度も何度もかさねて書いて練習するほどだ。また、今なら捨てるほかない小さな半端の布、いわゆる端切《はぎ》れでさえ商品になっていて、女性たちが袋もののような小物や人形の着物などを作ったり、はぎ合わせて大きな布として利用したりするのである。

また、雨の日も風の日も夏も冬も、重いものを背負ったり天秤棒でかついだりして黙々と歩く江戸の人々の我慢強さには感心する。いな吉の場合でも、十二、三歳で旗本屋敷に奉公に出ている。現代なら義務教育を終えない年齢で親の庇護《ひご》を離れ、他人の家に住み込みで働くのだが、特につらい思いをしたとも思っていないようだ。

昔の人の物質的つつましさについて考える時、現代人はつい「節約している」と思いがちだが、実際に現場でよく見ているとそうでないことがわかる。

節約とは、十あるものを八しか使わない抑制した状態をいうが、江戸の人たちのつつましさは、積極的なつつましさだ。手習い用の半紙でも端切れの布でも、生産力が低くてものが貴重だからこそ、十あれば十全部を無駄なく徹底的に使って使い切る。使えるものを捨てる余裕はないのである。

こういう江戸式のみみっちい生活様式は、徳川時代の抑圧から生まれた悲劇的な貧しさによるという厳しい批判があることを、洋介はもちろんよく知っている。織田信長が代表するような戦国武将たちのように、積極的に武力を養い生産力を高めて、海外との通商を盛んにすれば、もっとものを豊かに使えるようになったはずで、徳川体制は全国民に我慢を強いたため、日本人に積極性がなくなった、というのだ。

だが、能天気に進歩を礼賛《らいさん》していられるのは、いわば運転の技術だけ見て、肝心の動力について何も考えない、あるいは知ろうとさえしない経済第一主義だからである。徳川体制を破壊して積極的な生き方を実行したのが明治維新だった。明治体制をさらに押し進めて、本格的に世界的な工業国への道を突進したのが太平洋戦争後で、アメリカ型体制へ切り換えたのである。この切替えは大成功で、日本は経済大国になった。アメリカを礼賛する人にとっては、きっと素晴らしい展開なのだろう。

我慢強さについても、似たようなことがいえる。

人類にとってはじめての理想的な奴隷、つまり化石燃料によるエネルギーは、不平もいわず反逆もせず、辛い肉体労働を黙々としてすべて代行してくれる。この場合も、表面に出ているのは、自動車や耕運機や電気炊飯器やジェット旅客機だが、いずれも、化石燃料がなければ置き場に困るだけのただの金属の箱にすぎない。

大きなエネルギーを安く使えるようになったおかげで、寒さも暑さも楽にしのげるし、現代人は我慢する必要がなくなり、苦労に耐えて我慢するのは封建的な奴隷根性だということになった。我慢などせずに、合理的に解決する道を探るのが封建制に別れを告げる進歩的な生き方だということになった。だが、この世では、けっして無から有が生じることがない。何かを得れば、遅かれ早かれ必ずどこかで代償を支払わなくてはならないのである。

無批判に膨大なエネルギーを使い続けた結果として、われわれはまず生命のもとになる水や空気が汚れたことに気づき、次はごみの捨て場がないという身近な問題に行き当たり、気がつくと、地球規模の異変に見舞われかけていることがわかってきた。

我慢の方も似たような結果になった。

我慢するのは愚かだから、嫌なことははっきり嫌というべきだとかいって、どこかの外国人のまねをして自己主張をしてみたが、新しがって満足していたのも束《つか》の間《ま》だった。たとえ新しい生き方をしても、この世から苦労が消えてなくなることはけっしてない。新しい世渡りも、やってみればそれなりに新しい不合理や苦しさが生じ、総合的にはけっして楽にならない。

伝統的な生き方をしていた頃は、苦労にともなう我慢も「いい経験だった」と思って納得できた。事実、苦労人というのはほめ言葉だったから、苦労を前向きに受け止めて心の栄養分にする人も少なからずいた。また、自分ではできなくても、そういう積極的な生き方を評価するのが普通だった。

ところが、苦労に耐えるのは封建的な愚行だということになれば、ごくありふれた苦労さえ消極的な苦痛にすぎなくなる。後ろ向きに生きればストレスが積みかさなるだけだ。〈自分探し〉だの〈癒《いや》し〉だのという、ついこの間までの日本人が聞いたことも考えたことさえもなかった奇妙な言葉や行為がはやるのも、我慢するのをやめた新しい生活の代償なのである。人間は、いずれどこかで代償を支払わなくてはならないのだ。

不便より便利な方がいいにきまっている。辛いことを我慢するより我慢せずに済めばその方がいいにきまっている。だが、嫌なことから逃げていても、いずれ何らかの形で代償を支払わなくてはならないというのが、かつての日本人の常識だった。

ところが、まことに困ったことに、進歩が好きな人は新しい制度や方法や機械などの長所の宣伝しかしない。新しいものの目先の利便性に目がくらんでいるから、短所が見えない。いや、無意識に見ることを避けているのである。

一人当たりでは日本人の二倍以上ものエネルギーを消費しているアメリカ式生活は、今や世界の標準、グローバルスタンダードだそうだが、裏を返せば、アメリカは世界一の犯罪大国でもある。刑務所に服役している犯罪者の数は、人口比で日本の十三倍。銃による犯罪が毎日……毎年ではない……二八〇〇件以上、レイプが六〇〇件以上、強盗が……いや、他国の揚げ足取りはやめるが、世界第一の文明を維持するための代償はけっして安くないことを知ってから、グローバルスタンダードに乗り換えてほしい。

この世に、良いだけのことは滅多にないのである。

雨が小降りになり、明るくなった。橋の上にあまり長い間立ちどまっていて、身投げ志願者と間違えられても困るので、洋介は、ゆっくり日本橋側へ戻り始めた。

この時代の日本は、偉大さとはほど遠い。

いな吉の唄を聞いても、内容は色恋沙汰ばかりだ。人類全体の喜びの唄など聞いたこともない。だがそこには、アフリカ人を強制連行して家畜のように売買しながらヒューマニズムを唱えていた悪質な偽善性はない。偉大ではないかもしれないが、素朴で正直である。

かつて十九世紀のロンドンへ転時した時に、洋介は、ブラックフライアーズ橋の上からテームズ川を眺めたことがあるが、外洋を航海できる大型帆船が方々に停泊して、世界中から集まった貨物を積み下ろし、世界の工場と謳《うた》われたイギリスの工業製品を積み込んでいた。その繁栄ぶりは素晴らしいと思ったし、五階から七階の石造のビルが整然と並ぶ市街も、いかにも日の沈むことのない大帝国の首府にふさわしかった。

同時代のロンドンに比べると、江戸はまことにはかない大都市である。隅田川の河口に停泊している船は、外洋どころか日本の沿岸の航海がやっとで、大波をかぶればすぐに浸水して沈没する、いわば大型の盥《たらい》の船である。町並みも、ロンドンに比べるべくもない安手の木造で、風上で火をつければすぐに大火事になる。

だが、繰り返していうが、良いだけのことはないのだ。洋介の下を流れる隅田川の河口部の水が飲めるほど清らかで、白魚が自然に繁殖していたのに対して、テームズ川の水は悪臭を放つ汚水だった。

また、人口百万を超す大都会でありながら、ほぼ完全なリサイクル構造だった江戸に対して、ロンドンは、現代の日本人のエネルギー使用量の一〇パーセントぐらいの大量の石炭を燃やす一方通行型の社会になっていた。そのため、秋から冬にかけての半年間、スモッグという言葉の元祖になった黄土色《おうど》の濃霧がしばしば発生し、呼吸器障害にかかる人が多いのはもちろん、数メートル先も見えなくなって交通機関が停まることさえ珍しくなかった。しかも、当時の人は、この状態が高度工業国の象徴ぐらいに考えて、二十世紀の中頃まで放置していたのである。

憧れの外国の上《うわ》っ面《つら》を見て来た人が、あちらではうまくいっている、とほめまくるのを聞く時、洋介は、その裏側にひそむマイナス面を見逃さないようにしている。

日本橋側に戻って豊海橋のあたりに差しかかった時、また雨が強く降り始めた。横丁を通って近道をすれば足が汚れるので、洋介は、踏み固めてあってぬからない広い道を選んで歩いて行った。それでも、時には足駄の歯が泥に埋まってしまうことがある。

せめて、表通りぐらいは、全面舗装とまではいかなくても、道の中央部ぐらいは石畳にでもしておけばいいのにと思いながら歩いているうちに、洋介はふとあることを思いついた。

江戸の夏の暑さである。

江戸でも夏が暑いことに変わりないが、東京の暑さとまったく違う点がある。暑いのは日が照っている昼間だけで、日が沈むと急に気温が下がり、夜中から明け方にかけてはかなり涼しくなる。洋介の経験では、江戸で最低気温が二十五度以上の熱帯夜はなかった。

この時代の日本が、現代の日本より気温が低かったのも事実だが、夏の日没後に気温が早く下がった理由は、家の大部分が木造で、道路も土のままだったからである。現代の東京では、町の中心地はどこでも鉄筋コンクリートのビルが建ち並び、住宅地でさえ鉄筋コンクリートのマンション化が進んでいる。それればかりか、道路もすべて舗装してあって、雨が降っても地面が水を吸わないため、下の土は乾ききっている。要するに、町全体が石の固まりのようになっているのだ。

石やコンクリートは、いわゆる熱しにくく冷めにくい物質だから、真夏の太陽に照りつけられて温まってしまうと、日が暮れても容易には温度が下がらず、熱帯夜が何週間も続くという異常事態になるのである。熱帯夜になれば、夜でも冷房をする。冷房装置とは、室内の熱を室外に送り出すためのポンプだから、送り出された分だけ室外の温度が上昇するばかりか、冷房装置を運転することによっても熱が出るから、さらに暑くなる。つまり、悪循環に陥っている。

これに対して、江戸の建物の本体は、熱しにくく冷めやすい木材でできている。道路も土のままだから、雨が降れば地面が水を吸い込めるだけ吸い込んで、地面の下はいつでも湿っている。そのため、太陽が照りつけても、水の蒸発によって温度上昇がおさえられるし、夜になればすぐに地面の温度が下がる。

太陽エネルギーだけ使って少しでも快適に生きるためには、雨の日にぬかるみになるぐらいは我慢するほかないのだと思いながら、この世に、良いだけのことは滅多にないという思いを嚙みしめて、洋介は泥道を歩いて行った。

ようやく家へ辿《たど》り着くと、いな吉は先に帰っていたが、足が泥まみれで背中にまで泥をはね上げた洋介の姿を見て、あきれ声を出した。

「アレマア、お前さま。泥だらけになって、なんでマア、コンナお天気の日にわざわざ外へお出かけにおなりかェ。ご用がおありなら、おみねさんにそういって、宿駕籠《やどかご》を呼んでいらっしゃればいいのに」

「用事じゃない。ただ、雨の中を歩きたかっただけさ」

「お前さまはホンニもの好きな。さあ、早くお着替え遊ばせ」

口では物好きをとがめながらも、実は洋介の世話をするのが嬉しくてたまらないから、いな吉は世話女房のように甲斐甲斐しく着替えを持って来る。

「おれは江戸が大好きだけれど、雨の日のぬかるみは苦手だ」

洋介は、汚れた着物を脱ぎながら愚痴をいった。

「でも、ぬかるみがなくなれば困りますハ」

いそいそと着替えを手伝いながら、いな吉は意外なことをいった。

「なぜ困るんだい」

「だって、わちきの実家は下駄屋だから、足駄が売れないと困ります」

洋介は、思わずいな吉の顔を見たが、別に冗談をいっているわけでもなさそうだった。そういわれてみると、足駄が売れないと下駄を作る職人が困る。下駄用の材を扱う業者が困る。その材木を育てて出荷している山の人々が困り、林業が衰えて山が荒れる。風が吹けば桶屋《おけや》が儲かる、というのに似た論法だが、植物に依存しているリサイクル型社会では、あらゆることが微妙につながっているから本当にこうなりかねない。

いな吉の実家のためにも、江戸の夜が熱帯夜にならないためにも、泥道を我慢しなくてはならないのだと、洋介は改めて思い直した。

消す

陰暦六月十三日、グレゴリオ暦七月二十日。夏の盛りだが、曇っていて戸が時々がたつくほどの風があるせいか、じっとしていればあまり暑さを感じなかった。朝食を終えた洋介といな吉が茶を飲んでいると、半鐘《はんしょう》が聞こえた。

「アレ。半鐘でござんすヨ。あまり近くじゃないみたいだけれど火元はどこだろうネ」

いな吉が気になるようにいった。

「多分、神田だろう」

洋介はさり気なくいった。

江戸の町では、火事を知らせる半鐘の鳴らし方に一定の決まりがあり、音を聞いただけで遠くの火事か近くの火事かわかるようになっていた。遠くならジャン……ジャン……ジャンと一打ずつ、近くならジャンジャン……ジャンジャン……ジャンジャンと二打ずつ鳴らす。さらに近火になればジャンジャンジャンジャンと連打し、本当に近い場合は半鐘の中に撞木《しゅもく》を入れて掻き回すのだ。これが擦半《すりばん》つまり擦半鐘の略で、ジャジャジャジャジャという異様な音になる。

今聞こえるのは、一打ずつゆっくり打っているから、いな吉のいう通りあまり近くではない。

「モシ。姐さん」

障子の外から留吉が声をかけた。

「今、火の見に上がって見ましたところ、火元はどうやら神田の方でござります」

いな吉は驚いた様子で洋介の顔を見たが、急いで立ち上がると立ったまま襖を開けた。留吉は、廊下に膝をついて、いな吉を見上げてから、洋介の方を向いた。

半鐘の音を聞いてすぐ留吉が登った〈火の見〉とは、自身番などに付属している共用の火の見櫓ではない。江戸の大きな商店の屋根の上には、簡単に木で枠を組んだ展望台がついている場合が多いのである。江戸の町中では、総棟高二丈四尺（約七・三メートル）という建物の高さ制限があって、視界をさえぎる高層ビルなどないから、二階の屋根に登りさえすれば遠くが見通せるのだ。

毎日のようにどこかで火事のある江戸では、今の火事がどのあたりで、風がどの方向に吹いているかを知ることは、商店の経営者にとって時には商売の先行きにもかかわる重要な情報だったから、自分の目で確かめたいと思う人が多かった。用心深い井筒屋は、持ち家全部に火の見をつけていたから、あまり大きくないこの家でも屋根の上に登れるようになっている。

「そうか」

洋介は、うなずいた。

「風は辰巳《たつみ》(南東)よりに吹いておりますから、ご心配に及びません」

「おや、そうかェ。有難う」

いな吉は、畳に膝をついて留吉と向き合いながらいった。

「風向きが変らなきゃいいけれど……」

留吉が襖を閉めるのを待って、いな吉はいった。

「お前さまは、ご存じだったのかェ」

「くわしいことはわからないが、今日あたり神田で火事があることは知っていた」

この日、神田仲町《なかちょう》に火事があることは、神田の名主だった斎藤月岑《げっしん》の書き残した記録集『武江《ぶこう》年表』に出ている。ただ、この記録によれば、早朝の火事となっているが、朝食が五ツ頃、この季節では六時過ぎだったから、火事は朝の七時頃になり、少し時間がずれている。地元の神田のことだから記録の間違いとは思えないので、洋介は、自分が時間的に少しずれた江戸に来ているのではないかと思った。

いな吉にとって、そんな思いは理解のほかだから、ただ、

「本当に、お前さまは不思議なお方でいらっしゃる」

火の見
商店の屋根の上にある火の見。ここでは七夕の竹をくくりつけている。
『江戸府内絵本風俗往来』より

と感心していった。だが、いな吉は、仙境の人である洋介に予知能力があるのが当然だと思っているから、それほど驚いた様子はなかった。

「大きな火事にならなきゃいいけれど」

「大丈夫だ」

洋介はいな吉を安心させるようにうなずいてから立ち上がった。月岑は火事をくわしく記録しているが、この火事は大火ではなかったようだ。

「火事場を見に行って来る」

江戸の火事を見逃すわけにいかないので、洋介はそういいながら立ち上がった。

「お前さま。充分に気をおつけ遊ばして。いくらお前さまが仙境のお方とはいえ、あまり火のそばへいらっしゃれば、きっと危のうござんすから、めったなことをなさって下さいますな」

いな吉は、内心ではまたもの好きが始まったと思っているが、洋介が異常な能力のある人間だと信じているから、内心ではそれほど心配していない。

「心配しなくても、おれは臆病だからあまり近くへは行かないさ。火事が収まったらすぐに帰って来るからな」

いな吉と留吉夫婦に送り出されて外へ出て見ると、やはり火の手は北西の方に上がっていた。神田仲町は、現在の秋葉原《あきはばら》電気街の一部で、万世橋《まんせいばし》と秋葉原駅の間あたりにあった町で

火の手が上がる
『江戸府内
絵本風俗往来』より

ある。難波町から約一・五キロだから、歩いて二十分ぐらいしかかからない。現代の東京と違って交差点の信号待ちがないから、思ったより早く行けるのだ。

洋介は、足早に歩き始めた。江戸時代初期、この位置にあった吉原遊廓の中央を貫いていた道で、現在も同じ位置にある大門《おおもん》通りをまっすぐ北上して狭い龍閑寺《りゅうかんじ》川を渡ると、日本橋の地域から神田側に入る。火元まで一キロもありこちらが風上だが、日本橋側と違って半鐘を打つ間隔が短くなり、人々の動きも慌ただしくなった。

まっすぐ行って神田川の柳原土手に出ると、神田川の向こうに煙が上がっているのがはっきり見えた。洋介は、火事場目指して駆けて行く人々といっしょに、百メートルほど川上に架かっている和泉橋を渡った。このあたりの神田川の左岸は、幅が百メートルはありそうな火除《ひよ》け地、つまり建物のない広場になっているから、よほどの大火でない限りこちらへ類焼する危険は少ない。

野次馬《やじうま》に交じって汗びっしょりになって走って行くと、半鐘の音も、ゆっくりした連打から二連打に変わり、安全な方角から火事見物に来た大勢の野次馬が煙を目指して走って行く。野次馬に加わって筋違《すじかい》橋に近づいた時、火がばりばりと音を立てながら燃え広がっていくのが見えた。消防技術が発達している現在の東京では、けっして見ることのできない派手な火事である。この近辺の半鐘はもちろん擦半《すりばん》で、ジャジャジャジャジャジャとやかましく鳴り続けている。

消火活動と避難民
『江戸府内
絵本風俗往来』より

「火事だ、火事だぁ……危ねえぞ、どいた、どいた、どいたあ」

威勢の良いかけ声を上げて、振りかざした纏《まとい》を持った男が先頭に立ち、梯子《はしご》や鳶口《とびぐち》などを持った火消しの男たちが駆け抜けて行く。火が燃え広がって行く火先では、家財道具を担ぎ出している家もあるから、大変な騒ぎだった。

大きな包みを背負い、呑気《のんき》な顔で子供の手を引いて行く職人風の男がいる。小さな風呂敷包みを背負って、顔見知りらしい女に笑顔で挨拶しながら、あとについて行くのは、女房だろう。どうやら、裏長屋の自宅の運命に見切りをつけて全財産を持って避難して行くところらしい。

資産の多い金持は大変だが、大事な女房子供を引き連れて逃げればすむ庶民は、気楽なものだった。学生でさえトラックなしには引っ越せない豊かな現代人と違って、全財産を夫婦でかついで持ち運びできるし、裏長屋の借家ならすぐ見つかる。しかも、火事になればその月の家賃は払わなくて済むから、今まで住んでいた裏長屋が丸焼けになったところで損害はないに等しい。今月は、今日までただで住んだだけ得したと思っているような、のどかな表情だった。

燃え広がって行く様子を見た洋介は、第一線の消火活動を見るために火の手の進行方向を真横から見られる筋違橋のたもとへ行った。ここは野次馬たちの恰好の見物席になっていたが、小柄な江戸の人々の間に立っていると、背の高い洋介はどこにいても前が見えるが、大男が人ごみの中に突っ立っていれば後ろの見物人の邪魔になるので、最初から道端に寄ってじりじりと現場に近づいた。

　あまり風の強くない季節なのが幸いして、広い範囲に燃え広がる様子ではなかったが、火事そのものの起こす風がぴゅうーっと吹くたびに、火は轟音《ごうおん》を立てて燃え上がって火の粉や火のついた板などが舞い上がり、火の手が南へと流れた。風下にある乾き切った家がすぐにいぶり始める。

　ようやく場所を確保した洋介は、火が恐ろしい音を立てながら神田仲町の一ブロックを炎に包んで燃え広がり、刺し子のはっぴを着た火消しの男たちが、必死になって火に立ち向かっている様子を見た。火の手が近づいた家の中からは、火消しや家の人たちが家財道具をどんどん運び出している。家財を守ると同時に、燃えるものを減らしているのだ。あたりは、箪笥、長持、畳、襖、障子から行灯までがごたごたと積み上げられて、足の踏み場もない。

　驚いたことに、燃えさかっている家のすぐ横の屋根の上に纏を持った男が二人立っていた。男の周囲では、近づいて来た火の手から舞い上がる火の粉を浴びながら何人もの男たちが、金《かな》テコのような道具で屋根瓦をはがしては地面に落とし、むき出しになった屋根板をめくって捨てている。

　消火に当たっているのは、いわゆる〈いろは四十八組〉の町火消《まちびけ》しの男たちである。彼ら

纏持ち
自分の組がここから先は消せると判断した場所に立つ。
『江戸府内絵本風俗往来』より

は消火の専門家ではあるが専業の消防士ではなく、普段は土木工事をなりわいとしている鳶《とび》職《しょく》たちだった。十八世紀はじめまで、町屋の火事は町人たちが自分の手で消すことになっていたが、高い所に登って危険な消火の仕事をするのはしろうとの手に負えないため、みすみす火事の災害を拡げてしまうことが多く、江戸は大火の多い都市だった。

そこで、有名な大岡越前守忠相《ただすけ》が町奉行の時代に、町の鳶職を組織して作りあげた消防のための制度が町火消しで、結果としては成功だった。鳶職は高い所で働くのに慣れているばかりか、家屋の構造にもくわしいから、破壊消防の専門家としてはまさに適役で、町火消しが本格的に活動し始めてからは、江戸の大火事は明らかに減った。

ついでに書いておくと、いろは四十八組といっても、へ・ら・ひ・んの四組だけは、語呂や縁起が悪いというので、百・千・万・本の四文字に置き換えてある。また、隅田川の対岸の本所・深川には、これとは別組織の十六組があった。

神田のこのあたりは、よ組の管轄だが、火災が拡がると周辺のい組やに組、万組も駆けつけてきて消し口を取る。消し口とは、自分の組で延焼を食い止めようとする目標の家のことで、そこから破壊消火の仕事を始めるのである。

単純な木造家屋の火事だから、現代なら、五分もたたないうちに消防車が五台も十台も集まって来て強力なポンプで大量の水をかけ、一、二軒類焼した程度で消し止めてしまうところだが、この時代は火消しといっても火そのものを消す能力はほとんどない。十八世紀末頃

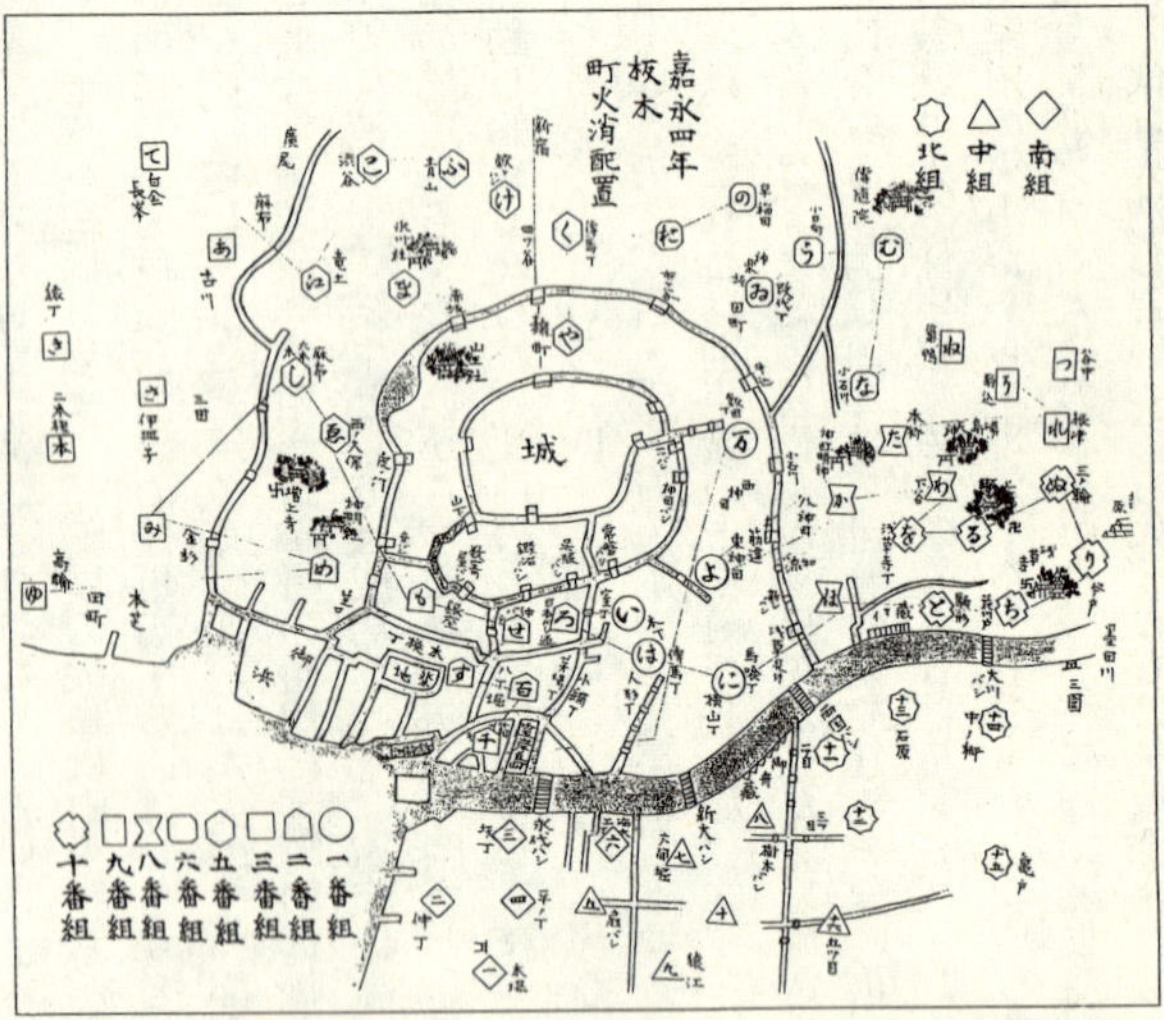

火消しの組の分担地図

からは龍吐水《りゅうどすい》という木製の手押しポンプも使っていたが、このポンプは、勇ましい名前のわりには心細く、太さが人の親指ほどしかない水がたかだか数メートル飛ぶだけだから、現代人の感覚では、おもちゃに毛の生えた程度の道具だ。

せいぜいのところ、火が遠いうちに屋根の上を濡らして、飛火を防ぐ程度の役にしか立たなかったし、洋介の見ている前で二人の男が必死で柄《え》を上下させている龍吐水の一筋の水は、火に向けられているのではなく、燃え盛る火を前にして屋根の上に立っている纏持ちの男の体を濡らしていた。

この時代の消火は、今燃えている火を消すよりも、延焼を防ぐのが主力だった。それも、風下にある家が燃え上がる前に壊しておく、いわゆる破壊消防に重点をおいていた。充分な水が使えない以上、それがもっとも手っ取り早い手段だったのである。

せっかく不燃性の瓦で屋根を葺《ふ》いてあるのに、それをはがしてしまうのは、ちょっと考えるとばかげているようだが、火事の本場でしょっちゅう消火に当たっている経験豊富な火消したちが、命がけで無駄なことをするはずがない。燃えない瓦屋根は、上から落ちてくる火の粉には強いが、火が横から入った時には、上へ燃え上がりにくい代わりに、屋根の内側を水平に走って簡単に隣家に飛火する。火が迫って来た時は、はがした方が破壊消防の効果が上がるのだ。

いうまでもないことだが、いかに破壊消防といっても、水を全く使わないわけではなかっ

E・S・モースの描いた明治初年の東京の消火
屋根に纏持ちが何人も立っている。
これだけの組が消火に当たったことになる。
『日本その日その日』より

た。どの町にも、水を満たした四斗樽《とだる》に町名を書いた防火用水が道端のあちこちに積んであるばかりか、大きな防火用水桶《みずおけ》も手桶といっしょに方々においてあって、消火のためにすぐ使えるようになっている。破壊して行く周辺部では、その水を汲《く》んでは家々にかけて、必死になって類焼を防いでいた。

こうやって激しく動き廻っている地上の人々とは対照的に、屋根の上に纏を立てた纏持ちの男は身動きもせずに突っ立っている。纏持ちは、配下の者がこの場の消火に当っていることを示すだけのために立っているのだ。纏持ち自身はじっとしているから、もちろん、人々の勇気を奮い起こす以外には、まったく消火の役には立たない。しかも、立っている当人は非常に危険であり、焼死することさえまれではなかった。

近所の商店の土蔵では、戸の合わせ目に左官が土を塗りつけている。上品に鏝《こて》など使っているひまはないから、地面でこねた土を両手ですくって壁に叩きつけ、そのまま手でなすりつける。これを目塗りというが、目塗りによって土蔵を密閉してしまえば、分厚い土壁で守られた内部に火が入らず、中の商品が助かる率が高かった。

火は、風下へ向けて燃えていたが、風そのものが弱い上に、火先の建物が壊されて燃える部分が少なくなったところへ水をたっぷりかけるので、次第に下火になってきた。纏持ちの男が突っ立っている屋根のほんの五メートルぐらい先まで燃えてしまったから、この男は火の粉を全身に浴び迫り来る猛火を目の前にしながら、身動きもせずに突っ立っていたことになる。

洋介がついて三十分もたたないうちに、火はあちこちでくすぶっているだけとなり、ちょっとでも炎が見えると寄ってたかって水をかけるから、もう燃え上がることはなさそうだった。燃えた面積は、五十メートル四方ぐらいだろうか。真冬の乾いた空っ風に吹かれて百ヘクタールを焼き尽くすような火事に比べれば小規模な火災という感じだが、それでも火消したちが命がけで働く様子は印象的だった。

見ている時は夢中だったが、曇っているとはいえ夏の盛りである。洋介は、着物の上ににじみ出そうな大汗をかいていることにはじめて気づいた。

そのまま、急ぎ足で帰ると、いな吉がそそくさと出て来た。

「お前さま。井筒屋の若旦那さまがお見えでいらっしゃいます」

井筒屋はこの家の持ち主で、新川《しんかわ》の大手下《くだ》り酒問屋である。忠太郎はなかなかのやり手だがまだ四十前で、医師涼哲の幼なじみの親友だった。昨年の初夏、洋介が江戸へ転がり込んだばかりの頃、ひどい衝心脚気で命も危なかったのを涼哲に頼まれてはじめてビタミンB_1の濃縮液で治療した患者だった。その治療が劇的な成功をおさめたため、洋介は、命の恩人として厚くもてなされているのだ。

慌てて家に入り茶の間へ行くと、きちんと座って待っていた忠太郎が、ほっとしたような笑顔を見せた。

「これは、先生。お近くを通りましたもので、ご機嫌を伺いにお寄り致しましたところ、火事を見にいらっしゃったとかで、心配致しておりました」

「年甲斐《としがい》もなく、火事に夢中になっていてお恥ずかしい。しかし、あまり大きな火事ではないし、遠くから見ていただけなのでご安心下さい」

洋介は、頭を掻いた。その時、襖が少し開いて、いな吉が顔を出した。

「煮花をお入れ致しました」

「お出ししておくれ」

「アイ」

いな吉は、湯呑をのせた盆を持って入って来ると、二人の前に熱い茶をおいた。現代人は、夏には冷たい飲み物を飲むが、冷たいものといってもせいぜい深井戸の水ぐらいしか手に入らなかったこの時代の人は、夏にも甘酒など熱い飲み物を飲む。食中毒の危険を避けるための経験的な習慣だった。

「いい香りだ」

一口飲んでから、洋介がいった。

「アイ。これは、近頃この辺で評判の豊島町の清風《せいふう》サ」

「これがそうか」

忠太郎もうなずいて、半ば独り言のようにいった。

「確かに評判だけのことはある。うちも、早速取り寄せよう」

洋介には、何のことやらわからないが、〈清風〉というのは、豊島町の伊勢屋という葉茶屋で売り出した茶のブランドで、この当時評判になっていたのである。

いな吉はそれを聞いて、

「うちでも、評判を聞いて今日買いましたのサ」

といってから洋介に向い、

「お前さま。若旦那は、今日、上方から着いたばかりのご酒をお届け下さったのでございますヨ」

「いつもお心遣いをいただいて、有難うございます」

洋介は、頭を下げてから尋ねた。

「ところで、江戸の火事を今日はじめて見ましたが、屋根の上で纏を持って突っ立っている男、あれは何をしているのかお教え下され」

「纏持ちでござりますな。火消しの組には、いちばん上に組頭いわゆる頭《かしら》がおりまして、次があの纏持ちでございます。その下に梯子持ちが二人おりまして、次が平人《ひらにん》、その下が人足と申します。屋根の上に纏を立てますのは、ここより先は燃やさないという目印でございます。纏を立てる場所を決めますのは、大変むずかしいらしく、あまり火元に近く立てれば守りきれず、あまり遠くに立てれば多くの家を見捨てることになって恨まれまする。これが頭《かしら》

火消しの夫を送り出す　『江戸府内　絵本風俗往来』より

と纏持ちの腕の見せどころでございまして、その代わり一度立てれば火が迫ってもなかなか動くことではございませぬ。時には、最後まで踏みとどまって、家とともに焼け落ちて大怪我をする者も死ぬ者もおります。何せ、気負《きお》いの者どもは、命よりも意地が大事という兄《あに》さん連で、まあわれわれとは肝っ玉が違っております」

「纏持ちになるのは、どういう男でござるか」

「火消しは、すべて仕事師つまり鳶の者が致します。組頭は親子代々継いでいきますが、纏持ちは、人足から出世してなります。仲間内から一目おかれておりませぬと、手下がいうことを聞きませぬゆえ、おのれに度胸があり火事場に慣れているところを常々見せておき、一段ずつ上がって参ります。鳶になる者は多うございますが、纏持ちになれる者は滅多におりませぬ」

「それで、纏持ちになれば賃金が上がるとか、何か良いことでもございますか」

「表向きはございませんな」

忠太郎は笑った。

「纏持ちが勤まるほどの鳶なら、普通の日当も七百文は出ましょうが、町入用《ちようにゆうよう》から出る纏持ちの手当ては、月に五、六百文ぐらいでございます。日当にもなりはしませぬ。火事の時は別に手当てが出ますし、火事装束の法被《はつぴ》、股引《ももひ》き、頭巾なども もちろん町で渡しますが、金銭としてはわずかなもの。金が目当てなら、あれほど危険な仕事はとてもばからしく

仕事師　纒持ちらしいいなせな仕事師と女房。『春告鳥』より

て勤まるものではござりませぬ」

「すると、何が目当てで……」

「火事は誰かが消さねばなりませぬ。鳶の者は、それができるのは自分たちだけだと知っております。気負い者は、意地も張りも強うございますゆえ、あのように先立って火事場に身をさらすのでございますよ」

「お前さま。鳶の頭《かしら》や纏持ちの兄《あに》さんあたりは、町内のまとめ役なんでござんすヨ」

いな吉が口をはさんだ。

「擦平が鳴れば、みんな荷物を担いで火から逃げます。その時、火に向かって行くのは火消しの衆だけでござんす。いざという時、自分たちのために命を捨てて働いてくれる人は、ふだんでもまわりに立てられますから、隣町とのもめごとに、頭を仲人《ちゆうにん》に立てて収めることはよくあるのでございますよ。このあたりじゃ、髪結いも纏持ちの兄さんあたりからは、お金を取りません」

「もてるんだ」

「もてるというより、あてにされております。子供にも人気がございます」

「さよう」

忠太郎がうなずいた。

「あてにされているだけに、いざとなれば卑怯《ひきよう》な振る舞いはできませぬ。火中に命を捨てる

火消しごっこ
戦争はなく犯罪も少なかったので、
江戸の男の子たちにとって火消しが
もっとも勇ましい職業だった。
縄の纒を持っているのはがき大将だろう。
『江戸府内　絵本風俗往来』より

者があるのは、ふだんの義理へのお返しという気持が強いからでございましょう」

「死ぬと、家族はどうなるのでございましょう」

心配になった洋介が尋ねた。生命保険などあるはずもない時代なのだ。忠太郎は、きっぱりと答えた。

「仙境のことは存じませんが、俗世にては、死ねばおしまいでございます。妻や幼い子がいれば、当座は困らぬように世話を致しますが、火消しの女房になるほどの女は、気が強うござりますれば、なんとか渡世を致します」

——義勇兵なんだ——

洋介は、心の中でつぶやいた。

消防が本職ではない鳶職は、火事の時だけボランティアとして消火に当たった。というより、そのために鳶職になっているのだ。英語のボランティアという言葉には〈義勇兵〉の意味があるが、死亡年金などあてにせず、命がけの仕事を自分から進んで引き受けるという意味ではまさに義勇兵に近い行為だった。

だが、江戸の火消しは義勇兵と同じでもない。軍隊組織では、危険な前線の仕事ほど地位の低い兵士が担当する。この常識に従うなら、危険な仕事ほど新米の鳶職の仕事になるが、江戸時代の町人の発想は、こういう西欧風の常識とはまったく逆だった。

忠太郎がいったように、鳶の組には五つの階級があり、もっとも低い階級の人足は、別名を〈土手組《どてぐみ》〉といって雑役専門《ざつえき》。まだ火消しの人数には入れて貰えない。その上が、やっと鳶口を持たせて貰える平人という階級になる。軍隊でいうなら兵卒というところだ。その上が下士官級の梯子持ち、さらにその上が士官級の纏持ちで、最後がそれぞれの組の組頭、いわば部隊長になる。

組頭は、組の総合的な指揮官だから、纏持ちは、いわば前線指揮官のような地位で、鳶職としては憧れの地位だった。その纏持ちが、先頭に立って責任と危険に身をさらすのである。

合理的な現代人なら、こんな仕事は不合理かつ人権無視だとしか思わないだろうが、江戸人の感覚はまったく違っていて、纏持ちはむしろ名誉な仕事として、進んで火事場に命を賭けていたのだ。

鳶職は強制されてなる職業ではないから、纏持ちになったところで、昔の日本軍の将校のような権力があるわけでもない。せいぜい、狭い町内で少し顔がきく程度の役得しかなかった。それどころか、纏持ちになれば、火事のたびに自分の組の消火範囲を決めて命がけで猛火の中に突っ立っていなくてはならないのだ。そんな危険な地位になぜ憧れるのか、現代人にはその気持をほとんど理解することができなくなっている。

その理由は、われわれが金銭以外の価値の規準をほとんど失ってしまったからだろう。もちろん、鳶職が金銭に無関心だったはずはない。金は人並みに好きだったが、彼らには、金銭のほかにもはっきりした価値の規準があったとしか思えないのだ。

現代人には理解しにくい心境だが、ほんの百年そこそこ前までの先祖は、名誉とか誇りとかいう言葉の意味を辞書の中で探しているわれわれ子孫たちと全く別の価値観で生きていたのである。

江戸と東京を往復しながら、洋介は大きな疑問を抱くようになっていた。最近では、DNAつまり遺伝を支配する物質の組み合わせが同じなら、まったく同じ生物、同じ人間がうまれるといわんばかりの風潮がある。まったく同じ遺伝子を持ったクローン人間を作れば、同じ設計図で作った機械のように、同じ発想で同じ動作をする人間が何人でもできるというのだ。

だが、毎日のように江戸の日本人と東京の日本人を比べている洋介には、この考え方がとても信じられなかった。一六〇〇年代以後の日本人は、ほとんど混血していないから、江戸に住む日本人も東京に住む日本人も遺伝的には大差ないはずだ。江戸は諸国の吹き溜まりというほど全国各地の人が集まっているし、東京も同じだ。つまり、日本人の遺伝子がかなり均質に交じっているという点でも大きな差はない。

ところが、同じ遺伝子を共有して同じ場所に住んでいる先祖と子孫の振る舞いは、とても同じ民族と思えないほど違っている。進歩的な学説では、日本人の欠点はすべて鎖国していた封建時代にできあがり、そのまま現在に伝わったということになっているらしいが、洋介の見るところでは、欠点にせよ長所にせよほとんど伝わっていないのである。

江戸はほとんど役人のいない世界で、行政の九九パーセントは民間人の大家が処理している。町屋では、消防も一〇〇パーセントが民間の仕事だ。しかも、大家さんも仕事師たちも、ほとんど無給のボランティアに近い立場でせっせと町内の役割を果していて、そのことを誇りに思いこそすれ、特に不満でもないらしい。

これに対して、子孫の方はまったく逆であって、クニができるだけ多くのことをするのが良いことだと思っている。国民は、クニに対してできるだけの要求をつきつけるし、議会制民主主義だから、国民に受けの良い選挙公約を掲げる政治家だけが国会に出る。

しかし、無から有が生じることはあり得ないから、いずれクニの財政が破綻《はたん》して大幅増税かインフレ政策を取るほかなくなる。目先の利益を追い続けたため、後になって大きな損失をこうむる結果となるのだ。

この点は、便利さに対する態度でも同じである。江戸の人が不便を不便とも思わずにせっせと手間ひまかけて暮らしているのに対して、子孫は、ひたすら目先の便利さを追い求めて便利な道具を大量生産したため、後になって大量の廃棄物や汚染物質による大きな損失をこうむっている。

洋介自身、現代生活の便利さをたっぷり利用している身だから、どちらが正しいとか間違っているとかいえる立場にはない。だが、同じ遺伝子を共有しながらも、逆の発想で逆のことばかりしている先祖と子孫を見ていると、たとえまったく同じ遺伝子を持ったクローン人間だけを集めたところで、時代や場所が違えば似ても似つかないことをする社会ができるのではないかと思えてくる。

人間のクローンぐらい解禁したところで大した害はないのではないか、という皮肉な見方さえしたくなるのだった。

昇　る

　文政六年陰暦七月二十五日、グレゴリオ暦八月三十日の夕方、洋介はＪＲ電車の品川駅に降りた。これから、時計師の大沼理左衛門老の招待で、高輪《たかなわ》海岸の料理茶屋へ行き、二十六日夜半の月の出を待つ集まりに参加するところなのだ。

　今の高輪は、海岸どころではない。すぐ東側を山手線や京浜東北線、それに東海道線、新幹線が通り、複雑な線路部分の幅だけでざっと三百メートル。その先も千五百メートル以上先まで埋め立てが進んでいる。現代の高輪の住民には、海岸に住んでいるという意識はないだろう。だが、江戸時代の高輪は、現在の第一京浜国道がほぼ旧東海道に一致していて、それより東は海だったから、海岸沿いの細長い町だった。

　洋介は忙しかった。ここのところ、新しい連載をいくつか始めたため、書斎にいなくてはならない時間が増えた。流子も二、三日ずつの出張が多いので、江戸へは行きやすいが、頼まれ仕事で生活を立てている自由業者の洋介は、自分の手に負えることとならなるべく引き受けようとする。そのため、仕事がまとまって来ると身動きがとれなくなるのだ。

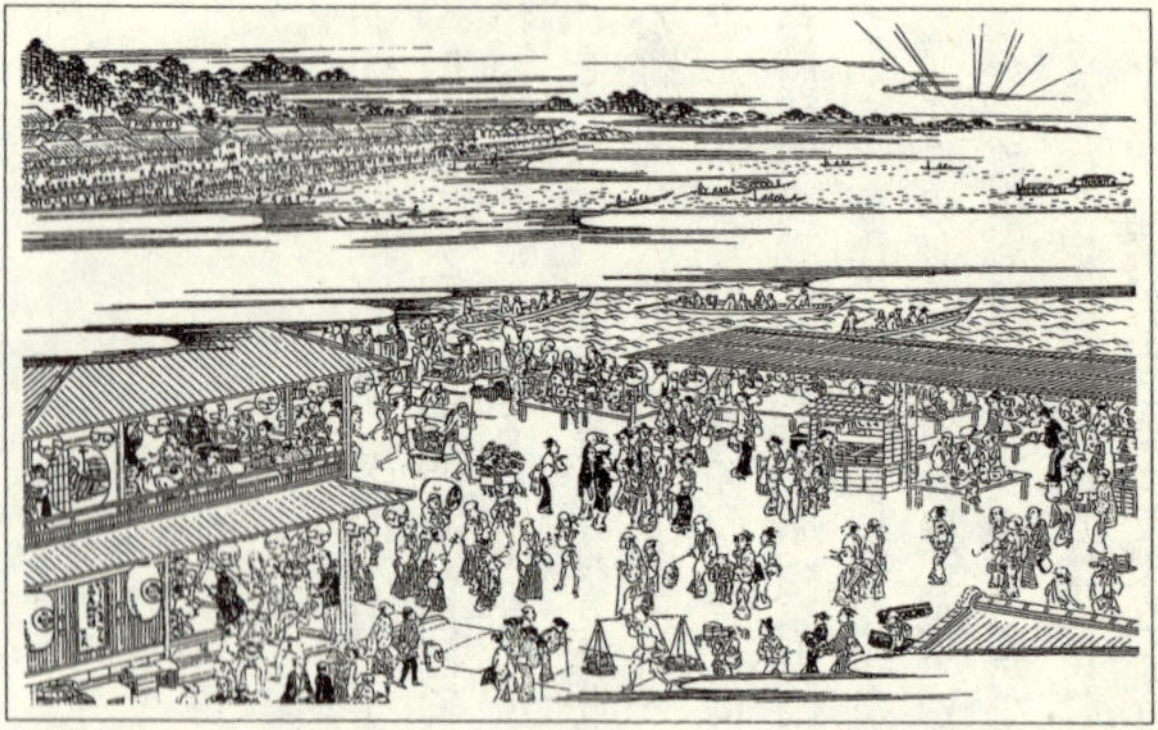

高輪海岸での二十六夜待ち
『江戸名所図会』より

それでも、いな吉が楽しみにしている二十六夜待ちだけは、何がなんでも行かなくてはならないと思っているから、洋介は、朝の五時から昼食抜きで四時までかかりきりで向こう三日分ぐらいの原稿を全部書き上げた。全部の送信を済ませるとすぐ家を出て、電車で品川に着いたのは五時だった。

宴会をするのは宵から明け方にかけてなので、もっとおそく行ってもかまわないが、勝手を知っている日本橋から神田あたりならともかく、様子のわからない高輪で真っ暗な江戸へ転時するのは危険だから、明るいうちに着くようにしたのである。

この季節の江戸の暮六ツは午後六時前後で、日没が五時半より少し前だから、暗くなるまでにはまだ時間がある。目的の高輪北町は、品川駅からせいぜい三百メートルぐらいしか離れていないので、五時までに駅につけば、安全に転時できる場所を見つけられそうだった。

ＪＲの品川駅前は、ちょうどラッシュアワーでかなり混んでいたが、洋介は横断歩道橋で第一京浜国道を渡り、今も残る東禅寺の参道目指して歩いて行った。この参道は、現代でも江戸時代とまったく同じ場所についている広い道なので、安心して転時できると見当をつけてあったのだ。高輪プリンスホテルの少し先にあるその道まで行くと、洋介は寺の方へ曲がりながら江戸を透視した。

この道は、現代でもそう通行人が多くないばかりか、全体に江戸側より少し高くなっているので、洋介はゆっくり歩きながらあたりを見廻し、人通りの少ない瞬間を見すまして転時した。このところ、転時能力はまったく衰えないので、江戸側の光景を視野の中にとらえながら一気に時間を跳んだ。

一瞬のうちに、空気の匂いが潮の香に変わった。日本橋あたりでも、東京から江戸に転時する時いつもかすかな潮の香を感じたが、海岸までいくらも離れていないここでは、今まで嗅いでいた東京の空気の人工的な匂いとは対照的に爽やかな香りが強かった。

洋介は回れ右をして歩き始めた。ほんの五十メートル先が東海道で、その先は海だが、今日は海沿いに葦簾《よしず》がけの茶屋がずらりと出ていて、海がほとんど見えないほどだった。人通りは非常に多く、男も女も、町人も武士も三々五々そぞろ歩きしているが、その楽しげな様子を見ただけで、江戸の住民にとって、二十六夜待ちがどれほど大きな行事なのかわかるほどだった。

月の出を見るのが目的の行事だから、雨が降ればもちろん、曇っていてもあまり意味のない行事だが、幸い空は晴れていた。この季節はまだ秋霖《しゅうりん》には早く、台風でも来ない限り晴れの日が多い。過去百年ちょっとの気象統計を見ても、グレゴリオ暦八月二十五日から九月五日にかけての十日間の東京は、晴れの日が五〇パーセント前後だから、月の出を見るのには良い季節なのだ。

日本橋の方に向かって右は海で、左は料理茶屋がずらりと並んでいる。海に沿って道端に立ち並んでいる掛茶屋も料理茶屋の二階も、客がぎっしり入っているようで、あちこちから賑やかな三味線の音が聞こえた。二十六日の月の出は午前二時前後になるから、まだ八時間ぐらいある。今から騒いでいたのでは肝心の時には眠くなってしまいそうだが、他人の心配をする前に自分の行き先を探さなくてはならない。

洋介は人混みをさけて立ち止まり、いな吉がくれた地図を懐から出して見た。筆で書いた簡単な地図に理左衛門の筆跡で江戸屋という屋号が書き込んである。間違った方向に歩いていないことがわかったので、袖看板を見ながら歩いて行くとすぐに見つかった。

帳場をかねた茶屋の上がり口は着いたばかりの客や、汗を拭いている駕籠舁などでごたごたしていたが、大柄な洋介が突っ立っているのを見て、若い女性が近づいて来た。

「大沼理左衛門どのの席に招かれて参った者でござるが」

洋介は、あたりがにぎやかなので大声でいった。

女性はにこやかにうなずいて、洋介のそばに座り、

「大沼さまもお連れさまも、先ほどお着きでいらっしゃいます。どうぞ、お上がりなされて下さりませ」

という。上がり框《がまち》に腰をおろして下駄をぬぐと、すぐに下足番の男が持って行った。小腰をかがめて先に立つ若い女性のあとについて、洋介は二階へ上がった。二階は大広間のようになっていたが、外が広く見渡せるように、いくつかの部屋の襖を取っ払って広い一室とし、そこをいくつかのグループが分けて貸切りで使っている様子だった。芸者を侍《はべ》らせても

う宴会を始めているグループもあった。

「あちらが、大沼さまのお席でございます」

女性が右手を伸べて教えてくれた。外はもうかなり暗く、室内には行灯もつけていないので、人々の姿は淡い影絵のようだったが、いな吉が目ざとく見つけて立ち上がったのが見えた。

「有難う。わかった」

といって女性を帰すと、洋介はいくつものグループの間をよけながら、いな吉たちが陣取っている東南の角へ近づいた。今日のいな吉は、江戸褄《づま》の裾模様を長く引いた芸者姿だった。

「今日は、仙境からおいででござんすネ」

近づいて来たいな吉がいった。

「ああ。どうしてもご用があって、日本橋からいっしょに来られなかったけれど、約束通り暮六ツ前に来ただろう」

「嬉しゅうござんすハ」

ほの暗い中で、いな吉の白い顔が微笑んだ。

「今日は、おこま姐さんに来てもらいました」

末席に控えているおこまが、頭を下げた。

「速見さま。よくお出で下されました」

大沼理左衛門が、薄暗い中で声をかけた。洋介が近づいて行くと、理左衛門の横に座っていた男が、

「速見さま。武蔵屋にございります」

といって平伏した。

「とんだ無沙汰者《ぶさたもの》とお思いなされましょうが、ちと上方《かみがた》へ商いに参っておりまして、久しくお目にかかることもかないませなんだ。今宵《こよい》は、大沼どのがこちらで速見さまと二十六夜待ちをなさると伺い、慌てて馳《は》せ参じましてございります」

武蔵屋は木場の大手材木商で、涼哲の患者だが、かつて洋介が木場が高潮に襲われることを予言して危うく倒産を免れさせたことがあり、そのことを非常に恩に着ていた。洋介は、ふつうならこの世界に干渉することをできるだけ避けているが、その時は、合理主義者の武蔵屋が、この世に神仙などいるはずがないから、速見洋介なる人物は詐欺師に違いないといい張るのを聞いて涼哲があまり悔しがるので、仕方なく教えたのだった。

といっても、洋介に予知能力などあるはずはない。例によって、神田の名主だった斎藤月岑の書き残した『武江年表』に、木場が津波に襲われるという記録があるのを読んで、まるで予言者のような顔をして涼哲に教えたのだった。

武蔵屋は、その時、公儀つまり幕府に大量の普請《ふしん》用材木を納入する直前だったが、半信半

疑で仕入れを遅らせ、在庫分も移動させるなどの手を打ったため、数千両の損害を免れた。それ以来、武蔵屋は洋介の熱心な信者になったのである。自分が芝居の金主つまりスポンサーをしている団十郎を紹介してくれたのも武蔵屋だった。

「これはお久しぶりでございます」

洋介はそこに座ってていねいに挨拶した。

「こちらの方が見晴らしがよろしゅうございます。どうぞ、手すりの際にお座り下さりませ。さ、姐さんもこちらへ」

と、理左衛門がすすめてくれた。洋介は、三味線を抱えたいな吉と並んで座敷のはずれに座ってから、あたりを見廻した。室内は薄暗いが、外はまだ明るく、外の障子が全部外してあるので、品川沖の海が一望できた。船から月の出を見る客も多いらしく、何十艘もの船が沖に出ていた。屋根船もあれば、釣舟らしい櫓舟もある。

「さすがに見晴らしがいい」

主観的な時間では、洋介は、ほんの一時間半前までディスプレーを見ながらキーボードを叩いていたので、せいせいした気分になって別世界の景色に見とれた。人工物で埋め尽くされかけている東京湾を見慣れてしまった目には、余計なものが何一つない広々とした江戸前の海を見渡すだけで気が晴れた。

高輪の海岸通りは南北に走っているから、海に向かって正面が真東になる。対岸の房総半島の山までは四十キロぐらいあってしかもあまり高くない山々だから、視界を遮《さえぎ》るほどではない。この二階は、地面からほんの三メートルぐらいの高さしかないのに、晴れてさえいれば海から昇る月を正面に見ることができるのだ。

「そういえば、この間から聞こうと思っていたんだけれど、なぜ七月二十六日の月の出を見るんだい」

洋介は、いな吉に尋ねた。江戸の人があまり当然のように二十六夜待ちというので何気なしに聞き流していたのだが、考えてみればわざわざこの日に限って月の出を待つ理由がはっきりしない。

中秋名月、つまり陰暦八月の満月なら、一年でもっとも爽やかな季節に、夕方から夜半にかけて東から南の空に昇って行く丸い月を見るのだから、見て当然という気がする。ところが、二十六夜の月はもうすっかり細くなっているばかりか、夜半というより早朝に近い頃になって東の空から昇って来る。なぜ、夜更かしか徹夜に近いことをしてまで見たがるのか、その意味がわからないのである。

「わちきもよく知らないけれど……」

いな吉は口ごもりながら、自信なさそうにいった。

「二十六夜のお月様は、お阿弥陀様でいらっしゃるのサ」

「阿弥陀様？」

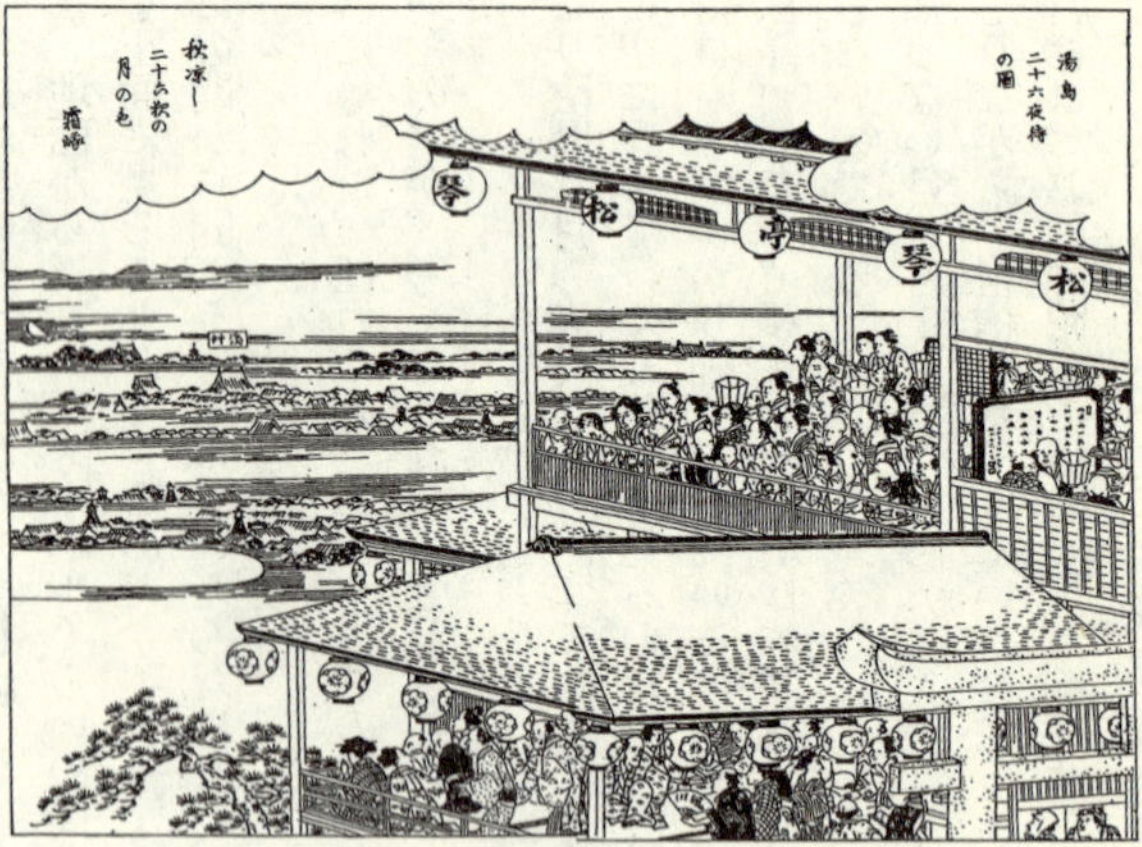

湯島での二十六夜待ち
『東都歳時記』より

天体現象がいきなり仏教用語に結びついたので、洋介は目をぱちくりさせたが、宗教的なお祭りの一種なら、こうやって騒いでいるのも納得できるが、月と阿弥陀仏にどういう関係があるのかは、さっぱりわからない。

「速見さま」

横で聞いていた武蔵屋が口をはさんだ。

「二十六日の月は、受け月と申しまして、まるで碗《わん》を上向けにしたような形で夜中に昇って参りますが、あと三、四日で晦日《みそか》となりますゆえ、ごく細くなっております。その細い月が海の上に昇る時、観音、勢至《せいし》の二菩薩を従えた阿弥陀三尊のご尊像となることがございまして、そのお姿を拝せんがため、湯島《ゆしま》の台や愛宕山《あたごやま》、この高輪の海岸などに集まりまする」

「なるほど」

洋介はうなずいた。

雲のない水平線上に日の出や日没の時の太陽が差しかかると、海面に接する大気の乱れによって、太陽が円盤状からさまざまな形に変形して見える。月でも同じ現象が起きているはずだが、自分で強い光を出している太陽と違ってあまりはっきり見えない。

ところが、二十六日の月なら、空が真っ暗な夜中に、受け月の形で昇って来るため、空気が乱れていれば、碗の断面のような形が複雑に変形して、瞬間的に山の字のような形に見える可能性がある。自己暗示にかかっている信心家には、観音、勢至を従えた阿弥陀仏の出現と見えるため、東に向いた高台や海岸に集まるのだろう。だが、洋介の目には、宗教的な行事というより、飲んで歌うためのただの宴会にしか見えなかった。

「聞くところによれば、享保《きょうほう》の頃までは、正月二十六日も二十六夜待ちを致したそうにござりますが、今では七月にのみ行うようになりました。多分、正月の二十六夜はまだ寒いゆえ、次第にすたれたのでござりましょう」

と、武蔵屋がかさねて教えてくれた。寒さも大きな原因だろうが、冬の夜中の方が海面近くの大気が安定していて、二十六夜の月が阿弥陀三尊の姿に見える率が低いせいだろうと、洋介は納得した。

あたりは次第に暗くなっていった。こんなに暗いのに、なぜ灯もつけず薄暗くしておくのだろうと思っていると、蠟燭を片手に持った男が上がって来て、一メートルぐらいの間隔で軒に吊るしてある提灯の中の蠟燭に片端から火をつけ始めた。外を見ていると、蠟燭をつけ始めたのは江戸屋だけでなく、前の道端の掛茶屋も軒の提灯に灯を入れ始めた。

薄暗かった室内は、提灯に灯が入るにつれてほのかに明るくなった。手すりによりかかって高輪海岸を見ていた洋介は、夕闇の中に消えかけていた料理茶屋や掛茶屋が、次から次へ灯すホオズキ色の提灯の明かりで再びほのかに姿を現していく幻想的な眺めを息を呑んで見詰めた。無意識のうちの演出というより、高価な蠟燭を節約するためにぎりぎりまで点《つ》けなかっただけかもしれないが、結果としてこれほど美しい眺めを作り出せるのが、江戸人の美意識なのだ。

「いいなあ」

洋介は、溜息をついた。何十キロワットの電力を使った現代のライトアップも美しいが、ライトアップが意図した照明であるのに対して、こちらは誰に見せようとしているわけではない。暗くなったからそれぞれ勝手に提灯をつけるだけだが、結果として、賑やかな夕暮の町全体が、次第に蠟燭の光で幻のように浮かび上がっていく夢のような眺めを見られるのだ。

「本当にきれいでござんすハ」

うっとりと遠くを眺めながら、いな吉は溜息をついた。

「わちきは、お江戸に生まれて本当に良かった」

彼女は、何かにつけてお江戸が大好きだという。いな吉以外の人の口からも、江戸に対する深い愛着の言葉を何度聞いたかわからない。洋介はそのたびに、自分の生まれ育った土地が好きで好きでたまらないという素直な感情を抱いたまま暮らせる江戸の人々を羨ましく思った。

実際に暮らしてみるとよくわかるが、東京に比べると江戸はどうにもならないほど不便な町だ。進歩が何よりの価値だと信じる人なら、徹底的にあら探しをしてこき下ろし、進歩した社会の素晴らしさを誇るだろう。だが、現代の便利さの裏には、大気や水の汚染、廃棄物処理などの恐ろしい問題が山積していることがようやく見え始めている。

西洋の小話に、悪魔に魂を売る話がある。その代償としてこの世ではどんな願いでも叶えられるが、要するに先に楽しんだ代わりに死後は地獄に堕《お》ちる運命が待っているのだ。進歩主義者が手放しでほめ讃《たた》えてきた文明の成果は、この話によく似ている。先のことを考えずに、やりたい放題をやった結果として、現代人はツケの支払いを求められているからだ。ツケを払う相手の名前が悪魔であろうが自然環境という名の神であろうが、結果は同じである。

江戸と東京を往復して暮らしている洋介には、そのことが、いやというほどはっきり見えるようになっていた。

「お待たせ申しました」

女の声で洋介は我に返った。外の景色に見とれていたいな吉も体を起こした。仲居《なかい》たちが、料理と銚子をのせた大きな盆を運んで来たのだ。ほかのグループはもうかなり酒が廻っている様子だが、こちらは洋介が来るのを待っていたせいか、ようやく宴会が始まるところだ。

ここでも、凝《こ》った会席料理などは出ない。大皿に盛った刺身と、大きな器に入れた煮物などで、取り皿がいくつもかさねてある。銚子は別の人が盃といっしょに運んで来た。

「さあ、いな吉。速見さまにおすすめしておくれ」

ほかの人は洋介に遠慮があるから、いな吉を姐さんと呼ぶが、理左衛門老だけは彼女の最初からのひいき客であり、ずっと年長であり二人の仲人でもあるから、まるで娘のような感覚でいな吉と呼び捨てにする。

「今頃から酒を飲めば、眠くなってしまって二十六夜の月の出が見られないだろう」

洋介は、盃を取っていったが、いな吉はけろりとした顔で、

「お前さまがお疲れなら、早く飲んで寝てしまえば月の出る頃には目が覚めますのサ。わちきは、今日は昼過ぎまで寝てましたから、平気でござんす」

といいながら銚子を取り、洋介の盃を満たした。一方では、仲居たちが料理を取り分けて出してくれる。書斎に二日間立てこもって原稿を書いていた洋介には、まだ東京での生活感が濃く残っているから、おいそれとはのんびりした江戸の雰囲気になじめない。こういう時は余計なことを考えずに酒を飲むに限ると思って、注がれた一杯を飲み干した。

酒の味はまあまあというところだったが、取り皿に取ってくれた刺身はとびきりうまかった。昭和三十年代つまり一九六〇年頃までは、外洋から東京湾に入った魚は、しばらくたつと味が良くなったという記録が残っている。

大規模な工業化による汚染が進む前は、東京から流れる排水でプランクトンが育ち、豊富なプランクトンを餌として魚が育ったからだ。この時代には江戸湾という名称はなかったが、いわゆる江戸前の魚が外洋の魚よりずっと高級魚だった事実に変わりはない。

洋介は、魚河岸に近い日本橋の難波町に暮らしていて、いつも新鮮な魚ばかり食べているが、ここでは地先の海で漁師のとった魚が右から左に入荷する。まだぴんぴんはねているのから、締めて適当な時間がたったのまで、いちばんおいしい時に客に出してくれるのだ。江戸へ来るようになって、魚に関してはかなり口が奢《おご》ってきた洋介でさえ、ここの刺身はうまいと思った。続いてかれいらしい魚の煮つけに箸をのばしたが、これもびっくりするほどうまい。

「うまい魚だなあ」

思わず感嘆の声を出すと、理左衛門がいった。

「魚を食べに来る客だけで、これだけの数の料理茶屋が繁盛《はんじょう》しておりますからな。広い江戸でも、魚といえばこのあたりでござりますよ」

「おそくなり申した」

階段の方で声がした。振り向くと涼哲が立っていた。

「あれ、ご新造さまも」

いな吉が、声を上げた。涼哲のうしろには、妻の多恵の姿が見えた。

「まだ一度も二十六夜待ちをしたことがないから、いな吉姐さんとおこま姐さんが見えるならぜひ行ってみたいと申しますゆえ、駕籠を飛ばして連れて参りました」

「まあ、それはよろしゅうございました。どうぞ、外がよく見えるこちらへお座り下さいませ」

と、いな吉が多恵を誘導した。これで一行が七人に増えて賑やかになった。親しい間柄ばかりなので、男たちの間で盃のやり取りが遠慮なく始まった。多恵は、いな吉のそばに座って海を見下ろした。

「まあ、海の上にも提灯がたくさん浮かんでいるようで、なにやらお盆のようでございますね」

そういわれて洋介もまた外を見た。さっきより屋根船の数がかなり増えたようだが、もうどの船も提灯に灯を入れていて、それが海面に反射している。本当に夢を見ているような眺めだった。

「さあ、いな吉。まわりはもう賑やかだ。そろそろ聞かせてくれぬか」

少し酒が廻った理左衛門が催促した。

「アイ」

待ってましたとばかり、いな吉は、おこまの渡す三味線を取って音締《ねじ》めをした。おこまも、自分の三味線を抱える。

〽月の出汐《でしお》になぎさの小舟

誰を待つやらしょんぼりと

写す眺めも浪《なみ》に散る

抑えた声ながら、いな吉の美声が座敷中にしみ通った。

「次は、秋の夜を……」

と、おこまがいって三味線を鳴らした。

〽秋の夜は　二十六夜の月影さして
寝て待ちながら見る山に
波に照りそう影法師《かげぼうし》
定めかねたる屋根船も
潮に濡るるじゃないかいな

日本の歴史上、空前の芸能ブームだった文化文政期である。こういう流行《はや》り唄を知らないのは野暮な洋介ばかりだから、師匠兼マネージャーのおこまが、いな吉を引き立てるように三味線を弾きながら合いの手を入れるのはもちろん、理左衛門も武蔵屋も涼哲夫妻も調子を合わせて小声で唄っている。

理左衛門たちだけではない。いな吉の美声は飛び抜けているので、別のグループの人々までが騒ぐのをやめて聞き惚れたり、客について来ている芸者衆が三味線を合わせて唄い始めたりして、二階中の宴席が盛り上がった。

　二十六夜待ちの飲めや歌えのこの賑やかさはお祭り騒ぎそのものだから、まさに日本の宗教行事にふさわしい。唄を知らないためついて行けないのは洋介だけだが、下町で生まれ育っただけにこういう雰囲気は大好きだし、何より可愛いいな吉が一座の中心になっているのを見ているのは楽しい。

　洋介は、手すりによりかかって唄を聞きながら、半分は外を眺め、半分は巧みな節回しで弾き唄いを続けるいな吉のやや上気した愛らしい横顔を見ていた。二階座敷中の人が自分の唄を聞いてくれていることがわかって、いな吉は張り切っていた。

　もともと、人に唄を聞かせたくて芸者になったのだから、こういう状況ではまさに水を得た魚のようになって次々に唄い続ける。気持に張りがあるから声にも艶が出て、何を唄っているのかよくわからない洋介でさえ聞き惚れるほどだった。もともと賑やかに騒ごうとして来ているのだから、高揚したいな吉の気分に乗せられた二階全体が、一つのグループのようになってしまった。

　江戸屋の二階だけではない。店の前では、何人かの人が足を止めて聞き入っている。洋介は、まるで夢でも見ているような気分で、これが本当に自分が生まれ育った日本の過去の世界なのだろうかと思っていた。

日進月歩どころか、秒進分歩だというほど目まぐるしく変化していく世の中に住んでいながら、まだ日本は遅れている、アチラはもっと進んでいるから、負けないようにしなくてはいけないというのが、ジャーナリズムの一般的な論調だ。しかし、グローバルスタンダードからいえばほとんど無意味なことにうつつを抜かしているこういう世界に暮らしていると、いったい進歩とは何なのだろうかと思うようになる。

アメリカのような、目まぐるしく進歩し続ける社会に一歩でも近づくのが良いことなのだ、というのなら、それはそれではっきりしている。だが、それが良いことだと心の底から思えるのは、アメリカ式の生活で利益を得られるごく一部の人だけだろう。

輝かしい進歩と民主主義にも、ちゃんと裏がある。日本では、社長と新入社員の給料の差がせいぜい十倍どまりだが、アメリカでは百倍以上も珍しくないそうだ。麻薬も、銃による犯罪も飛び抜けて世界一である。犯罪王国というアメリカの裏側に、はたしてどの程度の日本人が我慢できるのだろうか。アメリカに心酔している人は、日本をアメリカの第五十一の州にするべく努力するよりも、自分がさっさとアメリカに帰化した方が手っとり早いと思う。

この卑小な貧しい世界の片隅に座り込んでいる洋介には、東京で暮らしている時にはまったく見えないさまざまなことが見えていた。

いな吉には、もっともっと便利になってほしいなどという感覚はまったくない。それどころか、この便利なお江戸に暮らせるだけでも有難いぐらいに思っている。いな吉に限ったことではない。この時代の日本人の欲のなさは、洋介にとっては驚異的でさえある。何かにつけて、アメリカではこうだ、ドイツではどうだといって、よその国の上っ面だけを見て羨み、自分たちの生活の不満を述べたてるのが進歩的で立派なことだなどという感覚はまったくない。際限なく進歩するという言葉の意味をいな吉に理解させるのさえ容易ではないと思う。

人類は経済を発展させるために存在していると信じている人にとっては、こういう保守性は許しがたい愚かさとしか思えないだろう。しかし、そもそも地球上に生きる生物としての人類は、経済を発展させるために存在しているのではない。いくら豊かになっても満足することなく、無限に続く経済成長を期待し、便利になればなったでさらなる便利さを追い求める子孫たちより、この人たち、つまり先祖の方が生物としてはるかにまともだと、洋介は感じている。

一グラムでも多くのコンクリートで地面を覆い尽くし、一センチでも高いビルを競って建てるのが立派な近代文明であることは、洋介も充分承知している。そのおかげで豊かな生活をしている立場としては、別に文句をいう気はないし、現代文明を絶賛する知識人に反対するつもりもない。

だが、他のすべてのことと同じように、良い面には必ず裏がある。普段は、文明の輝かしい面だけを見ていて気がつかないが、こうやって、一グラムのコンクリートも使っていない世界を目の前に見ると、その裏が透けて見えてくるのだ。

高度の技術を利用し、膨大なエネルギーを浪費しながら際限なしに高まる欲望を追い続け、ごくふつうの庶民が自動車を一台ずつ持ち、大型ジェット旅客機で海外旅行するのさえ贅沢の内に入らないほどの成果は素晴らしい。だが、先祖の数百倍ものエネルギーを浪費して生きている貪欲《どんよく》な子孫に比べた時、ほとんど自然そのままの中に生きているような素朴なこの人々の幸福度が、子孫の数百分の一しかないのだろうか。

洋介には、とてもそうは思えなかった。

この人たちは、形の上では封建社会に暮らしているが、たとえば子供たちの教育を見れば、民主社会ということになっている現代の方が徹底した中央集権の結果、圧政といっていい状態である。クニが完全に放任していたこの時代の方が、落ちこぼれも登校拒否も学級崩壊もない自由でのどかな教育だった。

「お前さま。そろそろ月が出ますヨ」

いな吉が体をゆすりながら耳元でささやいた。洋介は、慌てて起き上がったが、寝惚けていて自分がどこにいるのかもはっきりわからなかった。最初は、起こしてくれたのが流子なのかいな吉なのかもわからなかったが、すぐに、二十六夜待ちで江戸の高輪海岸に来ていたことを思い出した。昨夜が寝不足だったところへ夕方から酒を飲んだので、そのまま眠り込んでしまったのだ。

「ああ、喉がかわいた」

洋介は、ふらふらしながら起き上がった。

「はい。お水でござんす」

さすがはいな吉で、水を一杯入れた大きな湯飲みを準備しておいてくれたらしい。それを一息に飲み干しながら、洋介は外を見た。

月の出が間近いらしく、東の空が明るくなっていた。雲もほとんどないようだった。

「お疲れのご様子で、よくお休みでいらっしゃいましたが、今宵はいな吉がよく唄いまして、皆さん大喜びなすって、阿弥陀様への良い功徳《くどく》となりました」

と理左衛門がいった。

「お前さま。今夜ぐらい気持良く唄えたことはめったにござんせんヨ」

いな吉は上機嫌であり、ほの暗い灯のもとで小さな顔が輝いているようだった。

「ふだんのお座敷と違って、今日は百人からのお客さまが聞いて下さいました。きっと、これもお阿弥陀様のご利益でござんすハ」

「今日は早起きして、ずっとご用が忙しかったものでくたびれて眠り込んでしまった。でも、居眠りしながらお前の唄を聞いていたし、外を通る人が立ち止まって聞いているのも見ていたよ」

洋介が少しいいわけがましくいった時、若い衆がやって来て提灯の灯を消した。外を見ると、眠る前は陸上にも海上にも星のようについていた明かりが、ほとんど消えていて、見ている間にも次から次へと消えていった。二十六夜の月の出に阿弥陀三尊を拝するためには、蠟燭の明かりも邪魔になるのだ。

三味線も唄も聞こえなくなっていた。

水平線の上に月が出た。といっても満月ではないからはっきりした形は見えない。それに、晴れているといってもいくらかは霞んでいるから、まずぼんやりとした光が見えてから、ゆっくりと受け月が昇って来た。

静かな夜なので、大気の乱れは小さいはずだが、水平線近くの大気の層には温度差による微妙な屈折、弱い蜃気楼《しんきろう》のような作用があるから、二十六夜の月はかすかに揺れながら昇ってきた。洋介には、それが阿弥陀三尊には見えなかったが、ここで見る月の光は海面近くの厚い空気の層を通り抜けて来ているため、中天に昇った二十六夜の月より多少変形しているし、わずかに雲もあるから、瞬間的には、山の字に近い形に見えないこともなかった。

「あぁー」

というような声がどこかで聞こえた。

「南無阿弥陀仏　南無阿弥陀仏　南無阿弥陀仏　南無阿弥陀仏」

と称名《しょうみょう》も始まった。いな吉も小声で念仏を唱えていた。理左衛門も涼哲夫妻もおこまも、武蔵屋でさえも、月に向かって合掌しながら、何やらつぶやいていた。いくら江戸の人でも、本気で月が阿弥陀如来だと信じているのではないと洋介は思う。しかし、この人たちは、身のまわりにあるすべての存在に仏性《ぶっしょう》があるという日本的な宗教観を信じているのだろうと洋介は想像した。だからこそ、素直な気持で月を拝めるのではあるまいか。

その気持は、「地球にやさしくしよう」とか「環境を保護しよう」などという自然観とはまったく異質である。人間は全体の小さな部分にすぎないのに、巨大な岩塊である地球や、その上に乗っている環境にやさしくしたり保護したりできるという人間中心の思い上がりは、この人たちにまったくないからだ。

江戸のような大都会の周辺に丹頂鶴や朱鷺が飛んでいたのは、この人たちが自然に対して「やさしく」していたからではあるまい。もっとはるかに謙虚な気持、山にも川にも草木にも、もちろん動物たちにも、自分たちと同じような魂があると思って、対等に接していたからだと思う。

こういう素朴な人々といっしょにいると、洋介は、月を地球の衛星であるただの岩の塊としか見られない自分がさびしくなってきた。

いつの間にか、洋介もいな吉と並んで二十六夜の月に手を合わせていた。

おわり

あとがき

ようやく『大江戸仙花暦』を書き上げた。

このシリーズ第一作の『大江戸神仙伝』の初刷が出たのが昭和五十四年（一九七九）十一月三十日だったから、今年で何と満二十年になる。『大江戸神仙伝』は講談社文庫になってからも重版が続き、今年の六月に文庫版の十六刷が出た。また、親本の初刷と同じ山藤章二氏による凝りに凝った装丁のハードカバー本を昭和六十二年（一九八七）に評論社から刊行していただき、こちらも重版している。

講談社のような大手出版社でも、自社で初版刊行後、二十年にわたるロングセラーになる本はそう多くないそうだから、著者としては読者の皆さんにただ感謝するほかない。

『大江戸神仙伝』を第一作とするこのシリーズは、『大江戸仙境録』『大江戸遊仙記』『大江戸仙界紀』『いな吉江戸暦』まで、すでに五作を刊行し、いずれも講談社文庫として刊行中である。このうち、最後の『いな吉江戸暦』は、文庫化の時に『大江戸仙女暦』と改めた。これまでの四作との連続性を考えて〈大江戸〉と〈仙〉の字を入れた方が読者の方々にわかりやすいだろうという編集部の意向に沿って改題したのだ。

本書『大江戸仙花暦』は、『いな吉江戸暦』を書き下ろして以来ほぼ三年目にようやく書き上げた。三年も間があいたのは、妻美知子に肺癌《はいがん》で先立たれて、創作意欲をまったく失っていた空白期間が二年以上あったからだ。

だが、今年が『大江戸神仙伝』刊行二十周年というので、満二十年になる十一月に何とか間に合わせようと昨年の夏頃から本気で構想を練り始め、ほぼ一年後にようやく完成した。書き上げてみれば、これだけの文章を書くのになぜ一年もかかるのかと思うが、私の能力はこの程度なのである。

『大江戸仙花暦』は、すでにご覧いただいたように、これまでの『大江戸神仙伝シリーズ』はもちろん、どんな時代小説にもなかった趣向を盛り込んだ。つまり、現代の画家による挿絵の代わりに、本書の時代に近い江戸時代の刊行書に実際に出ている絵を大量に使った点である。

『大江戸神仙伝』以来、江戸の場面を描写する場合、私はできるだけ当時の絵師が描いた絵を見ながら書くように努めてきた。当時ご指導いただいた故林美一氏にご質問すると、その時代の小説の挿絵などから質問内容に応じた場面をコピーし、それを同封して説明して下さる場合が多かったので、絵を見ることの重要性はよくわかっていた。

『大江戸えねるぎー事情』を書いた頃から、私自身も絵入りの江戸和本をせっせと買い始めたが、和本が市場に出る数は少ないのでいくら焦っても手に入る量はたかが知れている。幸いなことに、その頃、東京大学の延広真治教授が江戸川柳の研究者である八木敬一博士をご紹介下さったので、博士ご所蔵の膨大な江戸和本の絵も使わせていただけるようになった。

そして、『事情シリーズ』と呼ばれるようになった『大江戸えねるぎー事情』『大江戸テクノロジー事情』『大江戸リサイクル事情』『大江戸生活事情』『雑学　お江戸庶民事情』。さらに、法政大学の田中優子教授との共著である『大江戸ボランティア事情』『大江戸生活体験事情』には、実際に大量の江戸図版を掲載して好評を得た。

八木博士には『画証江戸学』という言葉も教えていただいた。この言葉の命名者は、江戸文学者の濱田義一郎先生だそうだが、要するに、文章資料だけで昔のことを具体的に知るのは無理なので、豊富にある江戸時代の絵画資料を活用することで、当時の事情をよりくわしく正確に知る研究方法のことである。

『大江戸仙花暦』はこの画証江戸学を実行した時代SFで、空前の企画だと自負している。時代小説の挿絵に昔の原画を使った例がこれまでになかったとはいわないが、これほど多くの場面で、その情景に近い原画を掲載した前例はないはずだ。

当時の絵師の描いた〈画証〉によって、文章だけではわかりにくい江戸の生活を読者にお伝えできれば幸いである。

原画の大部分は私の蔵書から採集したが、八木敬一博士と故林美一氏のご蔵書も使わせていただいた。

〈鳴く〉の章では、二三一ページに江戸の地目別面積比の新しい数値を掲載した。江戸の切絵図を見れば、いやでも江戸に広い農地と河川、掘割があったことがわかるのに、武家地、寺社地、町屋だけで面積百分率の合計が一〇〇パーセント近くになる意味不明の数値がこれまでまかり通っていたのは、まことに不思議というほかない。

『復元　江戸情報地図』（朝日新聞社）のように正確な地図があっても、複雑に入り組んだ各地目の面積を測ったり計算したりするのはかなり煩雑だが、実際にこの忍耐を要する作業をしてくれたのは友人の大久保凡氏である。

最後に、亡き妻美知子と仲良しだった講談社の福田美知子さんの二年以上にわたる忍耐強い励ましがあったことに感謝してワードプロセッサーのスイッチを切る。

石川　英輔

平成十一年（一九九九）八月十七日　軽井沢の書斎にて

挿絵の出典（初出順　発行年は初編分）

書名	絵	文	発行年
略画職人尽	岳亭定岡		文政　九（一八二六）
江戸職人歌合	藤原春季	磯部千貝	文化　五（一八〇八）
絵本小倉錦	奥村政信		
教草女房形気	歌川国貞	山東京山	弘化　二（一八四五）
春色辰巳園	歌川国直	為永春水	天保　四（一八三三）
江戸府内　絵本風俗往来	菊池貴一郎	同上	明治三八（一九〇五）
絵本操節草	鈴木春信		安永　九（一七八〇）
大晦日曙草紙	歌川国貞		天保十一（一八四〇）
絵本譬喩節	喜多川歌麿		寛政　九（一七九七）
江戸名所図会	長谷川雪旦	齋藤月岑	天保　七（一八三六）
六あみだ詣	十返舎一九	同上	文化　七（一八一〇）
江戸買物独案内			文政　七（一八二四）

絵本駿河舞	喜多川歌麿	寛政 二（一七九〇）
和漢三才図会	寺島良安	正徳 二（一七一二）
絵本紅葉橋	勝川春潮	安永頃（一七七二〜五）
絵本隅田川両岸一覧	葛飾北斎	享和 元（一八〇一）
江戸鳥瞰図	鍬形紹真	文政初年頃
絵本江戸爵	喜多川歌麿	天明 六（一七八六）
日本その日その日	絵文ともE・S・モース	昭和 四（一九二九）
春告鳥	歌川国直　為永春水	天保 八（一八三七）
東都歳時記	長谷川雪旦　齋藤月岑	天保 九（一八三八）

本書中の漢字による数字の表記は、なるべく、三百五十、十九世紀、三月二十一日、というふうに十や百を入れて書いたが、大まかな数や順序数でなく、具体的な数値、数量として書く場合、特にいくつかの数値を比較する場合と西暦年数は、わかりやすいように、三〇五人、六三パーセント、一九九〇年というふうに書いた場合がある。

文庫版『大江戸仙花暦』へのあとがき

一九七九年十一月にこのシリーズの第一作『大江戸神仙伝』のハードカバー本が出てからちょうど二十四年目に、第六作の本書『大江戸仙花暦』が講談社文庫として刊行の運びとなった。第二作以下の『大江戸仙境録』『大江戸遊仙記』『大江戸仙界紀』『大江戸仙女暦』はすべてまだ講談社文庫版の刊行が続いているし、今年の三月には『神仙伝』の十八刷が出た。作者としては、二十三年間にわたって「いな吉姐さんもの」を支持して下さった読者の皆様にただ感謝の気持で一杯だというほかに言葉はない。

六年前に妻に先立たれてから、次第に小説が書けなくなって困っていたが、今はまた気を取り直して少し趣向を変えた第七作に取り組んでいる。近くお目にかけられる予定なので、またご愛読賜りたい。

二〇〇二年十一月二十五日

石川　英輔

解説

菊池　仁

本書、石川英輔著『大江戸仙花暦』は、一九七九年（昭和五十四年）に刊行された『大江戸神仙伝』をスタートとする『大江戸仙境録』『大江戸遊仙記』『大江戸仙界紀』『大江戸仙女暦』に続く、大好評〝大江戸シリーズ〟の第六弾にあたる。
本書の解説に入る前に前提となる〝大江戸シリーズ〟の執筆動機や特徴についてまとめておこう。
現代の東京から百六十余年前の文政時代の江戸へタイム・スリップ（転時）した科学評論家の速見洋介が、持参した文明の利器や医学知識で、世にも不思議な能力を持つ〝神仏〟として、大活躍するというのがストーリーの骨子である。
作者は執筆動機について、『大江戸神仙伝』の〝あとがき〟の冒頭で、
《現代人が、いきなり江戸の町へ転がり込んだら、そこは、いったいどんな世界だろう。また、まともに生活をして行けるものだろうか。》
と語っている。まことにＳＦ作家らしい発想である。しかし、本シリーズが真にユニーク

なのは次の指摘である。

《過去の時代を扱う小説には、時代物や歴史物があるが、良く考えると、この種の小説を読んでも、過去の世界の姿はなかなかわからない。なぜかというと、時代物や歴史物は、過去を現代の鑑とする為の小説であるから、時代そのものをそのまま表現できない。その時代には、あまりにも当然であったことについて触れにくいからである。

過去の生活が、現代とどう違っているかを小説の形で書こうとすれば、これは、どうしてもSF以外の形は考えられない。つまり、現代人を過去の世界へ押し込んで、その人物の目を通して描くほかないのである。》(傍点筆者)

この指摘(傍点部分)は時代小説の盲点を突いたものとなっている。少々、説明がいる。あらためて言うまでもないが、時代小説が読み継がれてきたのは、描かれているのが〝過去〟ではなく、時代、時代の〝現在〟だからである。人々がその〝現在〟をどう生きたのか、現代人である私たちもそれが知りたいと思う。

特に、戦後の高度成長期とバブル経済期を突っ走ってきた日本の企業中心社会は、成長なき一九九〇年代をはさんで、デフレ・スパイラルという長くて暗いトンネルのなかにあり、いたずらに乾ききった雑巾を絞っている状態にある。トンネルを抜けたらどんな青空が広がるかを、政治家も企業家も示せないままの混迷が続いている。この混迷は地続きである〝家族〟をも侵食しつつある。幼児虐待、いじめ、ひきこもり、家庭内暴力、少年犯罪、老人介護問題等々、〝家族〟をめぐる問題は、時を経るごとに深刻さを増しつつあるだけになおさらである。

直木賞を受賞した山本一力『あかね空』や乙川優三郎『生きる』に高い関心が寄せられるのも、こういった時代背景と決して無縁ではない。作者の指摘するとおり、これらの作品が過去を現代の鑑とすることを主題としているからだ。時代小説のなかでも捕物帳や市井物、武家義理物に人気が集まるのもこういった時代背景があるからだと推測しうる。ここに時代小説のもつ現代性があるといえよう。

しかし、その一方で「あまりにも当然であったことについては触れにくい」ために本当の姿が伝わってこないという盲点があるのも確かである。端的な例を示そう。

本書のなかに「習う」という章がある。このなかに〝寺子屋〟について触れた箇所がある。市井物で登場する寺子屋はすでにそこにあるもので、そこが舞台となってドラマが展開するのだが、本書ではまったく違う。章の冒頭で主人公・洋介が芸者のいな吉《きち》から子供の頃に文字を習った手習いのお師匠さまを紹介される。これが導火線となって、江戸時代に生きた人々のごく一般的であった〝習う〟という行動にまつわるエピソードが展開する。この場合、重要なのは洋介という現代人の目を通して語られることである。つまり、江戸時代の事象が二重の視点で語られるわけである。当然、洋介は作者の代弁者で、作者には江戸時代に対する深い知識がある。それは同じ講談社文庫から出版されている『大江戸えねるぎー事情」『大江戸テクノロジー事情』『大江戸生活事情』といった"事情シリーズ"を読むとよくわかる。だからこそこの二重の視点が成り立っているわけである。

《いきなりお師匠さまに引き合わされ、ほとんど予備知識なしに、かねてから疑問に思っていたことをとりとめもなく質問したのだが、それでも、同じく初等教育とはいっても、江戸の手習いが自分たちの受けた現代式小学校教育とまったく異質の、一人ずつ違うのが当たり前の教育らしいことがうすうす理解できた。》

つまり、ここで語られるのはドラマの舞台としての〝寺子屋〟ではなく、〝寺子屋〟そのもののシステムと、現代の初等教育との比較なのである。これを通して我々は〝寺子屋〟を媒介としながら、そこに生ずる文明の段差や、暮らす人々との温度差を知ることになる。本シリーズの最大の特徴は、この二重の視点の導入という卓越した設定にある。それが起爆剤となって市井物とは違った独特の味わいをもった文明批評小説という新しいスタイルの作品に仕上っているわけである。

以上が本シリーズの第一の特徴とすれば、第二の特徴は工夫を凝らした構成の妙にある。例えば、第一弾『大江戸神仙伝』では章だてを「影」「通三丁目」「酒」「永代寺門前仲町」といったように、話の糸口となるテーマを物・事象と地名を交互に並べることで全体像を浮かび上らせる趣向となっている。これは第二弾『大江戸仙境録』も同様である。

第三弾『大江戸遊仙記』では冒頭を「朧月」、終章を「霙」といった季節で江戸時代特有の地名を包み込むといった手法になっており、第四弾『大江戸仙界紀』では「江戸」と「仙界」で江戸時代個有の事象を包み込む構成となっている。第六弾の本書では「会う」「跳ぶ」「拗ねる」等の動作や行為を章のタイトルとして、話が展開するという凝った造りになっている。

もちろん、他の工夫も随所に見られる。『仙境録』の冒頭は意表を突いたものとなっていて印象深い。なにしろ、東京の洋介のもとに、江戸のいな吉から封書が届けられる場面から幕を開けるのだから。東京にタイム・スリップする江戸人池野ゆみの登場である。『遊仙記』では東京の妻・速見流子と江戸の妻・いな吉の身体が瞬時に入れ代わり、遂には溶け合うように感じる、という艶っぽい場面まで用意されている。こういった工夫によって独立した読み物としての面白さを維持してきたのが本シリーズなのである。

さて、そこで本書だが、本書にはこれまでの〝大江戸シリーズ〟はもちろん、どんな時代小説にもなかった趣向が盛り込まれている。通常の作品では、江戸時代の雰囲気をかもしだすために、現代の画家による挿絵というのが一般的だが、本書では舞台となった江戸時代の刊行書に実際に出ている絵を大量に使用している。これは、文章資料だけで江戸時代のことを具体的に知ることには無理がある。そこで豊富にある江戸時代の絵画資料を活用することで、当時の事情をよりくわしく読者に知らせようという試みである。専門的には「画証江戸学」というらしいのだが、本書はこの「画証江戸学」を実行した初めての作品となる。このビジュアル面での工夫が、我々の読む楽しみを倍加させてくれているのは確かである。

もうひとつ特徴がある。それは、本シリーズの特徴が作品の中核に据えられた文明批評にあることはすでに指摘したが、その論考が鋭さを増している点である。

例えば、「遊ぶ」という章に次のような文章がある。

《洋介は思った。現代の日本人が日本人なら、江戸時代の日本人は日本人でないし、江戸時代の日本人が日本人なら、現代の日本人は日本人ではない。江戸時代型の日本人を徹底的に軽蔑し、欧米人に近づこうと努力してこうなってしまったのだが、もちろん、いくら努力しても日本人が欧米人になれるわけはない。どっちつかずの中途半端な状態で、自信のないままに漂っているだけだ。》

本書にはこういった〝苦さ〟をともなった論考が随所に見られる。舌鋒も鋭い。これが読み所ともなっているわけだが、これは、『大江戸神仙伝』からすでに二十年以上の歳月を経ており、この間に方向性を失った日本の漂泊がますますひどくなっていることと連動しているのかもしれない。

個人情報保護法案をはじめとする個人管理色を強めつつある法律、雪印食品をはじめとする企業倫理の喪失、悪質な少年犯罪の多発等々、二十一世紀になって表面化してきた日本の病巣を見るにつけ、本書が提起している内容の鋭さに、時代小説だからこそ可能な〝今日性〟を見たと思った。

この作品は、一九九九年十二月に小社より刊行されました。

|著者|石川英輔　1933年京都府生まれ。武蔵野美術大学講師。著書に江戸の庶民生活の知恵や合理的な暮らしぶりを紹介した『大江戸えねるぎー事情』『大江戸テクノロジー事情』や田中優子氏との共著『大江戸生活体験事情』などがある。また現代人と江戸芸者いな吉との時空を超えた恋を江戸の心温まる生活とともに描いた小説『大江戸仙女暦』『大江戸仙境暦』なども好評。

大江戸仙花暦《おおえどせんかれき》

石川英輔《いしかわえいすけ》

2002年12月15日第1刷発行

発行者――野間佐和子
発行所――株式会社 講談社
東京都文京区音羽2-12-21　〒112-8001
電話 出版部 (03) 5395-3510
販売部 (03) 5395-5817
業務部 (03) 5395-3615

講談社文庫

定価はカバーに
表示してあります

デザイン―菊地信義
製版――株式会社廣済堂
印刷――株式会社廣済堂
製本――株式会社千曲堂

Printed in Japan

落丁本・乱丁本は購入書店名を明記のうえ、小社書籍業務部あてにお送りください。送料は小社負担にてお取替えします。なお、この本の内容についてのお問い合わせは文庫出版部あてにお願いいたします。

ISBN4-06-273614-4

講談社文庫刊行の辞

二十一世紀の到来を目睫に望みながら、われわれはいま、人類史上かつて例を見ない巨大な転換期をむかえようとしている。

世界も、日本も、激動の予兆に対する期待とおののきを内に蔵して、未知の時代に歩み入ろうとしている。このときにあたり、創業の人野間清治の「ナショナル・エデュケイター」への志を現代に甦らせようと意図して、われわれはここに古今の文芸作品はいうまでもなく、ひろく人文・社会・自然の諸科学から東西の名著を網羅する、新しい綜合文庫の発刊を決意した。

激動の転換期はまた断絶の時代である。われわれは戦後二十五年間の出版文化のありかたへの深い反省をこめて、この断絶の時代にあえて人間的な持続を求めようとする。いたずらに浮薄な商業主義のあだ花を追い求めることなく、長期にわたって良書に生命をあたえようとつとめるところにしか、今後の出版文化の真の繁栄はあり得ないと信じるからである。

同時にわれわれはこの綜合文庫の刊行を通じて、人文・社会・自然の諸科学が、結局人間の学にほかならないことを立証しようと願っている。かつて知識とは、「汝自身を知る」ことにつきていた。現代社会の瑣末な情報の氾濫のなかから、力強い知識の源泉を掘り起し、技術文明のただなかに、生きた人間の姿を復活させること。それこそわれわれの切なる希求である。

われわれは権威に盲従せず、俗流に媚びることなく、渾然一体となって日本の「草の根」をかたちづくる若く新しい世代の人々に、心をこめてこの新しい綜合文庫をおくり届けたい。それは知識の泉であるとともに感受性のふるさとであり、もっとも有機的に組織され、社会に開かれた万人のための大学をめざしている。大方の支援と協力を衷心より切望してやまない。

一九七一年七月

野間省一

五木寛之　怒《いか》れ！逆ハンぐれん隊
五木寛之　さらば！逆ハンぐれん隊
五木寛之　他力
井上ひさし　モッキンポット師の後始末
井上ひさし　モッキンポット師ふたたび
井上ひさし　ナイン
井上ひさし　四千万歩の男 全五冊
井上ひさし　百年戦争(上)(下)
井上ひさし 樋口陽一　「日本国憲法」を読み直す
井上ひさし 司馬遼太郎　国家・宗教・日本人
生島治郎　星になれるか
池波正太郎　忍びの女(上)(下)
池波正太郎　近藤勇白書
池波正太郎　まぼろしの城
池波正太郎　私の歳月
池波正太郎　殺しの掟《おきて》
池波正太郎　よい匂いのする一夜
池波正太郎　梅安料理ごよみ
池波正太郎　田園の微風

池波正太郎　新 私の歳月
池波正太郎　抜討ち半九郎
池波正太郎　剣法一羽流
池波正太郎　若き獅子
池波正太郎　池波正太郎の映画日記〈1978・2～1984・12〉
池波正太郎　きままな絵筆
池波正太郎　新装版 緑のオリンピア
池波正太郎　新装版 殺しの四人〈仕掛人・藤枝梅安㈠〉
池波正太郎　新装版 梅安蟻地獄〈仕掛人・藤枝梅安㈡〉
池波正太郎　新装版 梅安最合傘〈仕掛人・藤枝梅安㈢〉
池波正太郎　新装版 梅安針供養〈仕掛人・藤枝梅安㈣〉
池波正太郎　新装版 梅安乱れ雲〈仕掛人・藤枝梅安㈤〉
池波正太郎　新装版 梅安影法師〈仕掛人・藤枝梅安㈥〉
池波正太郎　新装版 梅安冬時雨〈仕掛人・藤枝梅安㈦〉
井上　靖　楊貴妃伝
井上　靖　本覚坊遺文
石川英輔　大江戸神仙伝
石川英輔　大江戸仙境録
石川英輔　大江戸えねるぎー事情

石川英輔　大江戸遊仙記
石川英輔　大江戸テクノロジー事情
石川英輔　SF三国志
石川英輔　大江戸仙界紀
石川英輔　大江戸生活事情
石川英輔　大江戸泉光院旅日記
石川英輔　大江戸リサイクル事情
石川英輔　雑学「大江戸庶民事情」
石川英輔　2050年は江戸時代〈衝撃のシミュレーション〉
石川英輔　大江戸仙女暦
石川英輔　大江戸仙花暦
石川英輔 田中優子　大江戸ボランティア事情
石川英輔 田中優子　大江戸生活体験事情
石牟礼道子　苦海浄土〈わが水俣病〉
今西祐行　肥後の石工
いわさきちひろ　ちひろのことば
いわさきちひろ 松本　猛　いわさきちひろの絵と心
いわさきちひろ 松本　猛　ちひろへの手紙
絵本美術館編 いわさきちひろ　ちひろ・子どもの情景〈文庫ギャラリー〉

いわさきちひろ 絵本美術館編 ちひろ・紫のメッセージ〈文庫ギャラリー〉
いわさきちひろ 絵本美術館編 ちひろの花ことば〈文庫ギャラリー〉
いわさきちひろ 絵本美術館編 ちひろのアンデルセン〈文庫ギャラリー〉
いわさきちひろ 絵本美術館編 ちひろ・平和への願い〈文庫ギャラリー〉
石野径一郎 ひめゆりの塔
入江泰吉 大和路のこころ
井沢元彦 猿丸幻視行
井沢元彦 本廟寺焼亡
井沢元彦 六歌仙暗殺考
井沢元彦 修道士の首〈織田信長推理帳①〉
井沢元彦 五つの首〈織田信長推理帳②〉
井沢元彦 謀略の首〈織田信長推理帳③〉
井沢元彦 義経幻殺録
井沢元彦 欲の無い犯罪者
井沢元彦 義経はここにいる
井沢元彦 芭蕉魔星陣
井沢元彦 光と影の武蔵〈切支丹秘録〉
色川武大 明日泣く
一ノ瀬泰造 地雷を踏んだらサヨウナラ

石森章太郎 トキワ荘の青春〈ぼくの漫画修行時代〉
伊藤雅俊 商いの心くばり
泉 麻人 丸の内アフター5
泉 麻人 オフィス街の達人
泉 麻人 地下鉄の友
泉 麻人 地下鉄の素
泉 麻人 地下鉄の穴
泉 麻人〈オカシ屋ケン太〉 おやつストーリー
泉 麻人 バナナの親子
泉 麻人 東京タワーの見える島
泉 麻人 大東京バス案内《ガイド》
泉 麻人 地下鉄100コラム
一志治夫 僕の名前は。〈アルピニスト野口健の青春〉
伊集院 静 乳房
伊集院 静 遠い昨日
伊集院 静 夢は枯野を〈競輪躁鬱旅行〉
伊集院 静 峠の声
伊集院 静 白秋
伊集院 静 潮流

伊集院 静 機関車先生
伊集院 静 冬の蜻蛉《とんぼ》
伊集院 静 オルゴール
伊集院 静 昨日スケッチ
今邑 彩 金雀枝《えにしだ》荘の殺人
岩崎正吾 信長殺すべし〈異説本能寺〉
井上夢人 おかしな二人〈岡嶋二人盛衰記〉
井上夢人 メドゥサ、鏡をごらん
家田荘子 バブルと寝た女たち
家田荘子 離婚
家田荘子 愛人〈ピュアで危険な愛を選んだ女たち〉
家田荘子 恋愛白書〈モテる男のコたちの性〉
家田荘子 人妻
家田荘子 イエローキャブ
家田荘子 リスキーラブ
井上雅彦 竹馬男の犯罪
池宮彰一郎 高杉晋作(上)(下)
池宮彰一郎 風塵
池宮彰一郎他 異色忠臣蔵大傑作集

池部　良　風、凪んでまた吹いて
伊藤結花理　ダンシング ダイエット
石坂晴海　やっぱり別れられない〈離婚を選ばなかった夫婦たち〉
石坂晴海　掟やぶりの結婚道〈既婚者にも恋愛を！〉
井上祐美子　桃　夭　記
井上祐美子　紅　顔
井上祐美子　公主帰還
井上祐美子　臨安水滸伝
井上祐美子・塚本青史・森福都　妃《ひ》・殺《さつ》・蝗《こう》〈中国三色奇譚〉
岩上安身　あらかじめ裏切られた革命
飯島　勲　代議士秘書〈永田町、笑っちゃうけどホントの話〉
池井戸　潤　果つる底なき
岩本順子　おいしいワインが出来た！〈名門ケラー醸造所飛び込み奮闘記〉
岩瀬達哉　新聞が面白くない理由
井田真木子　ルポ　十四歳〈消える少女たち〉
乾くるみ　Ｊの神話
伊波真理雄・石村博子　オヤジ・パッション　不完全でいいじゃないか！
伊東四朗・吉田照美　親父熱愛ＰＡＲＴⅠ
内橋克人　破綻か再生か〈日本経済への緊急提言〉
内田康夫　死者の木霊《こだま》
内田康夫　シーラカンス殺人事件
内田康夫　パソコン探偵の名推理
内田康夫　「横山大観」殺人事件
内田康夫　漂泊の楽人
内田康夫　江田島殺人事件
内田康夫　琵琶湖周航殺人歌
内田康夫　夏泊殺人岬
内田康夫　平城山《ならやま》を越えた女
内田康夫　「信濃の国」殺人事件
内田康夫　鐘
内田康夫　風葬の城
内田康夫　透明な遺書
内田康夫　鞆《とも》の浦《うら》殺人事件
内田康夫　箱庭
内田康夫　終幕《フィナーレ》のない殺人
内田康夫　御堂筋殺人事件
内田康夫　全面自供〈浅見光彦と内田康夫 いいたい放題〉
内田康夫　記憶の中の殺人
内田康夫　北国街道殺人事件
内田康夫　蜃気楼
内田康夫　「紅藍《くれない》の女《ひと》」殺人事件
内田康夫　「紫《むらさき》の女《ひと》」殺人事件
内田康夫　藍色回廊殺人事件
歌野晶午　長い家の殺人
歌野晶午　白い家の殺人
歌野晶午　動く家の殺人
歌野晶午　ガラス張りの誘拐
歌野晶午　さらわれたい女
歌野晶午　ＲＯＭＭＹ〈越境者の夢〉
歌野晶午　正月十一日、鏡殺し
歌野晶午　死体を買う男
歌野晶午　放浪探偵と七つの殺人
with編集部編　闘うオンナたち〈新・男子禁制ＯＬ物語〉
内館牧子　出逢った頃の君でいて
内館牧子　リトルボーイ・リトルガール
内館牧子　切ないＯＬに捧ぐ
内館牧子　あなたが好きだった

内館牧子　ハートが砕けた！
内館牧子　B・U・S・U〈すべてのプリティ・ウーマンへ〉
内館牧子　別れてよかった
内館牧子　小粋な失恋
内館牧子　愛しすぎなくてよかった
宇神幸男　ニーベルンクの城
宇神幸男　美神の黄昏
宇都宮直子　神様がくれた赤ん坊
宇都宮直子　人間らしい死を迎えるために
宇都宮直子　神様がくれた赤ん坊 茉莉子の赤いランドセル
宇都宮直子　だから猫と暮らしたい
薄井ゆうじ　くじらの降る森
薄井ゆうじ　樹の上の草魚
薄井ゆうじ　竜宮の乙姫の元結いの切りはずし
薄井ゆうじ　星の感触
宇野千代　幸福に生きる知恵
内田洋子 シルヴェリオ・ピズ　ウーナ・ミラノ〈Una Milano〉
内田洋子 シルヴェリオ・ピズ　食べてこそわかるイタリア
宇江佐真理　泣きの銀次
宇江佐真理　室の梅〈おろく医者覚え帖〉
浦賀和宏　記憶の果て
遠藤周作　海と毒薬
遠藤周作　わたしが・棄てた・女
遠藤周作　ユーモア小説集
遠藤周作　第二ユーモア小説集
遠藤周作　怪奇小説集
遠藤周作　第二怪奇小説集
遠藤周作　新撰版 怪奇小説集〈「恐」の巻〉
遠藤周作　新撰版 怪奇小説集〈「怖」の巻〉
遠藤周作　ただいま浪人
遠藤周作　ぐうたら人間学
遠藤周作　ぐうたら愛情学
遠藤周作　ぐうたら好奇学
遠藤周作　ぐうたら交友録
遠藤周作　結婚
遠藤周作　聖書のなかの女性たち
遠藤周作　さらば、夏の光よ
遠藤周作　最後の殉教者
遠藤周作　何でもない話
遠藤周作　悪霊の午後（上）（下）
遠藤周作　父親
遠藤周作　わが恋《おも》う人は（上）（下）
遠藤周作　イエスに邂《あ》った女たち
遠藤周作　妖女のごとく
遠藤周作　反逆（上）（下）
遠藤周作　ひとりを愛し続ける本
遠藤周作　決戦の時（上）（下）
遠藤周作　深い河《ディープ・リバー》
遠藤周作　周作塾〈読んでもタメにならないエッセイ〉
遠藤周作　『深い河』創作日記
永六輔　無名人名語録
永六輔　普通人名語録
永六輔　一般人名語録
永六輔　わが師の恩
永六輔　どこかで誰かと
永六輔　壁に耳あり
永六輔 ピーコ　I愛Eye〈よってたかって目の勉強・7年後〉

江波戸哲夫　左遷〈商社マンの決断〉！
江波戸哲夫　銀行支店長
江波戸哲夫　高卒副頭取
江波戸哲夫　新入社員　船木徹
江波戸哲夫　偽《ぎ》薬《やく》
江坂遊　短い夜の出来事〈奇妙で愉快なショートショート集〉
NHK「なぞ解き歳時記」制作グループ編　なぞ解き歳時記
海老名香葉子　海老のしっぽ〈噺家の嫁と姑〉
大江健三郎　新しい人よ眼ざめよ
大江健三郎　宙返り(上)(下)
大江健三郎・文　大江ゆかり・画　恢復する家族
大江健三郎・文　大江ゆかり・画　ゆるやかな絆
小田実　何でも見てやろう
大原富枝　婉《えん》という女・正妻
大庭みな子　「万葉集」を旅しよう〈古典を歩く1〉
落合恵子　あなたの庭では遊ばない
落合恵子　恋人たち〈LOVERS〉
落合恵子　セカンド・レイプ
落合恵子　スニーカーズ

大橋歩　生活のだいじ
大橋歩　心のささえに
大橋歩　わたしの家
大橋歩　はるかに海の見える家でくらす
大橋歩　生きかた上手はおしゃれ上手
大橋歩　着ごこち気ごこち
大橋歩　すてきな気ごこち
大石邦子　この生命《いのち》ある限り
大石邦子　この生命を凛《りん》と生きる
沖守弘　マザー・テレサ〈あふれる愛〉
岡嶋二人　焦茶《こげちゃ》色のパステル
岡嶋二人　七年目の脅迫状
岡嶋二人　あした天気にしておくれ
岡嶋二人　開けっぱなしの密室
岡嶋二人　三度目ならばABC
岡嶋二人　とってもカルディア
岡嶋二人　チョコレートゲーム
岡嶋二人　ビッグゲーム
岡嶋二人　ちょっと探偵してみませんか

岡嶋二人　記録された殺人
岡嶋二人　ツァラトゥストラの翼〈スーパー・ゲーム・ブック〉
岡嶋二人　そして扉が閉ざされた
岡嶋二人　どんなに上手に隠れても
岡嶋二人　タイトルマッチ
岡嶋二人　解決まではあと6人〈5W1H殺人事件〉
岡嶋二人　なんでも屋大蔵でございます
岡嶋二人　眠れぬ夜の殺人
岡嶋二人　珊瑚色ラプソディ
岡嶋二人　クリスマス・イヴ
岡嶋二人　七日間の身代金
岡嶋二人　眠れぬ夜の報復
岡嶋二人　ダブルダウン
岡嶋二人　殺人者志願
岡嶋二人　コンピュータの熱い罠《わな》
岡嶋二人　殺人！ザ・東京ドーム
太田蘭三　赤い雪崩
太田蘭三　餓鬼岳の殺意
太田蘭三　南アルプス殺人峡谷

太田蘭三　木曽駒に幽霊茸を見た
太田蘭三　殺意の朝日連峰
太田蘭三　謀殺水脈
太田蘭三　寝姿山の告発
太田蘭三　密殺源流
太田蘭三　殺人雪稜
太田蘭三　失跡渓谷
太田蘭三　仮面の殺意
太田蘭三　被害者の刻印
太田蘭三　遭難渓流
太田蘭三　遍路殺《ころ》がし
大前研一　企業参謀 正・続
大前研一　平成維新
大前研一　平成維新PARTII〈国家主権から生活者主権へ〉
大前研一　世界の見方・考え方
大沢在昌　野獣駆けろ
大沢在昌　氷の森
大沢在昌　死ぬより簡単
大沢在昌　相続人TOMOKO
大沢在昌　ウォームハート コールドボディ
大沢在昌　アルバイト探偵《アイ》
大沢在昌　調毒師を捜せ アルバイト探偵《アイ》
大沢在昌　女王陛下のアルバイト探偵《アイ》
大沢在昌　不思議の国のアルバイト探偵《アイ》
大沢在昌　拷問遊園地 アルバイト探偵《アイ》
大沢在昌　走らなあかん、夜明けまで
大沢在昌　雪蛍
大沢在昌　涙はふくな、凍るまで
逢坂剛　コルドバの女豹
逢坂剛　スペイン灼熱の午後
逢坂剛　カディスの赤い星(上)(下)
逢坂剛　十字路に立つ女
逢坂剛　斜影はるかな国
逢坂剛　ハポン追跡
逢坂剛　まりえの客
逢坂剛　さまざまな旅〈わたしの好きな本・スペイン・西部劇〉
逢坂剛　書物の旅
逢坂剛　あでやかな落日
逢坂剛　カプグラの悪夢
逢坂剛　イベリアの雷鳴
オノ・ヨーコ　飯村隆彦編　ただの私《あたし》
オノ・ヨーコ　南風椎訳　グレープフルーツ・ジュース
大泉実成　東京サイテー生活〈家賃月2万円以下の人々〉
大泉実成　夢を操る〈マレー・セノイ族に会いに行く〉
折原一　倒錯のロンド
折原一　螺旋館の殺人
折原一　丹波家殺人事件
折原一　仮面劇MASQUE
折原一　灰色の仮面
折原一　覆面作家
折原一　水の殺人者
折原一　黒衣の女
折原一　ファンレター
折原一　倒錯の死角〈201号室の女〉
折原一　101号室の女
折原一　異人たちの館
折原一　新津きよみ　二重生活

講談社文庫　目録

大下英治　一を以って貫く〈人間 小沢一郎〉
大下英治　激録！総理への道〈戦後宰相列伝 田中角栄から森喜朗まで〉
大下英治　手塚治虫〈ロマン大宇宙〉
大橋巨泉　出発点
大橋巨泉　岐路
太田忠司　僕の殺人
太田忠司　美奈の殺人
太田忠司　刑事失格
太田忠司　新宿少年探偵団
太田忠司　怪人大鴉博士〈新宿少年探偵団〉
太田忠司　摩天楼の悪夢〈新宿少年探偵団〉
太田忠司　紅《べに》天蛾《すずめ》〈新宿少年探偵団〉
おおつきちひろ　スペインの食卓から
大竹昭子　バリの魂、バリの夢
大久保智弘　水の砦〈福島正則 最後の闘い〉
尾崎秀樹編　徹底検証〈忠臣蔵〉の謎
小川洋子　密やかな結晶
小野不由美　月の影 影の海〈十二国記〉(上)(下)
小野不由美　風の海 迷宮の岸〈十二国記〉

小野不由美　東の海神《わだつみ》 西の滄海〈十二国記〉
小野不由美　風の万里 黎明の空〈十二国記〉(上)(下)
小野不由美　図南の翼〈十二国記〉
小野不由美　黄昏の岸 暁の天〈十二国記〉
小野不由美　華胥《かしょ》の幽夢《ゆめ》〈十二国記〉
乙川優三郎　霧の橋
乙川優三郎　喜知次
乙川優三郎　屋烏《おくう》
奥田英朗　ウランバーナの森
奥田英朗　最悪
乙武洋匡　五体不満足〈完全版〉
小野一光　セックス・ワーカー〈女たちの「東京二重生活」〉
大石静　ねこの恋
大崎善生　聖《さとし》の青春
恩田陸　三月は深き紅の淵を
海音寺潮五郎　孫子
勝目梓　悪女軍団
勝目梓　殺し屋
勝目梓　肉狩り

勝目梓　引き裂かれた夏
勝目梓　炸裂
勝目梓　はみだし者
勝目梓　女豹たちの宴
勝目梓　狼たちの宴
勝目梓　禁断の宴
勝目梓　火刑の朝
勝目梓　蒼い牙
勝目梓　淫夜
勝目梓　濡れる殺意
勝目梓　逃亡
勝目梓　あやしい叢《くさむら》
勝目梓　滴《したた》り
勝目梓　歯科医
勝目梓　耽溺
勝目梓　暗黒の狩人
勝目梓　悪党図鑑
勝目梓　闇に光る肌
勝目梓　処刑猟区

講談社文庫　目録

勝目　梓　獣たちの熱い眠り
勝目　梓　昏《くら》き処刑台
勝目　梓　眠れない
勝目　梓　処刑
勝目　梓　生《いけ》贄《にえ》
勝目　梓　幻花祭
勝目　梓　けもの道に罠を張れ
勝目　梓　あられもなく
勝目　梓　復讐回廊
勝目　梓　剥《は》がし屋
勝目　梓　娼婦の朝
勝目　梓　地獄の狩人
勝目　梓　夢追い肌
鎌田　慧　自動車絶望工場〈ある季節工の日記〉
鎌田　慧　日本の兵器工場
鎌田　慧　「東大経済卒」の十八年
鎌田　慧　トヨタと日産〈自動車王国の暗闇〉
鎌田　慧　ルポ大事故！その傷痕
鎌田　慧　六ヶ所村の記録〈核燃料サイクル基地の素顔〉
鎌田　慧　いじめ社会の子どもたち
鎌田　慧　壊滅日本〈17の致命傷〉
鎌田　慧　家族が自殺に追い込まれるとき
桂　米朝　米朝ばなし〈上方落語地図〉
門田泰明　暗闇館くらやみやかた
河原敏明　美智子さまのおことば〈愛の喜び・苦悩の日々〉
加藤　仁　人生を楽しむ〈50歳からがゴールを決める〉
川田弥一郎　白く長い廊下
加来耕三　三国志の謎徹底検証〈諸葛孔明の真実〉
加来耕三　信長の謎〈徹底検証〉
加来耕三　龍馬の謎〈徹底検証〉
加来耕三　武蔵の謎〈徹底検証〉
門野晴子　老親を棄てられますか
神田憲行　ハノイの純情、サイゴンの夢
加納喜光　知ってるようで知らない日本語辞典〈目から鱗が落ちる言葉の蘊蓄〉
河上和雄　知らないと危ない「犯罪捜査と裁判」基礎知識
河上和雄　好き嫌いで決めろ
加藤万里　ガーデン・ダイアリー〈カリフォルニア 花と暮らす12カ月〉
香納諒一　梟《ふくろう》の拳《こぶし》
香納諒一　雨のなかの犬
笠井　潔　三匹の猿〈私立探偵飛鳥井の事件簿〉
笠井　潔　梟《ふくろう》の巨《おおい》なる黄昏《たそがれ》
笠井　潔　群衆の悪魔〈デュパン第四の事件〉
笠井　潔　熾天使の夏
鏡リュウジ　2000年運命の占星術
鏡リュウジ　占いはなぜ当たるのですか
神崎京介　女薫の旅
神崎京介　女薫の旅　灼熱つづく
神崎京介　女薫の旅　激情たぎる
神崎京介　女薫の旅　奔流あふれ
神崎京介　女薫の旅　陶酔めぐる
神崎京介　女薫の旅　衝動はぜて
神崎京介　女薫の旅　放心とろり
神崎京介　滴《しずく》
神崎京介　イントロ
神崎京介　イントロ　もっとやさしく
神崎京介　愛技
金谷多一郎　金谷多一郎のパーティ・コーチングブック

2002年12月15日現在